Le pays « d'ailleurs » est un dangereux pays.

Rabindranāth Tagore

Du même auteur

Un jour, l'aurore (Les Quinze éditeur, Montréal, 1991)
La vie à mort (Les Quinze éditeur, Montréal, 1991)
Vertiges (Éditions Trois, Laval, 1994)

LE PAYS D'AILLEURS

Données de catalogage avant publication (Canada)

Sénéchal, Xavière

Le pays d'ailleurs

ISBN 2-89077-190-3

I. Titre.

PS8587,E548P39 1999 C843'.54 C99-941045-8

PS9587.E548P39 1999

PQ3919.2.S46P39 1999

L'auteur remercie le Conseil des Arts du Canada
pour le soutien qu'il lui a apporté dans l'écriture de ce roman.

Révision : Monique Thouin

Photo de la page couverture : Sven Ulsa/Joy Postcards,
Auroville, India.
Graphisme de la page couverture : Création Melançon
Photo de l'auteur : Josée Lambert

ISBN 2-89077-190-3

Dépôt légal : 3e trimestre 1999

Imprimé au Canada

Xavière Sénéchal

LE PAYS D'AILLEURS

roman

Flammarion

Pour Maggi Lidchi-Grassi
à Pondichéry

Aux enfants de ma vie :
Manju et Christopher,
Alexandre, Barbara, Édouard et Marie.

MOI, OLIVIA THOMAS...

La neige s'est mise à tomber vers dix-huit heures. Une neige poudreuse balayée par un vent violent. La première de l'année. J'avais oublié combien la ville change. Plus de cris, plus de crasse, plus de puanteur. Une décharge publique habillée d'un duvet d'ange. Un emballage cadeau sur le magma nauséeux des grandes villes fantômes. Ce vingtième siècle n'en finit plus d'étirer son agonie. Belle lurette qu'on a signé sa condamnation à mort ! L'heure de son exécution approche et il s'accroche. L'impatience gagne les rêveurs bavant d'espoir à l'aube de ce millénaire rutilant comme un sou neuf, pas encore tripoté par une multitude de mains expertes en massacres; un régal d'illusions. Aucune émotion, pas la moindre appréhension ni l'ombre d'une excitation à l'horizon de ma vie face à cette échéance fatale. En l'an 2000, j'aurai trente-huit ans. On honorera l'an nouveau sur sa petite culotte ou sur sa brosse à dents. J'en éprouve un écœurement prématuré. En l'an 2000, il y aura plus d'un milliard d'habitants en Inde, un milliard de citoyens de la misère dont six cents millions d'illettrés, une surpopulation à laquelle personne ne songe vraiment, pas même moi, vautrée dans une abondance et un luxe qui ne savent plus me satisfaire.

Je me vois floue dans un monde nébuleux. Mes vérités sont subjectives et virtuelles, des échos de statistiques échoués un soir de veille sur mes tympans meurtris ou adhérant par mégarde à mes rétines décollées par la répétition de mes incompétences. Devant mon écran à voyager dans Internet, je participe à une descente inexorable et irrépressible, dérive vertigineuse vers le sordide et le dépravé. Une pâture alléchante pour névrosés insomniaques suspendus à leur ordinateur comme à une bouée de sauvetage. Le plus vaste marché aux puces du monde, dans lequel coule à flots une sélection de marchandises inconcevables. Des plus nobles aux plus obscènes, des plus recommandables aux plus illégales. Une foire incontrôlée, un potentiel de destruction latent. Comme les paumés de mon espèce, j'erre sur cette avenue de désespérance en cherchant à déjouer ma peine.

Ce soir, un petit garçon est mort. Il s'appelait David et tout le monde s'en fout.

Il est mort, ce soir, vingt-deux heures cinquante, dans mes bras. Il avait trois ans depuis cinq jours. J'ai ressenti une poussée d'amour fulgurante, sans espace, sans lieu. L'amour intemporel et indicible. L'amour à l'état pur. L'absolu de l'amour. Il est mort dans un souffle. En écho, le silence. Il est mort. La mort en écho de la vie, la mort porte ouverte sur l'infini de l'écho de la vie.

Il est mort blotti contre moi, les deux mains serrées sur mes pouces, son regard bleu dur suspendu au mien. Il avait l'air d'avoir mille ans.

Il m'a offert sa mort, un pacte silencieux signé entre nous depuis presque toujours. Il s'est vidé sur mes genoux, vidé comme j'aurais pu perdre mes eaux avant de le mettre au monde s'il avait été mon fils. J'ai senti le liquide chaud se répandre dans la couche avant de traverser le tissu plié sur mes genoux. J'ai senti. J'ai senti la vie fuir à travers le liquide chaud. Son petit corps commençait à devenir froid. Il a serré plus fort mes pouces, il m'a regardée sans ciller, grave et déterminé. « Vas-y, bébé ! N'aie pas peur... » Un court hoquet. Sa respiration s'est arrêtée. Son cœur battait toujours, trois minutes, trois longues minutes après son dernier souffle. Son regard s'est dérobé. Son cœur a cessé de battre. Ses mains serraient toujours mes pouces.

Je suis restée longtemps, son petit corps contre le mien, à nous bercer dans la nuit.

Il avait perdu les eaux pour me laisser enfanter un ange, David. Rituel de passage pour un monde qui m'échappe. Mon impuissance me saccage.

Perdu, mon beau sens de l'humour. Évaporée, ma désinvolture. Dissoute, ma saine ironie. Ce soir, j'ai envie de hurler. De vomir ma hargne et ma peine sur le monde entier. D'incriminer la race humaine en la responsabilisant de tous les maux de la terre. Une imperceptible fêlure me zèbre le corps et l'âme.

Je suis médecin à l'hôpital des enfants malades. David était atteint du sida. Il était seul, sa mère morte peu de temps après l'avoir mis au monde. Une très jeune fille désarmée à la vie improvisée. Un concentré âpre et douloureux de la vie dans tout ce qu'elle a parfois de sordide, d'injuste et de cruel. Une petite fille courageuse et digne à qui j'avais promis de veiller sur son bébé. Trop hypothéqué pour avoir une chance de survie à long terme, on lui donnait quelques mois. Il a tenu trois ans. Combien de nuits suis-je restée près de lui à l'hôpital, pensant qu'il s'agissait de la dernière... Il tenait bon, mon enfant-roi, accroché ferme à sa misérable existence. Pourquoi ? Pas l'ombre d'une réponse à risquer. Il détenait une sagesse, un regard d'une gravité et d'une profondeur hors du commun. Il était un petit être à part. Je jure qu'il avait mille ans et une foule de choses à m'enseigner.

J'ai vu bien des enfants mourir depuis dix ans. Trop. De très près parfois, assise au bord d'un lit, penchée sur une poitrine minuscule et poussive. En salle d'opération, aux urgences quand on nous amène un bébé trop tard, j'en ai vu de toutes les races et de tous les âges. Jamais aucun n'était mort dans mes bras, dans une proximité, une intimité et une communion particulières.

Je suis médecin pour soigner. Chaque décès m'égratigne en confirmant mon impuissance et mes limites. Les années passent sans abolir mon sentiment d'amertume et de peine. Sentiment d'échec et de trahison. La même rage me déchire le ventre, venue du fond des temps. Le jour où cette révolte se taira, je quitterai ma profession et irai faire pousser des fleurs dans un coin retiré du monde.

Je ne veux ni me résoudre, ni accepter, ni m'habituer. Je veux comprendre, oser, risquer. Je veux savoir pourquoi.

Et je n'en finirai pas d'expulser, au cœur de mes nuits, la lourdeur de mes contradictions. Mon ordinateur est un instrument de survie, un accessoire pour lavements cérébraux et cardiaques, un ustensile pour filtrer les vapeurs troubles de mon esprit.

J'ai marché longtemps à deux cents à l'heure avec la certitude d'être indispensable. Je soigne, je sauve, je fais des miracles. Je me suis laissé surprendre, puis prendre par la tentation d'y croire. « Docteur Olivia Thomas pour vous servir. Que puis-je faire pour vous ?... » Jusqu'au jour où le contenu d'une petite tête blonde s'est répandu sur la table d'opération. Elle a fini entre nos mains. Ses boucles égarées autour du champ opératoire, elle avait décidé de mourir là, au cours d'une intervention anodine. Le chirurgien qui l'opérait n'a rien pu faire, moi qui l'assistais non plus. À l'étage supérieur, les parents attendaient.

Le docteur Miller a retiré son masque et ses gants. Aucune émotion sur son visage. Je tremblais. J'avais envie de saisir l'enfant, de la secouer comme un prunier : « Vis ! Allons, réveille-toi ! » Le chirurgien s'est dirigé vers la porte battante. Avant de la franchir, il a marqué un temps d'arrêt. Sans se retourner, il m'a dit :

— Croyez-vous à la métempsycose, Thomas ? Vous devriez essayer. Vous pouvez aussi quitter la profession. Je vous laisse prévenir ses parents.

Il a disparu, me laissant seule avec le cadavre de la petite fille de huit ans. Les infirmières s'affairaient en silence. Je me suis approchée de la table, j'ai retiré le bonnet stérile et caressé les boucles blondes. Je me suis mise à pleurer. Croire à la métempsycose ? Comment imaginer la transmigration, la réincarnation de l'âme devant un petit corps ouvert et sanguinolent ? Comment croire que la vie vit encore, continue au-delà de cette enveloppe charnelle qui n'avait pas atteint un développement complet ni une maturité certaine ? Difficile d'y reconnaître la vie. Je ne voyais qu'un cadavre comme tous les autres cadavres. Un corps froid qui commençait à devenir d'un blanc trop blanc. Un blanc grisâtre. Je ne voyais qu'une petite fille inachevée dont la vie s'était arrêtée. Une petite fille qui ne rirait plus, ne parlerait plus, ne chanterait plus. Une petite fille inachevée mais finie. Restait à affronter ses parents.

Ce jour-là, je désertai toute illusion de filiation avec Dieu. J'atterrissais sur la terre ferme avec fracas, considérant la fragilité des choses et des êtres, à commencer par la mienne et celle de mes patients, reconnaissant combien tout peut s'échapper à notre insu sans que nous puissions en saisir la raison ni la signification profonde. Je commençais ma carrière de médecin. J'avais quitté mon nuage pour toujours. Une résistance venait de céder, ouvrant une porte close dont j'ignorais jusque-là l'existence.

À compter de ce jour, je ne quitterais plus l'hôpital sans passer par le service de néonatalité. Dans la salle des soins intensifs, dans des cages de verre, de minuscules bébés se battent pour rester en vie. Des corps microscopiques branchés de toute part, des petits d'homme débarqués tout droit du monde des lilliputiens. Il faut qu'ils aient au fond d'eux-mêmes une foi démesurée, ou la certitude d'avoir une mission à accomplir, un message à transmettre, pour entrer dans la vie avec autant de difficultés et y survivre pourtant. Parfois, ils capitulent. Certains, très hypothéqués, vivent alors que d'autres, viables, meurent au bout de quelques jours, semaines ou mois. La sélection s'effectuant sans logique ni raison apparente. Un mystère.

C'est ainsi que j'ai fait mon entrée dans la vie, le décès de Thomas Thomas m'ayant prématurément précipitée dans la grande aventure. Maudit soit le fantôme de mon frère jumeau ! Il a su tirer son épingle du jeu en me compliquant la tâche. Nous sommes nés ensemble à six mois, lui mort, moi doublement vivante. J'étais déjà une emmerdeuse, un têtard entêté, et tandis que ma mère soignait ses blessures physiques et morales en versant toutes les larmes de son corps deux étages plus haut, j'animais de mes beuglements l'unité des rescapés volontaires, embryons cobayes sur lesquels la science fait des miracles.

Thomas Thomas est mort étranglé puis saigné à blanc par sa jumelle dans les eaux troubles d'un utérus trop petit pour deux. La loi de la jungle sévit déjà dans l'univers fœtal. J'étais la plus forte, la plus déterminée sans doute, j'ai mis fin à ses jours. C'est ce que je racontais dans la cour de l'école en écrabouillant des fourmis entre deux cailloux pour voir ce qu'elles avaient dans la tête, arrachant les ailes des mouches pour voir comment elles survivraient au massacre ou en mangeant des sauterelles vivantes pour voir fuir en courant tous les gamins du coin.

Thomas Thomas, mon frère chéri, mon double, mon osmose, lui qui m'a confondue en désertant prématurément le ventre de notre mère, me marquant au fer rouge de l'indécision et de l'incertitude en m'infligeant de vivre avec une apparence qui ne sera jamais ni lui ni tout à fait moi-même. Le cul entre deux chaises et de la volonté pour deux. Seule à se battre et à vivre, deux à être et à ressentir. Foutu karma ! J'ai serré fort le cordon ombilical autour de son cou fragile, je l'ai décapité sans pitié, je me suis abreuvée de son sang. Nous ne pouvions pas être deux. Je me retrouve plus double que s'il vivait à mes côtés. Le poids de son inexistence est démesuré. Il est là, constant dans l'absolue vérité de son absence.

Allégra, ma mère, pleurait la perte de Thomas Thomas, son fils chéri qu'elle ne bercerait jamais. Elle allait refuser de venir voir le ver nommé Olivia qui s'efforçait déjà de faire des pieds de nez à l'ironie du sort. Simon, mon père, passait des heures à m'observer de l'autre côté d'une vitre sans pouvoir m'approcher. Plus de deux mois à l'écart de mes géniteurs, voilà qui forgea mon sale caractère, mon goût pour les défis et les luttes féroces. Une âme de révolutionnaire investit ma carcasse inachevée. Un choix bizarre.

Allégra n'accepta de me considérer qu'après son retour à la maison, au moment où j'aurais dû quitter son corps. Elle venait d'avoir vingt ans. Thomas est resté un mur invisible entre elle et moi, plus hermétique que la vitre qui me séparait de mon père durant mes deux premiers mois de vie, un trait d'union reliant deux mots sans qu'ils se touchent. Côte à côte, jamais main dans la main, ma mère et moi deux femmes composées.

En dehors de ce trait d'union incongru qui, au lieu d'unir, nous rendait inséparables à distance, tout rentra dans l'ordre très vite, un ordre désordonné aux yeux des autres puisque j'allais vivre une enfance réjouissante mais non conventionnelle entre une mère artiste peintre et un père professeur de philosophie dans une maison désorganisée mais belle.

Plus tard, répondant à une soif insatiable de voir et de savoir, je fis mes études de médecine, certaine que la chirurgie allait me permettre de découvrir sous l'égide de quels principes mystérieux se réfugiait la race humaine à des fins qui m'apparaissaient douteuses et ambiguës. Mais à force d'ouvrir, de disséquer, de fouiller la chair avariée de cadavres solitaires et abandonnés, un dégoût croissant a remplacé ma soif. J'avais envie de voir ailleurs ce qui pouvait exister au-delà du nombril d'un condamné à mort.

Je venais d'achever mes études de médecine, j'avais vingt-six ans et je ne mangeais plus de sauterelles vivantes. C'était l'été. Je partis rejoindre un médecin anglais dans un dispensaire de rue à Calcutta. Trois mois en Inde pour découvrir l'ineffable voie de ma destinée.

J'allais l'y trouver.

David est mort ce soir.

Je m'acharne sur mon ordinateur. Je fouille, explore ce réseau déferlant aux quatre coins du globe. Les deux tiers de l'humanité crèvent de faim et moi, face à mon écran, je cherche le visage d'une petite fille perdue, parce qu'un petit garçon m'a claqué dans les bras. Une petite fille perdue à l'autre bout du monde. Digérée par la foule hallucinante des rues de Calcutta.

C'était il y a huit ans. Elle s'appelait Mallika.

CALCUTTA

Croire c'est nier la vérité ;
les croyances font obstacle au réel ;
croire en Dieu ce n'est pas trouver Dieu.

Krishnamurti

Calcutta était un hasard de circonstances, j'aurais pu atterrir à Bogotá, à Rio de Janeiro, à Kigali ou à Ouagadougou. J'avais besoin de dépaysement et je recherchais l'inspiration, je venais d'achever mes études et je voulais mettre mes connaissances à l'épreuve. Ces études s'étaient passées simplement, sans émotions violentes. J'étais un peu déçue.

C'est ainsi que mon avion toucha le sol indien quelques semaines plus tard.

Dum Dum, aéroport de Calcutta. Il était très tôt, cinq heures à peine, un matin plombé juste avant la mousson quand la chaleur chargée d'humidité et exempte du moindre souffle d'air vous écrase au sol avant même d'avoir bougé. Je sortis sans encombre, à la recherche d'un taxi, enjambant des corps endormis et repoussant sans ménagement des enfants-sangsues prêts à saisir de force mes bagages pour gagner quelques roupies.

J'avais refusé de me pencher sur une étude approfondie de la ville. J'avais rejeté les mises en garde, souri aux propos dramatiques, ignoré les tableaux horrifiants. Mais au fur et à mesure que le taxi s'approchait du centre de la ville, parcourant les rues où des formes entortillées dans des guenilles, recouvertes de cartons, gisaient, endormies sur les trottoirs au pied d'immeubles défraîchis, tandis qu'une odeur fétide me prenait à la gorge en me faisant perdre le peu de souffle qui me restait, je sentis monter en moi une chose indicible, une sensation troublante, un frémissement, une saveur de fruit trop mûr à l'intérieur comme si je me gâtais à mon insu, une lave chaude me dégoulinait dedans, une faiblesse étrange gagnait du terrain à chaque tour de roues de la carcasse miteuse qui m'amenait à destination. Je sentis ma confiance vaciller. Je refusai de croire à ce qui m'arrivait lorsqu'un vieil homme squelettique s'appuya contre la portière avant de s'effondrer au milieu de la chaussée, mort, en plein carrefour, non loin de la dépouille d'un chien dont on avait orné le cadavre d'un collier de fleurs orange. J'avais la trouille. Une trouille magistrale et profonde. La première. Je n'étais qu'au début de mes découvertes.

J'ouvris mon sac pour en sortir la bouteille de scotch achetée à l'aéroport. J'en bus une longue rasade au goulot sous le regard horrifié de mon chauffeur. Il jetait des coups d'œil sombres dans le rétroviseur.

Arrivée devant le YWCA, je poussai un soupir de soulagement en récupérant mon sac à dos flambant neuf maculé de taches de graisse et autres matières douteuses que je ne cherchai pas à analyser.

J'y étais enfin.

Calcutta, ville sortilège aux mille saveurs. Si vous n'en repartez pas très vite, vous vous laissez piéger par ses turbulences envoûtantes. Je suis restée. En trois jours, j'avais éclusé ma bouteille de scotch. En huit, j'avais arpenté de long en large la ville pour en saisir les contours, comme on le fait d'un corps pour découvrir les formes d'un nouvel amour. Le dixième jour, elle refermait les mailles de son filet sur moi. Je ne la quitterais plus aisément.

Comment dire la lumière, les odeurs, cette cacophonie horripilante qui exacerbe les sens jusqu'à les rendre douloureux ? Comment décrire toutes ces formes humaines qui vivent accroupies sur les trottoirs ? Comment rendre la vision hallucinante d'une population entassée dans des taudis ? Une myriade d'enfants à peine vêtus ou nus traversent des égouts et jouent dans les décharges publiques tandis que les plus grands fouillent scrupuleusement pour y récupérer des objets à revendre. Certains mendient à l'entrée des immeubles, d'autres écrasent leurs frimousses barbouillées contre les vitrines des pâtisseries et des restaurants. La ville croule sous les ordures, les immeubles tombent en ruine. Des enfants mutilés exhibent leurs plaies devant les magasins, sur les quais des gares, à l'entrée des hôtels de luxe. À l'infini, un panorama de misère et de croupissement. Et puis, il y a le climat redoutable, un air corrosif et vicié qui altère l'humeur, la brique et le béton avant de ronger la chair humaine. Il y a la saison des pluies et son cortège de maladies alors que les hôpitaux sont surchargés et sans moyens. Calcutta a des allures de reine déchue.

Vaste cliché véhiculé dans le monde entier, pour certains il s'agit de l'unique visage de l'Inde. Comment faire pousser un champ de roses dans une décharge publique pour pouvoir la décrire différemment ? J'avais l'impression de tourner les pages d'un *Paris Match* feuilleté cent fois ou d'assister à la projection d'un documentaire racoleur et voyeur. Je me demandais comment transmettre autre chose, comment en parler. Je me taisais.

Il faut la voir s'éveiller au petit jour, la voir quitter son engourdissement à l'heure où le ciel s'embrase de nuances divines pour célébrer la vie. Les hurlements des chiens s'apaisent tandis que les premières prières s'élèvent, mêlées au croassement des corbeaux.

Les femmes s'affairent autour de braseros, les enfants commencent leurs ablutions dans les rigoles douteuses des caniveaux encombrés. Les plus autonomes prennent en charge les bébés. Les hommes vont se laver à l'arrivée d'eau la plus proche, s'aspergeant à l'aide de boîtes de conserve vides. Les animaux reprennent possession des rues; chèvres, chiens galeux et vaches faméliques à la démarche incertaine se mettent à errer, frôlant les voitures, se faufilant au milieu des bus rongés par la rouille qui croulent sous le poids des gens suspendus aux fenêtres et débordant des marchepieds.

Les premiers jours je regardais sans y croire. Quand la stupeur me coupait le souffle, pour éviter qu'elle ne se transforme en peur (émotion nouvelle qui ne s'éloignait plus guère de moi) je marquais un temps d'arrêt et, les deux mains sur les hanches, je me mettais à clamer dans ma langue natale en implorant le ciel : « Thomas, Thomas, vise un peu ce merdier! Ne me lâche pas, guide mes pas dans ce chaos... »

On me dévisageait, visage pâle aux propos incohérents, intruse au sein de ce foutoir organisé dont le sens m'échappait.

Le long de la rivière Hooghly, de chaque côté du pont Howrah, des personnes s'immergent près des rives, des cadavres se consument sur des bûchers. Les pourpres et les oranges des colliers de fleurs portés par le courant se mêlent aux déclinaisons du soleil à la surface de l'eau. Un peu plus loin, une odeur fade et répugnante de sang frais flotte au milieu des vapeurs d'encens. On égorge des chèvres près du temple de Kālī.

J'étais submergée par un fatras d'émotions inconnues. Je sentais le sang dans mes veines véhiculer des perceptions insoupçonnées. Chaque rencontre, chaque croisement d'un regard bouleversaient quelque chose en moi en ébranlant toutes mes certitudes. J'étais comme un nouveau-né. Ce que je connaissais ne me servait plus à rien. Toute neuve et malhabile, c'est ainsi que j'amorçais mon noviciat dans Calcutta.

Le douzième jour, je rejoignis Geoffrey. Cinquante-huit ans, roux et à moitié chauve, le visage criblé de taches de son et le regard d'un bleu délavé, il avait élu domicile dans une petite maison vétuste en lisière d'un bidonville, juste avant une voie ferrée. Fraîchement blanchie, elle m'est apparue accueillante. Deux pièces ouvertes sur une petite cour intérieure joliment garnie de plantes vertes conféraient à cet endroit une atmosphère paisible et sécurisante. Dès le seuil franchi, je respirai mieux. L'une des deux pièces, très petite, avait pour tout mobilier un lit étroit et bas recouvert d'une paillasse, une table de bois et une chaise servant de bureau. Dessus, près d'un verre ébréché contenant quelques crayons, un petit cadre avec la photo d'une femme radieuse et de deux adolescentes : sa femme et ses deux filles, qui vivaient à Oxford. Il ne les avait pas revues depuis quatre ans. Près du lit, à même le sol, un monticule de livres gondolés par l'humidité et poussiéreux. Rien aux murs. Une natte de chanvre tressé recouvrait le sol de terre battue. L'autre pièce, un peu plus grande, faisait office de cuisine, de remise, de salle à manger et de salon. Des caisses de médicaments s'entassaient, encombrant un tiers de l'espace. Des coussins et des chaises basses étaient disposés autour d'un grand plateau de cuivre posé sur quatre briques. Un peu plus loin, dans l'angle le plus sombre, un petit fourneau et une étagère avec peu de vaisselle. Geoffrey était vêtu d'un ensemble indien, pantalon et longue tunique de tissu léger jaune pâle. Il était de taille moyenne, très maigre, et son visage marqué d'une sérénité surprenante. Un homme sans âge. Il aurait pu être vieux avec un brin d'enfance qui n'aurait pas failli. Un visage grave et lumineux, rassurant.

D'emblée je fus impressionnée, troublée aussi. J'éclatai en larmes sans trop savoir pourquoi. Le trop-plein des dix premiers jours, ma bravoure de surface qui m'avait permis de traverser les aléas de mes peurs, ce flirt ambigu avec l'inconnu qui diffusait un curieux mélange de jouissance et d'appréhension, tous ces désordres intérieurs et leurs ravages inavoués remontaient à la surface. Je pouvais me laisser aller, m'abandonner sans plus avoir à lutter, je n'avais rien à prouver, ni à moi ni à cet homme hors normes qui n'espérait rien. Je me sentais petite, toute petite, comme je n'avais jamais été petite et vulnérable. Cet homme calme devant moi, compréhensif et sans mots, m'offrit un verre de thé en me priant de m'asseoir. Cet homme n'était ni dieu, ni saint, ni gourou. Il n'était pas non plus fou ou illuminé. Il était un homme ordinaire qui avait choisi une vie extraordinaire, qui avait pris une décision échappant aux conventions. Il vivait dans l'illégalité, avait fait plusieurs séjours en prison et risquait d'y finir sa vie. Sa femme et ses filles s'étaient lassées, elles ne venaient plus depuis quelques années. Rien n'avait de prise sur lui, rien qui puisse ébranler sa conviction profonde d'avoir à rester ici pour y faire ce qu'il y faisait. Quand un ami de mon père m'avait parlé de lui, j'avais su aussitôt qu'il représentait ce que je n'aurais jamais osé envisager. Un saint qui n'était pas pieux. Un être exceptionnel qui n'était pas animé d'une foi en un dieu (quel qu'il soit) qui guide, inspire, dicte, dogmatise, un dieu centre du motif, un dieu principe, un dieu vérité, un dieu qui fait bouger, penser, rêver, espérer, un dieu qui corrige et punit, un dieu redoutable parce qu'il est le maître absolu du monde. Moi, athée souveraine et indécrottable, mon père avait eu beau me conseiller des lectures, me prôner l'ouverture et la connaissance, passer des heures à essayer de me convaincre que agnostique c'était bien, mais que athée c'était insensé, je ne croyais qu'en moi d'abord, puis je croyais aux choses palpables de l'existence. Celles qui s'étalent devant vous avec une évidence extrême. Un corps vivant qui devient un cadavre. Et après ? C'est fini. Un cadavre enterré se décompose, rongé par les vers. La vermine festoie en ne respectant que sa survie.

Après, il y a ceux qui restent; ils pleurent ou ils jubilent, puis oublient pour ne penser qu'à eux. Il y a des loups, il y a des moutons, il y a la mer et puis des champs de merde. Il y a la vie, cette foire de sensations, de violences et de douceurs, il y a ceux qu'on aime et puis ceux qu'on déteste, les riches, les pauvres, les idiots, des bébés qui pleurent, des vieux grelottants dont on cherche à se débarrasser, il y a des fleurs sauvages et des torrents agités, des nuits d'orage et des plages désertes... Et puis il y a le soleil qui se lève, chaque jour, immuablement. Que le monde tourne mal ou dans le bon sens, lui se lève et se couche, toujours. Allez donc savoir pourquoi ! Une idée fixe, comme ma grand-mère qui arrosait sa plate-bande chaque matin à sept heures, qu'il pleuve, qu'il vente, qu'il neige, qu'il y ait des fleurs ou qu'il n'y en ait pas. Comme l'allumeur de réverbères du *Petit Prince* : « C'est la consigne. »

Il m'a laissée pleurer sans intervenir. Quand mes sanglots se furent apaisés, il a simplement murmuré en frottant doucement mon dos de ses paumes : « Il faut y aller maintenant, on nous attend. »

Et pour la première fois je marchai dans les rues de Calcutta sans peur, découvrant une ville autre que je n'allais pas tarder à aimer.

Geoffrey s'occupait d'une clinique de rue qu'il installait sur un coin de trottoir avec les moyens du bord : très peu de matériel, des médicaments en nombre insuffisant, quelques volontaires, médecins et infirmières venus pour un temps des quatre coins du monde. Il occupait des points stratégiques, près des gares généralement. Il était très aimé; tout le monde l'appelait Dada. Quand il arrivait à huit heures le matin, une file immense attendait déjà. Il restait jusqu'à treize heures, puis rentrait se reposer deux heures avant de commencer la tournée du bidonville juste derrière chez lui. Parfois, il ne retournait dans son refuge que très tard. Il arrivait même qu'on vienne l'y chercher la nuit.

Moi aussi, je l'appelais Dada; très vite nous étions devenus complices. J'allais le rejoindre chaque matin après avoir traversé la ville à pied. Je travaillais à ses côtés jusqu'à treize heures. Ensuite, j'allais manger puis m'offrir du bon temps. Parfois, je le débauchais, je l'invitais à boire une bière, lui dérobant un peu de son temps pour le mettre à mon profit. Il me fascinait, provoquant chez moi admiration et malaise. Pourquoi ? Comment ? Quels étaient le sens et la motivation de son engagement puisqu'il ne s'agissait pas d'une servitude en regard de Dieu ?

« Dieu ?... Je ne sais pas. Une foi en l'humanité. Mais l'humanité, c'est peut-être Dieu... »

Des questions de cet ordre, je ne m'en étais guère posé jusqu'à ce jour. Celles qui m'obsédaient, j'avais tendance à aller en chercher les réponses au bout d'un scalpel ou d'un microscope. Les questions restées sans réponse, je m'étais appliquée à les éloigner afin qu'elles n'encombrent pas ma vie. Il y avait assez de mon père pour couper les cheveux en quatre et se masturber l'esprit pendant des jours, voire des années, avec la même énigme jamais élucidée. Il adorait ça ! Il ne savait pas vivre sans torture intellectuelle ou existentielle. Il n'y avait jamais rien de simple, jamais rien d'évident, jamais aucune couleur définie ou limpide.

Si j'avais fait des études de médecine, ce n'était ni par vocation ni inspirée par la moindre conscience humanitaire. C'était pour satisfaire une curiosité excessive et assouvir une soif insatiable de connaissances. Des connaissances scientifiques, palpables. Mon voyage à Calcutta avait les mêmes desseins égoïstes. Pas l'ombre d'un geste charitable dans ma démarche, ni le moindre éclat d'altruisme, pas le plus petit fragment de bon sentiment à l'horizon de ce séjour. Je n'avais rien à racheter, je ne voulais pas qu'on pardonne mes fautes, je n'avais pas de paradis à gagner.

L'âme de la ville transpirait. Peu à peu, elle me révélait une autre cité en transformant ma perception des lieux et des habitants. Des marchands de fleurs le long de la rivière Hooghly quand la brume rend le décor impalpable au Queen Victoria Memorial immuable et lourd, des dédales de New Market à la piscine de l'*Oberoi Grand Hotel,* au bord de laquelle j'aimais m'allonger en sirotant un café glacé, pleuvaient à portée de ma vie des contrastes saisissants et des aberrations flagrantes. De quoi déstabiliser le plus conformiste des hommes. Le sacré transcendait la misère et la pagaille en nimbant chaque moment d'une magie à jamais gravée dans ma mémoire. Une ville étonnante au sein de laquelle des manifestations pouvaient bloquer la circulation et la déambulation des vaches sacrées pendant des heures, sous un soleil de plomb échauffant les âmes sages. Et puis ces petits riens du quotidien, du lever du soleil à son coucher, ponctuaient mes jours d'instants d'une rare intensité.

Levée à cinq heures, je commençais par affronter les bestioles grimpant le long des murs de la salle de douche au milieu de la peinture écaillée boursouflée par l'humidité. J'implorais (n'importe qui ou n'importe quoi) pour qu'un filet d'eau daigne sortir de la pomme de douche rouillée aux trois quarts bouchée. Juste de quoi dissoudre les moiteurs de la nuit et garder l'illusion de démarrer la journée fraîche de corps et d'esprit. Il m'arrivait souvent d'avoir le sentiment conscient d'alimenter une illusion. Un mélange de lucidité et d'un besoin impérieux de chimère cultivée sciemment, parce qu'il est devenu impossible de fonctionner autrement.

Je récupérais mon petit-déjeuner : deux tranches de pain, une banane et un œuf dur, je traversais Park Street pour les donner à une jeune femme et à son petit garçon de quatre ou cinq ans qui vivaient là sur le trottoir en plein carrefour, avant d'entrer chez *Flury's,* célèbre pâtisserie dans laquelle tous les richards du coin viennent se goinfrer en exhibant leurs bourrelets, signe incontestable de réussite et de prospérité. L'abondance se porte avec insolence, les excès de graisse s'affichent avec fierté. Rien à voir avec nos pays où l'on prône le culte de la minceur à en enfanter des générations d'adolescentes anorexiques. On pèse, on mesure, on calcule. On souffre d'avoir à se priver en bavant devant les vitrines des pâtissiers et des traiteurs tandis qu'on fabrique du camembert allégé, du beurre maigre, du sucre sans sucre, du pain sans gluten, sans sel, sans saveur. Ici, les enfants fouillent les ordures pour tenter d'y trouver un résidu de n'importe quoi à se mettre sous la dent. Comment avancer sans y penser ? À chaque instant, une petite lumière clignotait dans ma cervelle, une alarme me guidait pour m'imposer de voir, d'entendre, de comprendre. Je découvrais l'existence de ma conscience. Je la trouvais encombrante et inconfortable.

La première fois que j'entrai déjeuner chez *Flury's,* un couple d'Indiens et leurs deux fils âgés d'une dizaine d'années étaient installés à la table voisine. C'était un dimanche matin. Culotte bleu marine et chemisette blanche, la raie bien droite et les cheveux gominés, ces deux gamins avaient de la difficulté à marcher tant leurs cuisses étaient grosses. Je les ai vus engloutir sous le regard béat de leurs parents des toasts recouverts de haricots blancs à la sauce tomate avant de se goinfrer de brioches et de croissants. Le tout arrosé d'un vaste chocolat au lait. Nauséeuse, je commandai une tasse de thé et vis en sortant sur le trottoir d'en face le petit mendiant assis sur un carton mangeant sa tranche de pain en prenant la peine de mastiquer chaque bouchée comme s'il s'agissait d'une denrée rare à ne pas gaspiller. Le lendemain, je lui apportai deux croissants. Étrange, je voyais son manège chaque matin, la façon qu'il avait de me regarder entrer à la pâtisserie. Il ne me lâchait pas des yeux, je sentais son regard fixé sur moi, lourd, perturbant à m'en faire rater la marche parfois. Mon malaise gagnait chaque jour de l'ampleur, au point de me faire passer tout droit sans rien absorber de la matinée. Il ne montrait aucun enthousiasme quand je ressortais avec un sac de gâteaux pour le lui donner. Il prenait le sac, me regardait intensément, deux yeux noirs bordés de cils très longs qui lui bouffaient le visage pas plus gros que mon poing, sans l'ébauche d'un sourire. Rien de réjouissant, aucune lueur de satisfaction. Et puis, un beau matin j'ai compris. Ce qu'il enviait le plus, c'était de me voir grimper les marches et entrer dans ce restaurant auquel il faisait face sans la moindre chance d'y avoir accès un jour. Ce territoire interdit, un château, un palais, un monde de rêve nourri par son imagination. Ce matin-là, je lui tendis la main. Ensemble, nous montâmes les marches et poussâmes la porte de chez *Flury's*. Un sourire illuminait son visage barbouillé. Il était vêtu d'un slip troué d'une couleur douteuse, il avait le crâne rasé, il serrait fort ma main tandis que tous les regards convergeaient vers nous. La réprobation se lisait sur les visages. Je le laissai choisir mais il ne voulait rien. Il avait ce qu'il avait espéré sans y croire vraiment, il était rassasié pour un temps. J'achetai deux brioches et quelques sucettes, m'attardant à plaisir en lui laissant le loisir de savourer un peu. Un silence de mort autour de nous. Toute activité suspendue par la stupeur. Les Indiens se noyaient dans leur graisse, le souffle coupé. Les Occidentaux commençaient à chipoter, repoussant d'un air dégoûté leur assiette, des fois qu'un morpion se serait lové dans leur crème chantilly, ou qu'un virus inconnu saccagerait à distance leurs entrailles fragiles ! Pauvres petits Blancs venus faire leur B. A. pendant deux mois avant de rentrer retrouver papa-maman pour leur conter leurs prouesses ! La rage m'embrasait, j'avais envie de les insulter et d'aller cracher dans leurs auges à gorets grassouillets en leur disant que ma bave de limace occidentale était salement contaminée. Contagieuse et mortelle !

Je ressortis, satisfaite. Ce petit garçon que je croyais muet déversait un torrent de mots incompréhensibles. Il avait lâché ma main pour se précipiter vers sa mère. Il tournait, les deux bras tendus vers le ciel en poussant des cris de joie. Plus jamais il n'allait me regarder de la même manière. Chaque matin, j'aurais droit à un sourire magistral, à une reconnaissance généreuse inscrite au fond de ses yeux.

C'est le premier grand cadeau que m'ait offert Calcutta.

À compter de ce jour, je considérai les enfants différemment.

C'était le début de ma plus grande histoire d'amour.

Mon travail auprès de Geoffrey me passionnait. Ce que j'avais étudié pendant six années à l'université ne me servait pas à grand-chose. J'avais affaire à des maladies jamais approchées et nos soins étaient limités par le manque de matériel et de médicaments. Il fallait souvent improviser, parer au plus urgent, donner des conseils d'hygiène et fournir quelques denrées, boîtes de lait, sacs de riz, paquets de biscuits, conserves, dans la mesure de nos moyens. Chez ces gens, la confiance, une forme d'abandon et de reconnaissance stupéfiante, très éloignée de ce que l'on peut ressentir dans les salles d'attente des urgences des hôpitaux occidentaux. Une leçon de sagesse et de patience. Ils pouvaient rester là des heures, en plein soleil, sans jamais le moindre mouvement d'humeur. Des images saisissantes s'emparaient de moi, provoquant des émotions troublantes : un bébé squelettique tétant le sein tari de sa mère, une jeune femme massant le corps de son enfant à l'huile, un père épouillant la tignasse rebelle de son garçon... De très beaux gestes malgré la crasse et la misère. Parfois, j'étais prise de vertiges, une soif d'amour surgissait du fond de mon corps, impérieuse, un besoin d'aimer et d'être aimée. Je mélangeais la tristesse de n'avoir jamais été dorlotée par ma mère et l'envie d'avoir un amant qui me ravagerait corps et âme à en perdre la raison.

Petite, j'étais déjà grande. J'ai perçu tôt et de façon innée l'incapacité de mes parents à jouer leur rôle. Maternage et paternage n'avaient jamais eu cours. J'étais devenue très vite un petit singe savant. Une machine à enregistrer. Un jouet brillant. C'est comme ça qu'ils m'aimaient, quand j'épatais la galerie ou que j'effrayais avec mes connaissances. Un prototype insolent et rebelle. Un monstre enfant génial. Une emmerdeuse. Autonome avant même de marcher. Désagréable à souhait. Un phénomène de foire quand je rentrais les mains couvertes de sang d'avoir joué avec des cœurs et des cervelles de mouton tout l'après-midi. Je forgeais ma carapace : Olivia l'insensible, l'étrangère, l'égoïste, Olivia l'insoumise.

Si seulement Thomas Thomas avait survécu ! Lui aurait su comprendre et satisfaire. Allégra aurait eu envie de materner son chouchou, du dorlotage à outrance pour en faire un petit fragile inhibé, un trouillard, une couille molle, un asexué un tantinet féminin. Pauvre maman... Jamais eu la vocation. Une erreur. Mais je suis là.

Là, sous mes yeux, chaque jour et partout, des mères, des pères vivant dans un absolu dénuement mais dont l'amour pour leur progéniture s'exprimait à chaque instant du jour et de la nuit. Leur mine d'or ! Qui savait les faire continuer et espérer, malgré tout. Pour qui ils imploraient le ciel et la terre, tous ces dieux et toutes ces déesses encensés et fleuris. Un parfum de dévotion à l'infini de leur vie.

Thomas Thomas, je te hais !

Il m'arrivait d'accompagner Geoffrey tout au long de la journée, le suivant dans le bidonville jusqu'à une heure avancée, saisie d'horreur et d'admiration devant les conditions de vie de cette population. Tant d'enfants. Tant de misère et de joie confondues. Une force vive avec un goût prononcé pour les fêtes et les réjouissances. Une façon ludique d'appréhender les jours. Des sanctuaires improvisés à chaque croisement de ruelles sordides. Des divinités en tous genres peintes de couleurs vives et aux pieds desquelles sont déposées des offrandes : colliers de fleurs, fruits frais, quelques roupies, encens, noix de coco, biscuits... Difficile à concevoir pour mon âme anémiée d'Occidentale athée. Leur détermination et leur foi inébranlable alors qu'ils crapahutent dans les bas-fonds du dépotoir du monde, quand les rats traversent leurs masures la nuit en leur courant sur le corps, et que leurs enfants jouent dans la fange en respirant une odeur fétide, tout cela me dépassait.

Dieu... Dieu ?

De quel Dieu s'agit-il ? Vishnu, Brahmâ, Shiva, Durgā, Kālī, Ganeśha, Pārvatī, Lakmī, Sarasvatī... innombrables divinités du panthéon hindou, religion polythéiste par excellence qui multiplie ses dieux et ses déesses comme Jésus-Christ multipliait les petits pains. À l'époque védique, on en vénérait trente-trois. À l'heure actuelle, l'Inde en compte plus de trente-trois millions ! Ajoutons à la brochette Jésus, Bouddha, Zarathoustra, Allah... et tous ceux que j'ignore et ignorerai jusqu'au bout de ma vie. Comment choisir au sein de cette foire insensée ? Au nom de qui et pourquoi ? Je ne m'y risquais pas. J'observais, témoin sceptique, à la fois admirative et craintive. Quelle force d'inertie, quel degré d'indifférence poussent ce Dieu obscur à laisser ces gens évoluer dans un tel dénuement, les deux pieds dans la merde et le regard farouchement tourné vers le ciel ? À quel paroxysme d'abnégation et d'humiliation va-t-il les contraindre ?

« Chien ! Si tu existes, je te hais autant que Thomas Thomas. Pas étonnant qu'il soit parti te retrouver si vite ! Bonne chance ! Aucune hâte de vous rejoindre dans votre vaste néant. »

Un soir, alors que la mousson commençait ses ravages, transformant la ville en Venise fantomatique, les rues devenues rivières en l'espace de quelques minutes, la chaleur poisseuse rendant l'air irrespirable, j'avançais, de l'eau jusqu'à mi-cuisses, en m'interrogeant sur la nature des objets frôlant mes mollets, animal quelconque, excréments humains ou autre chose aussi sympathique flottant au gré du courant, j'avançais, le regard rivé au dos courbé de Geoffrey qui marchait devant moi, quand un désir violent embrasa mon corps. J'avais envie qu'il me prenne là, dans la démence de ce décor apocalyptique, alors que toutes les rues s'étaient vidées sous la pression du déluge s'abattant sur la ville. Où étaient passés les gens ? Mystère ! Plus âme qui vive, juste nous à lutter dans cette galère aquatique, deux Blancs cassés par la fatigue. C'était irréel, incroyablement étrange. Je le suivais sans dire un mot, tout à l'écoute de mon désir fiévreux.

Une jeune Indienne qui faisait pour lui le ménage et la cuisine attendait son retour. Il la remercia, lui donna un billet et une boîte de lait pour son bébé. Avant de m'inviter à manger, il me tendit une serviette de toilette et une tunique sèche. J'allai me changer derrière un paravent et le rejoignis près de la table basse. Un plat indien était servi : du riz et des petits récipients de sauces variées. Il n'était pas bavard, ce cher Dada ! Il ne m'aidait pas beaucoup. Je le regardais manger, fascinée par la dextérité avec laquelle il confectionnait ses boulettes de riz avec trois doigts de la main droite, avant de les tremper dans la sauce et de les précipiter dans sa bouche sans le moindre dégât. Je n'avais pas faim, je repoussai doucement mon assiette.

— Est-ce que je peux dormir ici ce soir ?

Il continua à manger, imperturbable. Son silence était pesant. Il prenait son temps, se resservit, alla chercher du thé, m'en offrit un verre avant de se rasseoir. Puis il me regarda gentiment, les mains croisées sur ses genoux :

— Ne gâche pas tout, Olivia... J'ai toujours été un mari décevant et piètre père. Rentre chez toi maintenant. La pluie a cessé, j'appelle un rickshaw.

Chez moi ! Le YWCA, 1 Middleton Row. Chez moi, cette chambre-cellule donnant sur une ruelle ? La fenêtre était haute, les corbeaux s'agrippaient aux barreaux pour me déverser le chant funeste berçant mes nuits et mes jours. Chez moi !

Pas encore saint, Dada, mais il était sur la bonne voie ! Quelques efforts et il finirait canonisé. Saint Dada des déshérités ! Je voyais déjà une auréole nimber sa maigre couronne de cheveux roux. Joli. « Bravo, Dada ! Tu m'impressionnes ! » Mon corps de vingt-six ans se trémoussait d'impatience. Un excès de misère a exacerbé mes sens dans un sursaut de vitalité. « Je suis vivante et libre ! Libre de fuir ce malheur quand bon me semblera. Libre d'aller continuer ailleurs, les laissant là avec l'improbable espoir qu'ils s'en sortiront un jour. Libre de m'envoyer en l'air avec qui bon me semble et quand je veux. »

Le rickshaw, tiré par un homme squelettique dégoulinant de sueur, arpentait les rues. La pluie s'était arrêtée. Le ciel anthracite donnait à la ville un reflet de fin du monde. Les individus avaient déserté leurs refuges ; tissu collé à la peau, ils recommençaient à ramper sur l'asphalte, écrasés au sol par l'humidité qui saturait l'air. Je regardais cet homme à l'âge indéfinissable et d'une beauté fanée peiner comme une bête de somme pour gagner quelques roupies. J'avais mis du temps avant de prendre mon premier rickshaw. Et puis, j'ai fini par comprendre que de ne pas les utiliser ne les épargnait pas. Ils avaient besoin de nous véhiculer pour gagner leur vie. J'ai tenté l'aventure. J'ai mis des lunettes noires pour ne pas croiser le regard de l'homme-cheval ; j'ai embarqué. Au premier virage, j'ai demandé à descendre. À l'avenir, j'allais marcher.

Ce soir-là, ma colère et mon désespoir me permettaient un certain détachement. Fixée sur mon nombril et mes petites douleurs, j'ignorais les siens.

Mon désir m'obsédait. Il était là, éruptif, m'éclaboussant les entrailles alors que je croisais des visages hagards décomposés par la chaleur.

Le lendemain, je n'allai pas rejoindre Geoffrey. J'étais à Calcutta depuis cinq semaines, j'étais fatiguée, la mousson diminuait ma résistance en éprouvant mon système nerveux. Je me demandais si un changement d'air, loin de la ville, du monde et du bruit, ne serait pas salutaire. Aller passer huit jours à Darjeeling à la frontière du Sikkim et du Bhûtân, y chercher un peu de fraîcheur et respirer l'air des montagnes... Peut-être.

Je passai ma journée au bord de la piscine de l'*Oberoi Grand Hotel,* éclusant bière après bière, plongeant dès que des trombes d'eau s'abattaient sur nous. J'étais un peu ivre, juste ce qu'il fallait pour ne plus penser, ni trop ni trop peu, encore lucide, abandonnée et hilare. J'étais seule. Les clients de l'hôtel (un palace fréquenté par des hommes d'affaires et des familles fortunées) restaient à l'intérieur dans les salons climatisés. J'étais bien. Je n'avais plus aucune notion du temps qui passait ni de l'endroit précis où je me trouvais. De hauts murs protégeaient cette enclave idyllique, un petit coin de paradis entouré de gazon, de massifs de fleurs et de palmiers. De quoi oublier l'horreur sévissant juste de l'autre côté. Celle qui nous prenait à la gorge dès le seuil de l'hôtel franchi. Tout un réseau de mendiants vivait agglutiné à proximité. Une mafia organisée mutilait des enfants pour qu'ils rapportent plus d'argent. Estropiés et lépreux se succédaient sur deux cents mètres, s'accrochant et suppliant « *Mâ... Mâ...* », le ventre affamé et la mine crasseuse. Difficile de s'habituer. Pourtant, au fil des jours, je résistais davantage, l'agacement ayant remplacé la pitié. J'avais des gestes agressifs et des mouvements d'humeur.

Je m'accordais trois jours de réflexion avant de prendre ma décision : rester, ou m'éloigner un temps. Je passai la seconde journée à discuter avec une volontaire de chez Mère Teresa, une Australienne qui s'était foulé la cheville en glissant dans une flaque de boue. Immobilisée au YWCA pour une semaine, cette pauvre fille s'ennuyait à mourir. J'avais déjà discuté avec elle. Elle était vive et sympathique. Elle passait son cinquième été ici. Elle avait la piqûre ! Rose, blonde et pulpeuse Emma. Les têtes se tournaient sur son passage. Une chouette fille infirmière à Melbourne. À plusieurs reprises, elle avait tenté de me convertir : « Les missionnaires de la Charité sont formidables. Viens travailler avec nous... »

Non. Toujours pas décidée à aller voir de près. Si Emma m'avait rapidement séduite, des tas d'autres me consternaient, boy-scouts attardés, grenouilles de bénitier sentant la naphtaline à plein nez, bouffant du bon Dieu de la messe de cinq heures trente jusqu'à la prière du soir. Que serais-je allée faire dans cette galère, moi le vilain petit canard qui n'avais pas une miette de foi à me mettre sous la dent !

Bien sûr, je voyais les missionnaires de la Charité. Elles sont partout, ponctuation rassurante des rues de Calcutta, vêtues d'un sari bleu et blanc, ou d'un sari tout blanc pour les novices. J'aimais les croiser par petits groupes, aux quatre coins de la ville, toujours à prier en égrenant leur chapelet. Sereines et confiantes. Je ne remettais pas en cause leur travail remarquable ni leur dévouement ; ce qui me dérangeait, c'était leur motivation. Il m'apparaissait impossible de fonctionner à côté en étant si loin de leurs croyances. Il me semblait qu'une odeur de sainteté devait suinter de chacun de leurs gestes, de leurs mots, de leurs initiatives. Quand tout est fait et accepté en regard de Dieu, comment comprendre ceux qui évoluent dans la vie ordinaire, debout sur leurs deux jambes avec un cœur qui bat, des émotions qui perturbent, des sens qui violentent, des questions qui se pressent et demeurent sans réponse, sans nul autre soutien que la conviction d'avoir à traverser ce merdier avec le plus de courage et de dignité possible ? Comment pourraient-elles comprendre ma vision du monde terre-à-terre et sans bouée de sauvetage, ma façon d'avancer au jour le jour sans autre croyance que celle d'avoir à me débrouiller seule en tentant de repousser les limites imposées par la constitution du corps humain ?

Décidément, je n'étais pas prête. Ou peut-être avais-je peur, non pas de me laisser contaminer mais d'être troublée, déstabilisée, d'avoir à me poser les questions que j'évitais scrupuleusement, peur d'être moins sûre de moi.

L'après-midi était avancé, la nuit serait précoce, le ciel ne permettant pas au moindre rayon du soleil couchant de percer sa barrière de nuages sombres. C'était triste et moche. En bas, sur le terrain de tennis détrempé, deux étudiants tentaient de jouer. Les portes des chambres étaient grandes ouvertes, donnant sur un long balcon abrité. Des corps gisaient sur les lits, sous des ventilateurs qui balayaient l'air avec des ronflements poussifs. Parfois, une interruption de courant immobilisait tout. Une plainte collective et vague s'élevait dans un mouvement de réprobation molle.

La cheville d'Emma était énorme. Elle souffrait beaucoup. Je lui avais fait prendre un bain d'eau salée puis l'avais massée avec un baume camphré. Son regard très clair était cerné, ses joues écarlates, sa respiration saccadée. Elle était prête à craquer.

— Qu'est-ce qui pourrait te faire du bien ?

Avec un pâle sourire, sans plus retenir ses larmes, elle avait murmuré :

— Que tu m'accompagnes à l'adoration. Mère Teresa est arrivée hier, j'aimerais la voir.

Quelques heures plus tard, je me retrouvai assise en tailleur au fond de la chapelle de la maison-mère des missionnaires de la Charité. C'était une vaste pièce dépouillée. Seul l'hôtel précisait la fonction de cet espace qui ressemblait plus à un réfectoire ou à une salle de gym qu'à un lieu de culte. Ni bancs ni chaises, simplement des sacs de toile de jute disposés sur le sol cimenté. En contrebas, Lower Circular Road, une artère bruyante et encombrée dont le brouhaha entrait par les fenêtres aux persiennes de bois restées ouvertes. Une centaine de sœurs étaient assises sur leurs talons, beaucoup de novices vêtues de blanc avec des airs de collégiennes faisant leur première communion ; vers l'arrière de la chapelle, près de la porte, Mère Teresa. Un petit bout de femme en sari bleu et blanc recroquevillée sur son sac de toile, pieds nus, les yeux clos, recueillie. Son visage était creusé de rides profondes, ses mains jointes déformées par les ans, sa tête baissée, menton sur la poitrine. Je ne pouvais détacher mon regard de ce visage si souvent vu dans des magazines, dans des reportages télévisés, aux informations, un visage qui avait fait le tour du monde depuis qu'elle avait obtenu le prix Nobel de la paix. J'étais assise à deux mètres d'elle par un soir torride, impressionnée sans trop savoir pourquoi, émue à en avoir les larmes aux yeux. J'oubliai tout, les prières, la présence des missionnaires, celle des bénévoles occidentaux agglutinés au fond de la pièce, j'oubliai Emma et sa cheville malade, j'oubliai la mousson, Calcutta, la pagaille et le bruit provenant de l'extérieur, fixée sur elle, subjuguée. Petite, menue, âgée, lumineuse ! Digne et sobre, humble et discrète, réelle, vivante là sous mes yeux. Il ne s'agissait pas d'Albert Schweitzer ni de son hôpital de Lambaréné au Gabon, croisés dans un livre d'images. Mon père m'en racontait l'histoire quand j'étais petite, un mythe qu'il avait nourri et idéalisé au fil du temps. Il s'agissait de Mère Teresa de Calcutta, celle qui vouait sa vie aux plus démunis depuis plus de cinquante ans. J'oubliai la foi, la religion, Dieu, j'oubliai la motivation qui l'avait inspirée et guidée. Je ne pensais qu'à elle, si proche, vision idyllique qui se gravait dans ma mémoire.

Je n'oublierai jamais l'intensité de son regard et ses deux mains serrant les miennes : « *God bless you.* »

La nuit était tombée. Nous avions repris un rickshaw en sens inverse. La ville puait. Une odeur de cave humide, de putréfaction. Des enfants dormaient, gisant en tous sens sur les trottoirs. Les visages des femmes accroupies devant les braseros étaient incandescents, feux follets baroques déchirant l'obscurité. Nous nous taisions. Après avoir monté l'escalier lentement à l'aide de ses béquilles, Emma s'est arrêtée sur le seuil de sa chambre. Elle me regardait, radieuse :

— Alors ?

— Alors quoi ! Dors bien.

Elle est restée immobile devant sa porte ouverte. Elle m'a suivie des yeux jusqu'à ce que je disparaisse à l'angle du couloir. Elle était déçue.

Je passai une nuit perturbante à me retourner sur ma paillasse. Régulièrement, j'émergeais d'un sommeil agité entrecoupé de rêves désagréables. Je me battais contre les moustiques, chassais un lézard qui respirait trop près de mon oreille, j'insultais le corbeau veilleur de nuit accroché aux barreaux de ma fenêtre. J'avais beau l'effrayer à coups de journal ou l'asperger d'eau, cinq minutes plus tard il était de retour. Protecteur ou oiseau de mauvais augure ? De bien étranges idées me traversaient l'esprit. Thomas Thomas, ce volatile charognard ? Ridicule ! J'étais en train de perdre la raison. Mon bon sens se désagrégeait sous la combustion lente d'une ville en perdition rongée à l'os par un climat caustique. Les vapeurs opaques d'un opium mental distillaient obstinément confusion et malaise en embrumant mes dernières idées claires.

Un songe me hantait. Il revenait sans cesse, obsession finissant par me faire douter de tout, surtout de moi.

Thomas était planté devant mon lit, corps d'énergie vibrante et lumineuse, un long frémissement, onde mobile et claire contrastant avec la rigidité de ses propos : « Tu t'égares, tu blasphèmes, tu jures, tu te prépares de tristes jours. N'oublie jamais l'ordalie, Olivia, l'ordalie... L'ordalie... L'ordalie... L'ordalie... »

Le mot était devenu inaudible, un écho dissout par la distance. Il n'y avait plus rien dans ma chambre, plus la moindre présence, ni l'ombre d'un éclat oublié, rien qu'un néant terrifiant, un vide, une solitude jamais éprouvée, un trou béant, caisse de résonance dans laquelle venait se perdre « l'ordalie », comme un gravillon lâché dans un puits sans fond.

L'ordalie...

Des années que ce mot n'avait pas retenti dans ma mémoire. Il avait survécu quelques années à ma grand-mère avant d'aller la rejoindre dans la tombe. Enterré pour l'éternité. Ma grand-mère n'avait que ce mot à la bouche. L'ordalie était omniprésente dans son existence. Une manie frisant la maladie mentale. Une obsession qui la tua. Atteinte d'un cancer du sein, elle avait refusé de se faire soigner puisqu'il s'agissait de l'ordalie, cette épreuve judiciaire du Moyen Âge appelée aussi « jugement de Dieu ». Celui qui l'affrontait victorieusement était déclaré innocent. Les cellules malignes n'avaient rien à faire de l'ordalie ! Elles s'en sont donné à cœur joie, en multipliant les métastases un peu partout dans le corps de cette détraquée qui avait choisi un suicide lent et malpropre. Pauvre cinglée ! Pas étonnant que ma mère se soit tirée dès qu'elle a pu en épousant mon père. Pas surprenant qu'elle ait été une si pitoyable éducatrice, elle jamais éduquée et qui avait grandi en côtoyant la folie à plein temps. Son art l'a sauvée, mais elle demeure carencée et instable. Un héritage empoisonné transmissible de génération en génération. Je casserai la chaîne en évitant d'enfanter une progéniture aux chromosomes disjonctés. Aucune envie de perpétuer l'espèce.

L'ordalie poursuivait mon aïeule. Les orages, les giboulées de mars, la sécheresse, les tempêtes de neige, le moindre nuage, les canicules, le feu à l'autre bout du monde, les tremblements de terre, les volcans, tout ce qui se rapportait de près ou de loin aux éléments naturels éveillait en elle une terreur. Elle se signait, embrassait la croix qui pendait à son cou en murmurant comme un leitmotiv à l'infini de sa vie : « L'ordalie... L'ordalie... » Puis un jour le mal a empiré. Aux éléments naturels est venue s'ajouter la liste de tous les aléas de l'existence : bris de vaisselle, perte d'un objet, maladie, manque d'argent, contrariétés, mouvements d'humeur... Tout était devenu l'ordalie. À dix ans, je ne la supportais plus, je la méprisais même. Je rêvais qu'elle disparaisse, qu'elle crève comme un chien en libérant ma mère. Elle vivait dans un vieux wagon désaffecté, elle faisait les ordures et longeait les cours d'eau pour y récupérer tout ce qu'elle croisait : bouteilles vides, papiers, vieilles chaussures, détritus en tous genres qu'elle lavait scrupuleusement avant d'en faire un monticule incohérent, fixant les objets entre eux à l'aide de plâtre ou de ciment. Ses sculptures ! Un ordre divin reçu une nuit d'égarement. Une mission.

Mes parents lui apportaient de l'argent et des provisions chaque mois. Petite, j'étais de la visite. À dix ans, je m'y suis opposée et j'ai commencé à la détester vraiment. Elle est morte l'année de mes seize ans. Je l'avais revue à chacun de ses anniversaires. J'en garde un souvenir exécrable. Elle était vilaine, elle portait une longue natte maigrichonne couleur filasse, elle avait deux dents gâtées juste devant. La terreur qui l'habitait avait fini par graver un rictus sur son visage émacié. Elle était impossible à soigner. Impossible à aimer. Pauvre mamie... De quoi être écœurée à vie de toute forme de justice divine sévissant sur notre planète ! De quoi avoir fait de moi la plus redoutable athée de l'Univers.

Ce fantôme glauque qui avait hanté ma nuit en me suggérant l'ordalie comme une programmation récidiviste sévissant à distance, cette chose lumineuse et impalpable qui ne quittait plus ma mémoire, aussi fugace qu'omnipotente, ce désordre indescriptible et violent me fit fuir ma chambre avant le lever du jour, et traverser Calcutta pour aller rejoindre Geoffrey. La ville comateuse n'avait pas encore levé le suaire de ses limbes. Elle gisait sous mes yeux dans une agonie collective.

Geoffrey dormait, la porte grande ouverte donnant sur la cour. À plat ventre, le visage caché dans son bras replié, vêtu d'un boxer bariolé et d'un tee-shirt blanc. Dissimulé derrière un pot de cactus, un chaton maigre et crasseux se léchait méthodiquement. Il suspendit son action quelques instants, la patte levée à la verticale, me fixant de ses petits yeux ronds et vifs, moi la furie qui faisait irruption dans cette aube paisible.

Je tirai Geoffrey par la manche : « Dada, Dada, réveille-toi ! »

À genoux au bord de son lit, je reçus son visage comme une confidence. Étrange impression que de découvrir un visage familier en ayant la certitude de ne pas le connaître, de n'avoir approché qu'une apparence, l'illusion d'un homme qui était quelqu'un d'autre. Il me semblait détenir un secret, enfoui ou sciemment dissimulé, qui devait être à l'origine du sens profond de son existence. Sur son visage, en surimpression, le calque d'une vérité jamais confiée, ou la révélation d'un axiome qu'il était seul à connaître. Un détail original, un de ces mystères faisant de chaque être humain un être unique, indéchiffrable.

— Est-ce que les morts reviennent sur terre ?

Il s'est redressé. Dos appuyé au mur, il me regardait, l'air incrédule et stupéfait.

— Je vais nous faire du thé.

Assis sur des coussins devant le grand plateau de cuivre, Geoffrey buvait son thé brûlant, par petites gorgées, tout à l'écoute de mon récit. J'avais posé mon verre devant moi, je n'y touchais pas. Je n'avais ni faim ni soif, je n'avais ni chaud ni froid, je ne ressentais que ce trouble qui avait pris possession de mon corps au milieu de la nuit. Une présence évanescente, omniprésente mais insaisissable, la certitude d'avoir eu affaire à l'inexpliqué et l'inexprimable mais aussi vrai que ma réalité terrestre.

— Crois-tu que ça puisse exister vraiment ?

— ...

— Je n'ai pas rêvé, je ne me suis pas raconté d'histoire. Thomas était bien là cette nuit... Tu me crois ?

— ... Je n'ai jamais rien vécu de tel. Je ne sais pas quoi te dire. Tu devrais te reposer. Pars quelque temps. Je ne sais pas. Mais repose-toi.

Je remontai la ruelle en sens inverse, profondément déçue. Qu'avais-je imaginé ? Qu'il allait me croire et me donner sa bénédiction ? « Bien sûr, Olivia ! Les fantômes batifolent impunément chaque nuit, ils viennent danser la gigue et chatouiller les âmes troublées par leur mauvaise conscience. Les morts viennent régler leurs comptes. Thomas Thomas reviendra, ta grand-mère aussi. Ils auront ta peau ! Les morts manipulent. Ils vont te détruire, ils vont te casser, ils vont te rendre cinglée... »

Geoffrey avait raison, j'étais fatiguée, nerveuse et émotive. J'avais dû rêver.

Pourtant, quelque chose en moi se défendait. Une force irréductible, un pan entrouvert sur un monde de mystère. Un monde où l'on sait. Une voix intérieure qui protège parfois d'un danger évité de justesse, une petite musique silencieuse capable de faire du vacarme quand elle veut se faire entendre. Ce que nous appelons intuition, instinct, flair, pressentiment, une certitude intrinsèque qui nous invective en dépit des raisonnements lucides et d'une logique écrasante. Une vague de fond hurlait : « Non ! » La vérité.

Pauvre Dada, allais-je l'abandonner à son triste sort ? Les bénévoles désertaient peu à peu Calcutta pour aller vers des contrées plus clémentes. Il me conseillait de quitter la ville. Il avait choisi le meilleur moyen pour me faire rester.

Le jour s'était levé, le ciel était barbouillé de volutes roses, immense queue d'un cerf-volant balayant l'horizon, arabesques fluorescentes sur fond de cendre. Une brume légère montait du sol. L'évaporation des dernières averses donnait aux taudis des allures d'habitations lunaires pour une population venue d'ailleurs. J'apercevais un nombre impressionnant de personnes entassées dans des pièces uniques et sombres. Des corps hésitant à rompre la trêve offerte par le sommeil. Prolonger la fuite nocturne pour retarder le moment où le regard intransigeant se poserait sur leur sombre réalité. J'entendais des prières, écho perpétué à travers la ville. Du nord au sud, d'est en ouest, une même rumeur lancinante, gage d'une aube nouvelle.

Quel degré de sagesse et d'abnégation il faut pour accepter et poursuivre malgré tout, sans nul autre espoir que celui de survivre encore un peu, un peu plus loin, dans un dénuement absolu, ventre affamé et regard implorant le ciel. Quelle sorte de justice nous fait naître d'un côté du monde plutôt que de l'autre ? Si le destin existe, quelle est sa logique pour imposer des conditions de vie aussi différentes ?

J'avançais, perdue dans mes pensées, quand une incroyable créature est venue se planter devant moi, interrompant ma marche. Petite fille de quatre ans environ, pieds nus, vêtue d'une barboteuse bleu pâle très sale, elle avait une tignasse hirsute et volumineuse. Elle tenait serrée contre elle une tête de mouton ou de chèvre sanguinolente aux yeux vitreux recouverts de mouches. Elle avait dû la sucer ou avait frotté son visage avec ses mains, car elle était barbouillée de sang, ce qui contrastait étrangement avec sa face hilare et la lumière de son regard. Elle avait la peau très foncée, des yeux magnifiques, deux rangées de dents très blanches bien alignées et un sourire irrésistible. Elle était petite, plutôt ronde. Ses jambes étaient couvertes de pustules, des piqûres d'insecte qu'elle avait dû gratter. Elle était plantée devant moi. Tenant précieusement son trophée d'une main contre elle, de l'autre elle tirait sur ma tunique claire : « *Aunty... namasté aunty... paisa aunty...* » Je reculai d'un pas en l'écartant d'un geste ferme. Je savais qu'elle demandait de l'argent. Sa petite main avait laissé son empreinte sanglante sur ma blouse blanche. Agacée, je lui fis signe de partir en la chassant : « *Jao... jao...* Tire-toi ! *Jao... Jao...* je n'ai pas d'argent, regarde. » Je lui montrais mes mains vides et que je n'avais pas de sac. Elle insista : « *Namasté aunty, namasté... meher bani aunty... paisa, paisa aunty...* » Et toujours sa main poisseuse à tirer sur mes vêtements. Je la repoussai brutalement. Elle tomba sur ses fesses un peu plus loin, saisie : « Tu me lâches O.K. ! Je n'ai rien à te donner. Tu comprends très bien. Rentre chez toi. Va trouver ta mère. Dis-lui de te laver. Tu sens la pisse, t'es crasseuse, t'es moche, et puis laisse cette tête c'est dégoûtant ! » D'un geste du pied, je fis tomber la tête coincée sous son bras. Elle roula sur le chemin et deux chiens se précipitèrent pour se la disputer. Je profitai de la diversion pour filer, mais quelques secondes suffirent pour qu'elle me rattrape. Elle était furieuse. Elle avait agrippé un pan de ma tunique et elle m'insultait en postillonnant. Elle était cramoisie, ce qui donnait un drôle de reflet à sa peau brune. Sa voix était rauque, grave, contrastant avec son jeune âge et sa petite taille. Je n'ai pas ralenti ma marche, elle devait courir pour suivre mon allure. D'un mouvement sec, je détachai sa main de mon vêtement et j'accélérai encore sans me retourner.

J'avais rejoint Circus Avenue, puis Park Street. Je savais qu'elle me suivait toujours. Je sentais son regard suspendu à mon dos. Je misais gros sur la fatigue de ses courtes jambes. J'avais tort. Alors j'ai ralenti pour m'épargner un peu et l'épargner aussi. Que me voulait-elle ? C'était insensé ! Je tentai vainement de l'oublier. De plus en plus mal à l'aise, je commençai à me culpabiliser. Une enfant de quatre ans traversait la ville à mes trousses sans que je m'en occupe... Des enfants livrés à eux-mêmes, il y en a plein les rues ! Je n'allais pas ouvrir une colonie de vacances ni prendre en charge tous les jeunes déshérités du coin !

Le vacarme, la circulation, le monde, la chaleur, tout avait repris son cours normal. Un jour ordinaire. J'avais peur qu'elle se fasse écraser en traversant un carrefour, peur d'être responsable parce qu'elle me suivait. Elle avait un culot inouï qui n'était pas sans me séduire. Une obstination et une détermination rares. Aussi emmerdeuse et têtue que je pouvais l'être à son âge. Nous approchions du YWCA. Je savais que sa course finirait là, qu'elle ne se risquerait pas à gravir les marches. Je marchai très lentement, m'arrêtant devant des vitrines pour y piéger son reflet. Lorsqu'elle était à proximité, je poursuivais. Elle dégoulinait de sueur. Elle avait le souffle court et la poitrine sifflante. Ma contrariété se transforma progressivement. Cette enfant me faisait mal au cœur. J'aurais voulu pouvoir la faire entrer avec moi, la doucher, la nourrir, l'allonger sur mon lit pour l'y laisser dormir. C'était impossible.

Quand nous fûmes devant le bâtiment, elle resta plantée sur le trottoir à me dévisager. Son regard cerné était devenu très grave. Il n'avait plus rien de joyeux, plus la moindre trace de colère non plus. Elle semblait triste et fatiguée. Je la pris par la main pour la faire asseoir au bord de la première marche.

— Attends-moi, je vais te chercher à manger...

Je lui fis signe de m'attendre. Elle hocha la tête avec ce mouvement caractéristique et inimitable, un balancement un peu circulaire qui peut aussi bien signifier oui que non. Une expression typiquement indienne.

Moi aussi, j'étais épuisée. Par chance, les douches fonctionnaient. Je laissai l'eau froide dégouliner le long de ma colonne vertébrale, ruisseler sur mon visage... Quelle nuit ! Quelle aube ! Quel début de matinée ! J'aurais mieux fait d'aller me coucher jusqu'au lendemain, mais une petite fille étrange m'attendait dehors. Je me séchai, m'habillai de vêtements propres. Je pris une serviette de toilette mouillée, du coton, de l'alcool et du mercurochrome. Je passai par la salle à manger récupérer mon petit-déjeuner et ressortis chargée. Elle n'avait pas bougé. Elle était assise sur la première marche, les deux mains à plat sur ses genoux. Elle observait attentivement un barbier qui coupait les cheveux d'un jeune garçon sur le trottoir d'en face. Je lavai son visage, ses bras, ses mains, avant d'entreprendre le soin de ses jambes. Avec précaution, je commençai à désinfecter les plaies, soufflant sur chaque bobo après y avoir passé de l'alcool. Elle me regardait sans ciller, le visage impassible et sans le moindre son. J'étais stupéfaite. Quand ses deux jambes furent badigeonnées de rouge, je lui donnai le pain, l'œuf dur et la banane puis remontai mon matériel dans ma chambre. J'attrapai alors mon sac et mon porte-monnaie et j'allai la rejoindre. Je m'assis près d'elle et la laissai finir.

— Je vais te ramener chez toi.

Elle me regardait sans comprendre. C'était une enfant magnifique. Elle avait des yeux superbes et les traits très fins. Ses cheveux étaient dans un état épouvantable mais je devinais leur souplesse.

— Moi, c'est Olivia.

Je me montrais de l'index en répétant :

— Olivia... Olivia... et toi ?

Je la montrai du doigt. Elle haussa les épaules avec son mouvement de tête, amorçant un pâle sourire. J'insistai :

— Olivia, moi je m'appelle Olivia, et toi ?

Tout à coup, elle éclata d'un rire incroyable, avant de murmurer, la bouche pleine et de sa drôle de voix rauque, en se frappant la poitrine :

— Kālī... Kālī !

— Alors, petite Kālī, allons-y !

Je lui tendis la main et hélai un rickshaw. Elle embarqua à mes côtés en affichant un sourire merveilleux que je n'oublierai jamais. Nous repartîmes en sens inverse jusqu'au logement de Geoffrey. Il était huit heures à peine et je traversais la ville pour la troisième fois.

J'étais de retour dans le dédale tortueux des ruelles et tenais Kālī par la main. Je n'avais jamais marché en donnant la main à un enfant. J'avais bien traversé Park Street avec le petit mendiant pour entrer chez *Flury's,* mais c'était tout. J'aimais sentir la petite main de Kālī dans la mienne. J'éprouvais une joie indicible, une chaleur intérieure douce et réconfortante. Je craignais que Geoffrey ne soit déjà parti ; comment retrouver les parents de cette enfant au milieu d'un bidonville ? Je ne pouvais pas la planter là, l'abandonner alors qu'elle m'avait fait confiance. À bout de force, elle traînait les pieds. J'ai fini par la prendre dans mes bras et je l'ai portée jusque chez Geoffrey.

Torse nu, il s'occupait des plantes dans sa cour. J'hésitai un instant, respirai un grand coup et tentai d'être le plus naturelle possible :

— Tu vas être en retard ! Ils t'attendent...

— Un jour, ils m'attendront et je ne viendrai pas.

Il avait parlé laconiquement, sans relever la tête, sans le moindre regard pour moi.

— Dada?... Dada!

J'avais posé l'enfant. Elle le regarda gravement un instant puis se précipita dans ses jambes en s'accrochant à son short. Elle tirait de toutes ses forces en suppliant de sa voix cassée :

— Dada... Dada...

— Qu'est-ce qu'elle fait là, celle-là?

Geoffrey l'avait soulevée à bout de bras et la fit tourner dans les airs deux ou trois fois avant de la reposer à terre. Il consentit alors à poser les yeux sur moi.

— Où l'as-tu trouvée?

— Tu la connais!

Je me sentais mal. Un vertige, au bord du malaise :

— Il faut que je m'allonge...

Kālī s'était servi un verre de lait puis endormie sur les coussins. Elle avait des traces blanches autour des lèvres, elle respirait la bouche ouverte, d'une respiration régulière et bruyante. Elle semblait si petite tout à coup! Petite et vulnérable, un bébé. J'étais assise près d'elle. J'avais mangé et bu un thé très fort, je me sentais mieux. Geoffrey avait recouvré son calme et sa douceur. Il m'expliqua comment Kālī avait été trouvée au milieu du bidonville, déposée à l'entrée d'une masure. Elle avait quelques jours. Le couple vivant là avec six autres enfants l'avait gardée. Rigolote, dégourdie, elle était devenue très vite la mascotte du coin. Tout le monde s'en occupait. Autonome, elle se débrouillait seule pour manger en récupérant un maximum de nourriture. Et puis, un jour, la famille qui l'avait recueillie s'est empoisonnée. Ils sont tous morts, sauf elle qui n'avait pas mangé là. Elle avait deux ans. À compter de ce jour, elle a déambulé un peu partout. Geoffrey avait tenté de la placer dans un orphelinat à trois reprises. Elle s'est sauvée chaque fois. Il n'essayait plus. Elle s'était aménagé un refuge dans une conduite d'eau désaffectée. Un énorme tuyau dans lequel elle dormait souvent. Elle y entassait toutes sortes de saletés, des têtes de chèvres et de moutons qu'elle chapardait sur les étalages des bouchers au marché. Elle dormait avec, les suçait, les collectionnait... C'est pour cette raison que tous l'appelaient Kālī. Certains disaient qu'elle était une réincarnation de la déesse Kālī, la Noire, l'épouse de Shiva toujours représentée avec une peau très foncée, dégoulinante de sang, entourée de serpents et portant un collier de crânes. Celle qui a donné son nom à Calcutta, Kalikata.

Une petite fille à part, étonnante, dotée d'une résistance et d'une volonté hors du commun. Un phénomène. Une créature étrange qu'on aurait pu croire surnaturelle.

Je restai sans mot, à siroter mon thé en regardant la fillette endormie. Petite chose fragile et tendre recroquevillée au creux des coussins. J'étais profondément émue.

Geoffrey préparait ses affaires, il allait partir. Il y avait une ombre à dissoudre avant qu'il ne quitte la pièce :

— Désolée pour ce matin... je suis fatiguée.

Il s'était assis sur son sac :

— Repose-toi. Je serai de retour dans l'après-midi.

Je m'étais endormie quand soudain des trombes d'eau accompagnées d'éclairs et de grondements sourds me réveillèrent. L'ordalie ! Je me redressai, ne sachant plus où j'étais ni ce qui m'arrivait. Non loin de moi, une petite fille dormait toujours, étrangère à l'orage.

J'avais oublié l'ordalie et le fantôme de mon frère. Oublié ma nuit de trouble et de frayeur. La sauvageonne du bidonville, Kālī l'indomptable, avait passé l'éponge sur ma mémoire chiffonnée. « Laisse les morts et occupe-toi des vivants ! » Elle n'avait pas tort.

Je la regardais dormir, abandonnée, douce et tranquille. Elle, la réincarnation de Kālī ? La déesse de la destruction et de la mort qui fréquente les champs de crémation, se gorgeant de vin et de sang, la langue pendante et les cheveux hirsutes, celle qui se vautre dans les restes humains en piétinant des cadavres mutilés ? Cette petite fille n'avait rien à voir avec Kālī. Je détestais son nom. Ma si petite, si tendre Kālī... Ma Kālī... Mallika !

À compter de ce jour, je l'appelai Mallika. La rumeur se répandit vite. Elle était très fière de son nouveau prénom ! Elle se chargeait avec véhémence de rappeler à l'ordre ceux qui l'oubliaient.

Mallika avait dormi toute la matinée. J'étais restée près d'elle à la regarder, incrédule, comme s'il s'agissait d'un rêve ou d'une scène de fiction élaborée par mon esprit troublé. Que m'arrivait-il ? Je repensai aux dernières quarante-huit heures, à l'accumulation d'événements et d'émotions ayant chambardé mon existence. Mère Teresa et les missionnaires de la Charité... Je m'interrogeais sur la vocation de ces jeunes filles prêtes à prendre le voile pour le reste de leurs jours. Était-ce l'appel du Christ ou une solution de vie décente dans un pays difficile ? Combien d'entre elles avaient la foi et l'envergure de Mère Teresa ? Combien suivaient son chemin par simple et unique soumission à son image, répondant à une fascination, à un attachement tout ce qu'il y a de plus humain ? Était-il possible de faire semblant, de se soumettre aux rituels et aux prières jusqu'à s'en laisser convaincre, par usure et par habitude, devenant pieux par une sorte de contamination insidieuse ? Était-il possible de faire semblant jusqu'au bout de sa vie, sans jamais rien envisager d'autre, piégé comme certains couples dans une histoire d'amour illusoire dont ils ne savent plus s'extraire ? Comment savoir à dix-huit ans quel est son chemin ? J'en avais vingt-six et je n'étais sûre de rien. J'avais l'impression de commencer tout juste à me découvrir depuis que j'avais mis les pieds dans cette ville indescriptible, aussi fascinante que redoutable. Je me surprenais à avoir des sentiments, des émotions violentes, des désirs fiévreux et des manques. J'avais découvert la peur et le doute. Et voilà que je m'excusais ! Moi, qui n'avais jamais fait d'excuses. Je choisissais les punitions, je m'en balançais comme de l'an quarante avant ou après Jésus-Christ ! J'avais un orgueil démesuré. J'étais détestable. Fallait-il être si dur pour savoir se protéger ?

Je regardais Mallika et je me retrouvais. Ce goût déplacé pour la boucherie, pour des fractions sanglantes d'animaux débités, son arrogance et sa volonté en dépit de tout et de tout le monde, sa débrouillardise et cette façon insolente de réclamer ce qui lui semblait dû, une autonomie précoce et une capacité étonnante de gérer sa vie sans dépendance ni soumission. Elle me fascinait et je l'aimais déjà. Je l'avais aimée d'emblée, comme je n'avais jamais aimé personne. Je l'aimais alors qu'elle me suivait, je l'aimais à travers mon agacement et mon incompréhension. Elle m'avait choisie, je l'avais reconnue. Une reconnaissance au-delà de la logique et de la raison. De l'ordre du fantôme de Thomas Thomas.

C'était beaucoup. C'était trop.

Je ne savais plus quoi penser. J'étais prise entre un doute phénoménal me faisant craindre un état mental troublé, et la conviction profonde d'avoir à écouter et à suivre mon intuition, aussi loufoque qu'elle puisse paraître.

Un conflit impitoyable.

Mallika s'était éveillée vers midi, pas même surprise de me voir à ses côtés. Comme s'il s'agissait d'une chose normale, elle était venue se lover contre moi, chaude et lascive, encore gorgée de sommeil. Je me sentais maladroite, gênée d'avoir son petit corps collé au mien. Je n'avais connu que la présence de ceux de mes amants, des corps de mâles désertés avant le petit jour; surtout ne jamais m'endormir et ne jamais laisser l'homme s'éveiller à mes côtés. La règle d'or de mes nuits d'amour. Je disparaissais, m'enfuyant dans la nuit ou aux premières lueurs de l'aube. Parfois, je ne connaissais pas l'homme allongé à mes côtés. Des ébats anonymes et vains.

Mallika sentait l'urine vieillie. Elle était sale. Je lui proposai à manger avant d'attaquer un décrassage intégral. Elle mangea goulûment, maniant le riz et les sauces avec la même dextérité que Dada. À croire que les petits Indiens naissent avec cette habileté inscrite dans leurs gènes. Je n'étais pas d'ici. Et je n'avais pas faim. Je la regardais à l'aise et détendue, gracieuse, sûre d'elle.

Je lui parlai. Elle ne comprenait pas. Docile, elle répondait à mes gestes. Elle me laissait démêler sa crinière, lui laver corps et cheveux, lui couper les ongles des pieds et des mains. Elle ne bronchait pas. Je l'avais vêtue d'un grand tee-shirt de Dada, noué avec un morceau de ficelle trouvé dans un coin de la pièce pour qu'elle ne marche pas dessus. Puis je l'entraînai ainsi affublée vers le marché pour lui acheter des vêtements décents.

On aurait dit une enfant sourde et muette qui s'exprimait par signes. Elle était drôle et ses désirs vestimentaires n'étaient guère adaptés à son mode de vie. Elle avait des goûts princiers. Attirée par les robes les plus sophistiquées, faites de voilages brodés avec pantalon et écharpe assortis, elle aimait les couleurs vives et les décorations clinquantes. Je ne savais pas ce qui se tramait dans sa petite tête ni vers quels rêves insensés elle était en train de s'égarer, mais tout à coup il m'apparut dangereux de poursuivre. J'achetai rapidement deux robes ordinaires, un short et un tee-shirt, une série de bracelets multicolores en plastique qu'elle dévorait des yeux. Je la pris dans mes bras et quittai précipitamment le marché pour regagner la maison de Geoffrey. Par chance, il venait de rentrer.

Il siffla d'admiration tandis qu'elle enfilait une robe en refusant notre aide. Ses bracelets lui couvraient l'avant-bras. J'avais natté ses cheveux. Démêlés et lavés, ils lui descendaient jusqu'au milieu du dos. Elle était adorable.

Je regardai Geoffrey, grave.

— Et maintenant ? Je la conduis à son tuyau-dépotoir et l'y laisse sucer ses crânes sanguinolents ?... Je la laisse me suivre et passer la nuit sur les marches du YWCA à attendre que je pointe mon nez demain matin ?

— Je vais lui expliquer qu'elle doit dormir ici si elle veut te revoir. Nous verrons bien.

Dans un dialecte qui m'était incompréhensible, il s'adressa à Mallika. Silencieuse, elle l'écoutait, hochant régulièrement la tête. De temps en temps, elle me jetait un coup d'œil sombre, un tantinet réprobateur. À la fin du discours de Dada, elle se leva et alla s'asseoir par terre dans la cour, avec sa robe neuve et le chaton maigrichon derrière le gros cactus. Elle était triste. Un sentiment de solitude effrayant émanait soudain de cette enfant. Je m'approchai et, accroupie devant elle, je lui jurai de revenir le lendemain. Elle me regarda, les yeux pleins de larmes qu'elle retenait de toutes ses forces.

Je suis rentrée à pied, la gorge serrée et la tête basse. Traversant la ville chancre pour la quatrième fois, je la trouvai soudain d'une laideur poignante, irrémédiablement sordide, la vis comme une plaie béante investie d'humains dénaturés subissant leur sort avec une résignation et une passivité déconcertantes. Des cloportes rampant sur l'asphalte, des insectes dégoûtants agglutinés autour de rigoles douteuses, des hommes déchus à qui je ne trouvais plus ni noblesse ni dignité. Ils étaient obscènes dans leur soumission tranquille à une fatalité qu'ils s'appliquaient à nommer destin, karma, ou autre. Des mots pieux et respectueux désignant leur funeste sort d'infortune. Une malédiction voilée des loques de l'illusion pour la rendre bénédiction divine, une autre forme d'ordalie, tout aussi répugnante et abjecte.

« Merci, mon Dieu, de m'avoir donné la vie ! Merci, Vishnu. Merci, Kālī. Merci, Ganeśha. Merci, la clique au grand complet, pour ce foutu sort de merde ! Merci pour la faim, merci pour la soif, la peur et le froid au corps. Le froid profond des ventres creux, le froid de l'obscurité sordide des nuits sans fin, le froid du néant, le froid de l'absence, le froid inexorable de la descente aux enfers. Merci ! Je hais les religions qui jugent et condamnent, menacent et terrorisent les esprits faibles. Laissez-moi choisir mes idoles ! Jamais eu le goût du martyre au fond des tripes. Pas le moindre respect pour la manipulation des masses faite en regard d'un Dieu. Oui, je jure et je blasphème. Et toi, Thomas Thomas, je t'emmerde ! *Amen.* »

Je retrouvai ma chambre triste et l'oiseau de malheur perché sur les barreaux de ma fenêtre. Je n'avais pas eu envie d'aller déjouer ma peine dans le luxe glacé de l'*Oberoi Grand Hotel,* avachie dans des fauteuils cossus ou vautrée sur une chaise longue en bordure de la piscine. Aucune envie de me bourrer de bières, aucune envie de rien. J'ai fermé ma porte à clé et, allongée nue sur ma paillasse dure sous le ventilateur poussif brassant l'air saturé de ma cellule, je restais fixée sur le destin d'une petite fille de quatre ans, un destin qu'il me fallait saisir à bras-le-corps, comme une matière faite d'espoir et de désespoir à pétrir à pleines mains, une pâte à modeler dont j'avais le pouvoir de faire ce que je voulais, en déjouant toutes les fatalités, en prouvant au monde entier que rien n'est irrémédiable ni déjà inscrit à l'instant où l'enfant pousse un cri en quittant le ventre de sa mère. Il n'y a rien d'inexorable, rien qui ne puisse être transformé par la simple volonté et le pouvoir de l'homme.

Je ne suis pas de la race des résignés et Mallika n'en était pas non plus. Elle avait déjà fait preuve de beaucoup de courage et de détermination. Elle méritait que quelqu'un bouleverse le jeu en modifiant les règles. Si le destin existe, alors je devais être l'élément qui perturberait sa trajectoire. L'ange démoniaque qui falsifierait l'évidence.

Allait-elle finir femme d'un homme-cheval qui vendrait son sang pendant la mousson quand les courses seraient insuffisantes à payer la location de son attelage ? Femme à pondre de la progéniture condamnée par anticipation aux confins d'un bidonville en remerciant avec une béatitude douteuse les dieux et les déesses d'avoir su la garder en vie ?

Il est des regards qui lient à jamais. Mallika avait illuminé ma vie comme un phare dans la nuit. Éclairant les parties les plus retirées et les plus obscures de mon être, elle avait poussé une porte qu'elle avait été seule à soupçonner, une porte entrouverte, un passage infime que personne encore n'avait su trouver. Sa fureur de vivre lui donnait des capacités surnaturelles, un don inné d'aller saisir l'essentiel et de s'en emparer. Elle m'avait choisie, aussi bizarre que cela puisse paraître. Moi, un des êtres les plus détestables qui soient. Moi, la cartésienne, la terre-à-terre, la pratique, l'égoïste, la nombriliste, la féroce. Moi, la révoltée, l'insolente, la cruelle, la rebelle éternelle. Moi, l'enfant gâtée jamais éduquée qui venait de quitter sa cage dorée...

« Bienvenue sur la planète Terre, docteur Thomas ! »

Je considérais mes vingt-six années d'existence d'un regard nouveau nimbant mes jours d'une étrange lueur.

Calcutta avait sur moi l'effet d'un révélateur. Pellicule noire et blanche immergée dans une solution de vie différente, mon image se précisait, m'imposant les contours surprenants d'une femme inconnue. Qui étais-je ? Je n'en avais pas la moindre idée. Mes certitudes avaient disparu. La perception paisible que j'avais de mes parents s'ombrait progressivement. Des phrases de mon père refaisaient surface, des énoncés que je n'avais pas imaginé retenir collaient à mon esprit comme autant de vérités à remettre en question. Ses théories, la moindre de ses affirmations éveillaient en moi un scepticisme effréné. Artiste et libre penseur... Tout le flou de l'Univers à portée de leurs vies. N'étaient-ce pas que fuite et lâcheté, une manière habile d'échapper aux exigences ? Je pensais au livre inachevé de mon père, aux tableaux irrémédiablement détruits de ma mère, je pensais à mon incapacité à aimer et à me laisser aimer. Je découvrais avec stupeur que ma peur avait été omniprésente depuis toujours, inavouée et redoutable, au point de l'avoir travestie en courage en l'habillant des guenilles de l'insolence et de l'insoumission. Un garde-fou, une rambarde protégeant du vertige. Vertige du vide suscité par la peur. Peur de perdre, peur de posséder, peur de m'engager, peur de rater, peur de me connaître, peur d'affronter l'autre, peur de l'inconnu, peur de vivre. Une vibration indomptée qui dévaste du fond des tripes jusqu'à fleur d'épiderme, une amante insoupçonnée dont on n'est plus capable de se passer. Les peurs apprivoisées imposant d'aller à la rencontre de nouvelles pour ne plus approcher la tiédeur de la paix. Une évidence s'inscrivait quelque part en moi, une évidence malpropre justifiant tant de comportements, tant d'aberrations manifestes, une évidence suspecte pilier d'une multitude de vies. L'inhibition absolue de tout ce qui ressemble à vivre.

Je m'étais jusqu'ici avancée dans la vie, aveugle, sourde et muette. Inconsciente. Étrangère.

La nuit suivante fut éprouvante. Une nuit d'insomnie et de torture mentale. J'étais prise entre le désir profond de m'endormir d'un coup pour fuir ce vacarme intérieur et l'angoisse de perdre le contrôle, de sombrer et d'être confrontée à des rêves glauques. Dès que ma conscience vacillait, je m'accrochais de toutes mes forces. Je luttais jusqu'à l'épuisement total. Les petites heures du jour eurent raison de ma résistance.

Quand j'émergeai de ce sommeil comateux, le soleil était déjà haut et frappait fort. Je m'habillai sans me laver et sautai dans un taxi pour gagner le plus rapidement possible la maison de Geoffrey. Les deux pièces étaient vides.

Dépitée, appuyée au mur la tête dans les bras, j'avais envie de placer une bombe dans cette fourmilière humaine et de tout faire sauter. Une euthanasie collective à ne pas confondre avec une extermination. Abréger les souffrances, devancer l'échéance fatale dans une fureur radicale bien sentie. Un mal inguérissable. Vous enlevez la croûte, elle se reforme un peu plus épaisse, durcie sur une putréfaction qui gangrène jusqu'à la moelle. Jusqu'à l'essence même. Un chiendent de l'espèce humaine.

— *Aunty!... Aunty!*

Elle était plantée là, juste derrière moi, et tirait sur ma tunique. Sa robe neuve froissée et salie, sa natte à moitié défaite, barbouillée, l'affreux chaton coincé sous son bras, un sourire fendu jusqu'aux oreilles.

— Mallika !

Je la soulevai de terre et la serrai contre moi comme je n'avais jamais étreint personne.

À cet instant précis, j'ai su. J'ai su de façon certaine que j'allais l'adopter. Rien ni personne ne pourrait me faire changer d'avis. À compter de cette minute, elle était devenue « ma fille ». L'enfant que je n'aurais jamais conçu.

Elle m'avait attendue.

Les jours suivants furent difficiles. Geoffrey, un homme de cinquante-huit ans averti qui connaissait bien l'Inde et ses complexités administratives, s'acharnait à essayer de me convaincre d'oublier ce projet. Une entreprise qui ne pourrait être que longue, fastidieuse et douloureuse. Une épreuve de titan. Quoi de plus exaltant que d'avoir à lutter contre l'impossible en tentant de renverser l'ordre des choses ? Comment se sentir plus vivant, plus entier, plus irrémédiablement animé ? Tous les arguments de sa raison écrasante ne faisaient que conforter la volonté qui sourdait en moi et répondait à un appel impérieux, implicite, qu'aucune force extérieure n'aurait réussi à altérer.

Mallika n'existait pas. Mallika ne figurait sur aucun registre. Sans statut, sans nom, sans date de naissance. Du vent ! Je voulais adopter un courant d'air, un mirage, une enfant-fantôme. Une merde déposée au bord d'un caniveau. On défèque dans l'anonymat, on passe et on méprise dans le même anonymat, avec la même indifférence.

Combien d'enfants errants n'existent pour personne ? Combien d'entités bâtardes dont tout le monde se moque ? De la chair tendre, pâture alléchante pour toutes les perversions.

Le bétail des dieux selon une des *Oupanishad,* un texte ancien précisant que les dieux refusaient que l'homme accède à la connaissance et soit libre.

Il fallait expliquer à Mallika, lui demander si elle aimerait que je devienne sa maman, si elle aimerait partir vivre ailleurs, loin, dans un autre pays, dans une maison, aller à l'école... Elle répondait oui, toujours, mais que représentaient pour elle nos discours ? Je lui montrais des images dans des livres. Elle trouvait tout très bien. Ne connaissant que la misère et la lutte pour la survie du jour, elle n'avait peur de rien. Que pouvait-elle redouter dans sa petite tête toute neuve pleine du bidonville ? Rien. Rien de conséquent, rien qui soit proche de ce que je lui proposais. Je me demandais ce qu'elle pouvait imaginer, quelle adaptation mentale et émotive elle pouvait bien en faire. La scène du choix des robes au marché me revint à l'esprit et une panique identique s'empara de moi. Et si nous n'allions pas dans la même direction ? Si nos chemins s'égaraient dans des voies contradictoires ?

Plus difficile encore allait être de lui donner accès à ce qui devait précéder l'aventure. Lui créer une existence administrative, palpable à travers des papiers, des formulaires, faire en sorte qu'avec des documents certifiés, tamponnés, signés, elle ait enfin le droit d'être, le droit à la reconnaissance et au respect, aux soins médicaux, à une éducation, le droit de s'exprimer, de contester, d'apprendre, de critiquer, de rejeter, le droit de vivre et de traverser les frontières pour aller constater qu'ailleurs c'est pareil, à des degrés différents et sous des formes variées, que le mal est général, une contamination pernicieuse n'épargnant aucun coin du globe. Je voulais lui faire traverser la terre, le plus vaste bidonville de l'Univers.

Il y avait aussi l'aspect pratique, sa vie matérielle dans un futur proche et un peu plus éloigné. Là, maintenant, et puis après mon départ en attendant que le cercle infernal des démarches s'achève et se referme. Combien de mois, d'années peut-être ? Qu'allait être sa réalité tout ce temps ? Comment allait-elle grandir ? De quels rêves, de quel imaginaire éloignés de la vérité allait-elle se nourrir en mon absence ? Quel rôle allait-elle m'accorder dans cette longue et inévitable séparation ? Allais-je devenir la traîtresse, la lâche, la redoutable l'ayant abandonnée à son triste sort ?

J'avais beau être assaillie de questions sans réponse, la petite voix tout au fond, très profond, la petite lumière vive que Mallika avait aperçue en poussant la porte entrouverte, l'écho du fond du corps et du fond de l'âme, tyrannique et formel, ces forces secrètes faisaient coalition et m'imposaient d'aller jusqu'au bout.

Et puis le regard de Mallika, intransigeant, décolorait les doutes et rendait chaque instant éclatant de certitude.

J'étais entrée en contact avec Padma Khan, une avocate amie de Geoffrey. Elle avait la cinquantaine triomphante à en faire pâlir de jalousie toutes les jeunes femmes du monde, à commencer par moi. Je venais d'approcher le sens profond des mots *élégance, grâce* et *féminité.* Une femme racée d'une rare beauté, lumineuse, rayonnante, humaine. Un cadeau ! Y aurait-il une lueur d'espoir à l'horizon des cieux ? De quoi mettre mon incroyance en péril.

Cette fleur sacrée nous offrit l'hospitalité durant quatre jours. Elle croyait indispensable de passer du temps avec Mallika avant de la placer dans un orphelinat jusqu'à la fin des démarches. Il n'y avait pas d'autre solution ; aussi terrible que cela me parût. Cette épreuve irréversible, Mallika allait devoir la subir et la supporter. Si nous parvenions à lui faire comprendre, si son désir que je devienne sa maman était aussi intense que celui qui m'animait, elle accepterait. Je la croyais capable de supporter l'insupportable.

Nous sommes allées visiter l'orphelinat. Construit à l'extérieur de la ville, il ressemblait à une grande école triste. Deux étages, des barreaux aux fenêtres, une cour poussiéreuse sans végétation, des enfants de tous âges un peu partout ; pas très accueillant. L'intérieur était propre, bien tenu et correctement équipé. Les dortoirs étaient décorés, la salle de classe munie de peu de matériel, les inévitables autels encensés et fleuris, et le personnel gentil. Que cet orphelinat ne dépende d'aucune congrégation religieuse avait influencé mon choix. Ils se ressemblaient tous, confrontés aux mêmes limites, à des difficultés matérielles similaires. J'en ressortis plus angoissée que Mallika. Elle suivait l'aventure paisiblement. Rien ne semblait vraiment la surprendre. Padma lui expliquait, elle hochait la tête de cet irrésistible mouvement gracieux « oui-non », sans commentaire, sans poser de questions. De temps en temps, elle me regardait longuement. Je me demandais ce qu'il pouvait bien y avoir derrière ce regard si grave, presque vieux. Côté Padma, le bonheur total. Mallika avait un grand appétit de vivre, une gourmandise innée pour tous les plaisirs. Elle se délectait, elle savourait chaque instant, chaque seconde, avant d'en redemander. De la balançoire installée dans le jardin à la baignoire dans laquelle elle avait voulu prendre trois bains consécutifs, de la cuvette des toilettes dont elle actionnait la chasse d'eau chaque fois qu'elle le pouvait au grand lit que nous partagions et dans lequel elle se vautrait avec délice, du lever au coucher, quels que soient les circonstances et les moments vécus, elle s'en gavait, savourant jusqu'à la lie. Fourchette, verre, poisson, crayons de couleur, papier à dessin, livres d'images, jouets, bonbons, câlins juste avant de dormir blottie contre moi, promenade au zoo, crème glacée, cinéma, déplacements en taxi, achat de vêtements... elle voulait tout, tout voir, tout goûter, tout expérimenter. Le plus spectaculaire fut l'achat d'une paire de sandales. Elle ne savait pas marcher avec. Elle avait toujours marché pieds nus. De temps en temps, elle les enlevait et les gardait à la main. Padma lui expliquait sans répit, elle lui rappelait qu'elle allait devoir aller rejoindre les autres enfants en attendant que je puisse venir la chercher.

Le quatrième jour dans l'après-midi, nous reprîmes la route de l'orphelinat. Mallika était serrée contre moi à l'arrière de la voiture. Padma conduisait, Geoffrey à ses côtés. Personne ne soufflait mot. Le mal me tordait l'intérieur, la douleur me laminant corps et âme. Mallika tenait contre elle une poupée blonde achetée la veille dont elle avait passé la soirée à coiffer l'opulente chevelure. Elle l'entortillait nerveusement autour de son doigt. Elle avait les yeux baissés et poussait des soupirs à peine audibles. Son sac rouge contenait quelques trésors : deux livres, une boîte de crayons de couleur, dans un cadre en bois de santal une photo prise par Padma de Mallika et moi sur la balançoire, une brosse à cheveux et mon flacon d'eau de toilette aux trois quarts vide qu'elle m'avait piqué. Ces quatre jours de rapprochement avaient décuplé le sentiment spontané de notre rencontre. La voiture arpentait la ville à travers des quartiers inconnus, une ville gigantesque, monstrueuse, gorgée d'une surpopulation phénoménale. J'avais pris sa main, je me demandais comment j'allais pouvoir faire sans elle. Il me semblait que je l'avais toujours eue dans le champ mystérieux de ma vie, dans un coin retiré de mon corps. Elle avait grandi en moi, à mon insu, je l'avais portée, j'étais venue en Inde pour la rejoindre. Ici pour elle. Juste pour elle.

J'allais devoir repartir sans elle.

Soudain son cri. Un cri effroyable, désespéré, lacérant l'espace, un cri de bête traquée déchiquetant l'atmosphère en lambeaux, un désespoir insupportable. Elle restait figée, ses deux pieds dans une marre de pipi, à pousser son cri à en perdre le souffle, immobile, l'urine dégoulinant le long de ses petites jambes couvertes de bobos. Raide, tendue, le corps inaccessible, intouchable. Seule, inconsolable.

Inutile de prolonger ce moment d'effroi à jamais gravé en moi. Indélébile, imprescriptible, une permanence douloureuse qui hantera ma vie jusqu'à la nuit des temps. Une clameur qui avait fait surgir désordre et culpabilité. Padma et Geoffrey m'entraînèrent rapidement vers la sortie. Je ne me retournai pas. J'avais le sentiment de commettre un infanticide. Je voulais la sauver, je la détruisais. Si je n'avais pas été soutenue par mes amis, j'aurais abandonné sur-le-champ. Je l'aurais sortie et reconduite à sa canalisation comme on raccompagne les indésirables à la frontière pour leur faire regagner leur pays.

Et si mon pays n'était pas bon pour elle... Si je me trompais...

J'étais passée prendre mes affaires chez Padma. Elle m'avait invitée à rester jusqu'à la fin de mon séjour, j'avais refusé. Je n'avais pas envie d'être aimable. Pas envie de confort. Le YWCA m'apparaissait plus proche de la bâtisse triste et laide dans laquelle j'avais laissé Mallika en otage. Ma chambre avait des barreaux comme son dortoir, mes installations sanitaires étaient dans le même état de décrépitude. Une bien maigre consolation. Je ne voulais pas avoir à parler, à contenir ma peine. Je voulais pouvoir me soûler si le cœur m'en disait. Je voulais rugir, jurer, pester, contre moi et contre le monde entier, laisser aller ma fureur face à l'absurdité, le grotesque et le sordide de certaines situations.

Elle m'avait refilé un brin de sa détresse, la sauvageonne au cri strident aussi perçant que son regard. Elle m'avait contaminée, engluée dans une confusion difficile à démêler. Une lame de fond spasmodique et hybride, faite de peine, de culpabilité, d'incertitude, d'un peu d'amertume ombrée d'une colère mal définie. Une vibration irréfutable me parcourait le corps comme un yo-yo, un va-et-vient, une exaspération sournoise. Il me semblait être un appareil récepteur, un capteur d'ondes qui traversaient la ville entière, sorte de pont, de cordon ombilical qui l'unissait à moi. Et je me demandai soudain si la mort de Thomas Thomas dans le ventre de ma mère ne l'avait pas laissée à jamais reliée à lui, de façon indicible, en dépit des efforts qu'elle aurait pu faire pour s'en détacher, s'il n'existait pas au-delà de la vie terrestre une force plus vive, plus vaste, moins maîtrisable, une puissance gigantesque déchirant l'absence et le néant, un lien désintégré mais immortel.

Je traversai la ville sous un ciel de fumée grise opacifiant l'atmosphère. J'enjambais des corps. J'évitais de justesse des bassines de friture frémissant sur des braseros. Je croisais des chiens vilains la queue basse et le museau à fleur d'asphalte. Tout était concentré, les odeurs et les sons prisonniers d'un espace saturé. Je marchais machinalement en contournant tout ce que la chaussée proposait. Les vibrations étaient plus fortes. La lumière avait changé. Mon cœur battait trop vite. Mes tempes en écho martelaient mon crâne. La sueur dégoulinait le long de ma colonne vertébrale, entre mes seins. Je me liquéfiais sous un ciel plombé d'humidité et d'orage. Je me rendis jusqu'au cimetière anglais South Park St Cemetery, où les premiers colons d'Angleterre ont été ensevelis sous des tombeaux impressionnants. Un refuge pour fuir la pression de la ville. J'enlevai mes chaussures et déambulai pieds nus à travers les allées comme Mallika l'aurait fait. Je me laissai aller à mon chagrin loin des regards, épuisée et défaite.

Je marchais depuis longtemps au hasard, absente, quand soudain, au croisement de deux allées, je tombai sur un petit singe mort ; un bébé. Je le regardai allongé sur le côté, une patte fine et délicate posée sur son visage comme pour se protéger des regards. Il y avait une sorte de pudeur et de retenue dans son attitude terriblement émouvante. Accroupie devant lui, je caressai son dos. Il était encore chaud. Je le tirai doucement jusqu'à moi, le pris dans mes bras et allai m'asseoir au pied d'un tombeau. J'enlevai la poussière dans son poil. Il avait les yeux entrouverts. Je restai longtemps à le bercer sous l'orage. Quand la pluie cessa enfin, je le déposai au pied d'un arbre beau, grand, protecteur. Je le recouvris de petites fleurs blanches odorantes, des grappes cueillies dans un buisson. Autour de son cou, j'attachai le bracelet tressé de couleurs vives que je portais au poignet, puis je quittai le cimetière aussi accablée que si je venais d'y enterrer père et mère.

J'avais atteint un degré de ramollissement émotif grave. De quoi me poser de drôles de questions. Je regagnai ma chambre d'un pas désincarné, trempée, les vêtements collés à la peau, misérable et laide.

Les âmes existent-elles ? Où se perdent ces objets flous si mal définis ? Les singes ont-ils une âme ou est-ce le privilège des êtres évolués, mentalement développés, d'avoir un esprit éternel survivant à leur dépouille ?

Tout était devenu compliqué.

Je traversai le YWCA presque désert, et passai devant la chambre d'Emma, dont la porte grande ouverte donnait sur le long balcon couvert. Elle était assise sur son lit, la cheville surélevée sur son sac à dos. Elle avait les yeux clos. Elle priait en égrenant son chapelet. Je restai quelques instants à la regarder à son insu, fascinée, jalouse de sa foi. Comme j'aurais aimé croire en n'importe quel Dieu ou en n'importe quelle force surnaturelle à qui j'aurais pu faire appel, une puissance irréfutable à qui j'aurais pu m'en remettre en gardant espoir et confiance. Comme il devait être reposant et sécurisant de s'abandonner à plus fort que soi, à un je-ne-sais-quoi capable de résoudre, de conseiller, de guider, d'inspirer ! Pourquoi pas moi ? Pourquoi certains naissent-ils avec cette disposition, croire ? Croire au père Noël, à la petite souris qui passe déposer un cadeau sous l'oreiller lorsqu'on a perdu une dent, croire que le monde est beau, croire à l'amour, croire à l'égalité des races, croire en la justice, croire en Dieu, croire en sa bonne étoile, croire...

Je n'avais jamais cru au père Noël ni à la petite souris. Je ne croyais pas en Dieu. Je commençais à moins croire en moi, force aussi égocentrique qu'elle soit qui m'avait permis d'avancer jusqu'ici.

Et si cette « décroyance » était le présage d'une autre forme de foi ?

Brusquement, je décidai d'interrompre ce vacarme mental. J'élaborai un emploi du temps sain pour ma soirée : douche froide, vêtements propres, cuite au *Fairlawn.* De quoi me remettre les idées en place. Ensuite, j'irais m'écrouler sur ma paillasse en compagnie de mon oiseau rare. Et si Thomas Thomas m'offrait le luxe d'un ballet nocturne, je serais comblée !

Je restai encore quelques minutes à regarder Emma en l'implorant silencieusement de prier pour moi puisqu'elle savait si bien y faire.

Le *Fairlawn Hotel* est une vieille maison excentrique perdue au fond d'un jardin à la végétation luxuriante, sur Sudder Street, une petite rue encombrée et bruyante où les hôtels se succèdent, des plus louches aux plus honorables, des bouges crasseux et sombres à l'Armée du Salut. C'est là que se croisent les Occidentaux de passage. Qu'ils soient en voie de sainteté ou imprégnés de vapeurs d'opium, visionnaires ou paumés, humanitaires ou désespérés, un beau jour ils atterrissent à Sudder Street, en quête d'une chambre bon marché ou d'une omelette au fromage du *Blue Sky* accompagnée d'un lassi, sorte de yogourt onctueux et frais. Une rue agréable vivante dès l'aube et jusqu'à tard dans la nuit. Toujours une âme solitaire avide de vomir sa vie à écouter d'une oreille distraite, ou un regard compatissant disposé à se mettre au service de votre détresse pour un soir, croisement et rencontre garantis à la seule condition de le vouloir. Je ne cherchais ni une main tendue, ni une oreille bienveillante, ni un regard humide et tendre. M'écrouler dans un coin retiré du jardin du *Fairlawn* pour y écluser des bières successives dans une chope en grès ébréchée. Boire jusqu'à sentir ma tête détachée de mon corps, le circuit rompu. Plus de pensées, plus de raisonnement, plus une once de bon sens. Un vide salutaire, avant de sentir une mollesse bienheureuse se répandre dans le corps. Flou, flou le corps, vague, vague la tête, loin, loin la vie... Dilué le son du gong frappé pour signaler l'heure du souper servi par des serveurs enturbannés, aux gants blancs troués, nébuleuses les silhouettes d'Edmund et Violet Smith, les patrons de l'hôtel, attachés au raj cinquante ans après l'indépendance au point d'avoir tapissé les murs du hall d'entrée de portraits de tous les membres de la famille royale. De quoi en être écœurée pour le reste de ma vie !

Edmund sort chaque jour ses deux caniches blancs toilettés tandis que Violet, ses sourcils épais noircis, maquille outrageusement sa bouche d'un rouge flamboyant qui dégouline sous l'effet de la chaleur. Une incroyable demeure, mon repaire des jours de naufrage. Une adresse attachante, de celles croisées au cours d'un voyage dont on garde une nostalgie inguérissable, parce que c'était « là-bas » et nulle part ailleurs.

Des sons, des couleurs, des saveurs, des odeurs, des images qui s'effilochent comme la queue vaporeuse d'une comète.

Ailleurs... Là-bas... Existait-il plus fabuleux que la sensation d'être loin des origines qui m'avaient façonnée, en ayant enfin la chance de pouvoir me rapprocher de moi ?

Mallika allait-elle gagner du temps en allant vivre ailleurs ou allais-je la perdre à jamais en la déracinant à l'aube de son existence ?

La soirée était bien avancée quand je regagnai ma chambre, imbibée à souhait, le pas incertain et hilare. Je me heurtai au regard réprobateur du veilleur de nuit, entendis quelques « Chut ! » agressifs à mon passage bruyant devant les chambres restées ouvertes. Avant d'éteindre, j'invitai Thomas Thomas à venir finir la nuit avec moi, qu'il m'offre un ballet de mollesse lumineuse en me racontant des fadaises. « Courage, vieux frère ! Viens me montrer ta face de rien, ta masse de vide, ni eau ni air, insaisissable courant d'absence. Viens me disloquer avec ton magistral néant. Viens, frérot. N'aie pas peur, aucune intention de te rentrer dedans ! Je te laisse ta vibration équivoque, toi mon zéro préféré, je t'abandonne à ta clandestinité ; je n'envie pas ton exode. Mais si tu avais l'obligeance de me prouver que je ne suis pas complètement cinglée, je t'en serais éternellement reconnaissante. Je ne blasphémerais plus ! Juré. Reviens ! »

Rien ne se passa...

Endormie comme on se jette au fond d'un puits, je sombrai dans une nuit opaque. Je m'éveillai avec le lever du jour, la bouche pâteuse, la tête douloureuse. Déçue.

« Thomas, tu n'es qu'une évanescente nullité. »

Ce jour-là, j'amorçai le marathon éprouvant des administrations, entrai dans la course infernale des démarches et des formalités. Mon emploi du temps de chaque matinée avant d'aller voir Mallika tous les après-midi à quinze heures.

Une autre vie dans la ville.

Comment décrire la cour de Calcutta ?

Si je n'avais pas été accompagnée par maître Khan, je me serais enfuie. Une véritable cour des miracles ! Des mendiants, des chiens, des poules, des corbeaux, des piles impressionnantes de documents jaunis qui s'envolent et s'éparpillent sous les ventilateurs, des gens entassés dans les escaliers, dans les couloirs, certains couchés, d'autres accroupis. Des avocats, des juges, mais aussi des chèvres, des enfants qui jouent, des vieux endormis. Comment imaginer que des affaires graves se traitent au sein d'une telle pagaille, que la justice s'y rend, que le sort d'individus en détresse ou de criminels se décide au cœur de cette anarchie et de ce désordre ? Comment retrouvent-ils les dossiers ? Comment n'égarent-ils pas certains documents essentiels ? J'étais déstabilisée et inquiète. Au milieu d'un tel merdier, qui pourrait décider de ce qui allait advenir de Mallika ? Je n'avais plus confiance. J'avais peur. Padma s'appliquait à me rassurer, mais ses propos ne réprimaient pas mon angoisse.

Je ne croyais plus à la réussite de mon entreprise. Je comprenais mieux les mises en garde de Geoffrey. Lui savait. Je quittai l'endroit sous les encouragements de maître Khan m'assurant que tout se présentait bien. Heureusement qu'elle était là pour le dire ! Pour moi, c'était la défaite. Le désenchantement. Je n'étais qu'à l'aube d'une longue, fastidieuse et onéreuse bataille. Une guerre des nerfs dans laquelle ma patience serait mise à rude épreuve. Une épreuve de titan. J'avais clamé haut et fort que j'adorais ça.

Les premières retrouvailles avec Mallika furent douloureuses. Tapie dans un coin du dortoir, elle n'en avait pas bougé depuis la veille. Elle avait refusé de manger, refusé de se coucher, refusé de se laver. Recroquevillée, son petit sac rouge et sa poupée blonde serrés contre elle, elle avait le visage marqué, le regard triste et cerné. Quand j'entrai dans la longue salle surchauffée remplie de deux rangées de petits lits à barreaux, elle m'avait vue mais sans amorcer de mouvement. Elle me laissa m'approcher, m'asseoir par terre à ses côtés. Tête baissée, elle restait sans un regard pour moi. Je lui donnai des petits coups de coude provocateurs et tendres : « Eh ! Mallika... Mallika ? »

Je sentis son petit corps lâcher, devenir plus lourd, puis elle s'est mise à pleurer. Je la pris sur mes genoux, la berçai longtemps, sans rien dire. Au bout d'un moment, elle se redressa brusquement, renifla un grand coup et extirpa sa brosse de son sac pour me la tendre avec un sourire épatant. Je défis ses cheveux et lui refis sa natte.

Je lui fis traduire que je reviendrais chaque jour à quinze heures, qu'elle devait manger, dormir, se laver, sinon elle tomberait malade et ne pourrait pas partir. Avant de la quitter, je lui mis ma montre au poignet en lui indiquant la position des aiguilles signifiant l'heure de ma venue.

Elle s'habitua à son nouveau régime de vie. Elle recouvrit joie et vitalité. Elle attendait mon arrivée près de la porte de bois et m'entraînait dans des rondes, me chantant des chansons et me faisant rencontrer d'autres enfants. Elle ne cherchait pas à fuir.

La seconde semaine, ma montre avait disparu. La troisième, je devais prendre l'avion pour rentrer chez moi en la laissant là. Combien de mois ?

Padma et Geoffrey lui ont expliqué. Que comprenait-elle ? Moi, je savais. Je mesurais l'ampleur de la séparation, je connaissais la distance matérielle et temporelle qui allait nous séparer. Je savais la complexité des démarches à faire de l'autre côté du globe avant d'obtenir l'autorisation légale de venir la chercher. Et l'absurdité des lois humaines m'assaillait. Comment pouvait-il être si facile de mettre des enfants au monde dans n'importe quelles conditions alors qu'il est si compliqué de pouvoir en sauver un seul, perdu, abandonné, avec pourtant le devoir de vivre ? Mais il n'y avait rien à dire. Rien qu'elle puisse saisir. Que pouvaient représenter l'absence, la distance, dans l'esprit d'une fillette de quatre ans qui n'avait jamais rien eu ?

Une dernière journée de travail avec Geoffrey, une ultime errance au bord du fleuve dans les vapeurs de cendre des corps calcinés, quelques brasses dans la piscine de l'*Oberoi Grand Hotel,* une poche de croissants pour mon petit mendiant du carrefour et sa très jeune et jolie maman, l'étreinte des bras grassouillets et moites d'Emma, des recommandations faites à Padma, Mallika prise en photo sous toutes les coutures, mon sac bouclé, le cœur serré, la bouche sèche, la tête pleine de couleurs, d'odeurs, de sons, un adieu au corbeau veilleur de mes nuits, un magistral pied de nez au fantôme de Thomas Thomas, et cette image : Mallika derrière les barreaux de la fenêtre du dortoir à agiter sa petite main avec un pâle sourire, sans une larme, sans un cri.

Cette fracture inconcevable, ce mal qui me rongeait déjà, cette détresse sauvage comme un trou dans le corps et l'âme... C'était bien ça, la vie.

Et le fracas de la carlingue décollant sur la piste dans un crépuscule flamboyant alors que Calcutta n'était plus qu'une silhouette noire sur un ciel orangé, oui, c'était ça, la vie.

L'ordalie.

ET SI...

Tant que tu n'auras pas appris
à t'empoigner avec Dieu
comme un lutteur avec son camarade,
la force de ton âme te sera à jamais cachée.

Sri Aurobindo

Le retour au pays après ces quelques mois passés à Calcutta fut une expérience inoubliable. Une époque pour laquelle je garde de la fascination et une nostalgie aiguë. Régulièrement, j'en éprouve des manques. Lancinants et ravageurs, ils surgissent aux moments les plus inattendus pour me remettre en présence d'une autre dimension, plus vaste. Une impression, une perception étrange dont il est impossible de parler. Je me trouve piégée dans un dilemme inextricable dont il est utopique de vouloir se soustraire. C'est là, sculpté dans ma chair et mon âme, j'en sais l'empreinte indélébile, pour le pire et le meilleur. Une sorte d'écho de moi-même. Une autre Olivia, sans doute là depuis toujours, assimilée à la présence de Thomas Thomas. Mais lui n'a jamais été cette voix profonde et implacable. Je m'applique à la nier. Je la rejette. Elle me dérange, elle m'encombre et me perturbe. Elle brouille mes idées et mes actes. Elle me rend agressive et hargneuse. Violente.

Si cette voix m'était apparue réconfortante à mon retour, nécessaire et invulnérable, me donnant toute la force du monde pour me battre en dépit des oppositions rencontrées, si je la chérissais, lui laissant le droit d'être et de se manifester, elle m'est devenue insupportable depuis la fin de l'histoire. Quand ma porte s'est refermée avec fracas. Elle est devenue ennemie, une sangsue vampire d'espoir. Elle me dévaste, me poursuit de son harcèlement discret. Une siamoise diabolique. Je la piétine en méprisant ses suggestions. Un monstre increvable. Un être virtuel, un héros pour jeu vidéo, impossible à détruire. Un ressuscité perpétuel de toutes mes exterminations. Une entité poisseuse flingueuse d'âmes saines. Certains jours, j'ai l'impression que ma raison se perdra au détour de ce duel impitoyable.

Pourtant, l'autre, l'Olivia de Calcutta, la voix profonde et implacable, avait su m'offrir une symbiose singulière, une complicité ; un soutien palliant mes défaillances, me suggérant quoi faire, quoi penser, comment évoluer et me défendre. Elle s'est battue, elle m'a encouragée, réconfortée. Je me suis sentie si sûre de moi ! Convaincue de gagner contre tous les mouvements contraires. Et Dieu sait les oppositions auxquelles je me suis vue confrontée...

D'abord, il y a eu mes parents. Mon père a choisi le silence, l'ignorance peut-être. Il avait la conviction que je lâcherais en cours de route, qu'il s'agissait d'une lubie, d'une toquade passagère. Il n'avait aucune raison de manifester, rien pour l'inciter à lutter contre une énergie qui s'éteindrait seule au fil des mois. Ma mère est entrée dans une rage folle avant de sombrer dans une sorte de consternation à tendance dépressive, comme si mon désir lui avait infligé un rude coup. Une raison pour se faire plaindre en endossant la panoplie du martyre, son rôle de prédilection ! Voilà que Thomas était relégué aux oubliettes, la place d'honneur subtilisée par Mallika, une créature déjà grande, noire par-dessus le marché ! Bien sûr, elle n'était pas raciste. Comme des milliers d'autres, elle n'avait rien contre les gens de couleur à condition qu'ils n'entrent pas jouer dans sa cour.

— Tu n'envisages pas ça sérieusement... Aucun homme ne voudra de toi... Tu vas gâcher ta vie. Tu vas gâcher la nôtre... C'est insensé !

Premiers mots devant les photos de Mallika étalées sur la table basse du salon. Ils étaient assis côte à côte. Je leur faisais face, incrédule. Pas un instant je n'avais imaginé un mouvement de recul de leur part. Mon père regardait les photos, étrangement silencieux, lui qui avait toujours quelque chose à dire. Allégra était devenue laide. Un rictus lui déchirait le visage. Un frémissement des joues et du menton, des larmes plein les yeux, je n'arrivais pas à savoir s'il s'agissait de peur, de colère ou de chagrin. Terrifiant ce qu'elle pouvait ressembler à sa mère tout à coup ! Je la dévisageais. Déjà je me détachais d'elle. Je sentais la cassure, je la savais irrémédiable. Elle précédait le rejet. J'avais vécu la même scission l'année de mes dix ans face à ma grand-mère. Je connaissais l'ampleur de l'abîme qui allait nous séparer. Une fracture qui allait m'éloigner d'elle et me rapprocher de Thomas Thomas.

Simon, le philosophe, le verbomoteur, l'érudit. Simon, le calé, l'incollable. Mon père, ce génie... Un événement inattendu le foudroyait, le laissant coi. Pas de citations, pas de vers, pas d'exemples. Aucune doctrine à énoncer, pas le moindre macchabée penseur pour le soutenir dans l'épreuve en lui mâchant quelque phrase ayant fait ses preuves au fil des siècles. Rien. Rien qu'un trou béant avec rien dedans.

Mes parents, ces deux loques ? Je n'arrivais pas à y croire.

Fallait-il que l'Inde m'ait métamorphosée pour que je ne reconnaisse plus rien, ne ressente plus rien d'identique, ne perçoive plus la moindre onde de reconnaissance à laquelle me raccrocher ? Plus rien qui me ressemble. Plus rien qui me rassure. Étrangère dans ma propre maison, tout me semblait bizarre, terne, vide. J'étais arrivée depuis trois heures et je n'avais qu'une envie, fuir, repartir, aller rejoindre cet ailleurs qui m'avait permis de me trouver.

Mallika. Pour Mallika, je devais rester.

J'avais un long chemin à parcourir avant d'aller la chercher. Une course d'obstacles, un marathon pernicieux qui allait écorcher mes nerfs et ma résistance. Je regardai mes parents, lointaine. Mes parents, ces deux étrangers coincés sur leur canapé de cuir fauve ? Ils me semblèrent vieux tout à coup. Vieux dedans. À travers le silence j'entendais leur tapage intérieur. Je les trouvais grossiers. Eux qui m'avaient tout donné, tout accordé, tout passé, eux en qui j'avais une confiance sans bornes, voilà qu'ils m'abandonnaient au moment où j'avais le plus besoin d'eux, à l'aube de ma réalisation et de l'émergence de ma vraie nature. Par leur fermeture et leur retrait, ils cautionnaient l'autre Olivia, un poison violent insensible et dérisoire. Jusqu'à ce jour, ce monstre d'égoïsme leur avait fichu une paix royale. Des provocations, beaucoup de rébellion verbale, d'insultes, de jugements, toujours destinés aux autres, jamais rien de négatif les concernant. Je leur avais offert une scolarité honorable dont ils étaient fiers, une indépendance redoutable qui les avait fait m'avoir rarement dans les jambes. Jamais malade, toujours occupée, simple à nourrir, pas exigeante côté vestimentaire puisque je me moquais de mon apparence et n'avais rien à faire de ce que l'on pouvait bien penser de moi. Plus on en pensait de mal, plus j'étais satisfaite. Je n'avais besoin de personne, pas même d'eux. Ce *statu quo* inné, aucun d'entre nous n'y avait jamais pensé. Un accord tacite. Une formule qui avait bien fonctionné pendant vingt-six ans.

Et voilà que je rentrais en bousculant l'ordre établi ! J'avais brouillé les cartes et je falsifiais l'aventure. Pour la première fois, j'étais mise en présence de leurs restrictions et de leurs limites. Tout à coup, j'avais mis le doigt sur une corde sensible. Quel degré d'humanité en eux ? Mon père, cet humaniste doucereux, allait devoir reconnaître que la connaissance mentale, intellectuelle, est une chose, mais que l'expérience concrète en est une tout autre à laquelle il n'était pas capable de répondre. Je n'avais jamais rien provoqué de profond en eux, jamais de confrontation essentielle avec leurs façons d'être et de penser. Jamais rien qui ait pu remettre en cause leur nature profonde. J'ignorais leur véritable inclination. Qui étaient-ils ? Leurs rôles polis à merveille, philosophe et artiste peintre, des apparats pour masquer leur vrai visage. Ils les portaient avec brio, au point d'en avoir oublié les êtres travestis dissimulés derrière. Leur bonté d'apparence, leur générosité égoïste limitée à des actions qui ne leur coûtaient rien. Combien d'altruistes de pacotille sévissent avec des airs de sainteté conquise ? J'éprouvais une répugnance similaire à celle ressentie pour tous les bénévoles cherchant à gagner leur salut, tous ces cloportes vampires de la détresse du monde, ceux qui s'en goinfrent pour colorer la pâleur de leur existence. Tous ces faux culs à qui on donnerait le bon Dieu sans confession. De la racaille, des terroristes bien-pensants, des bonnes consciences puantes, des ogres de la misère humaine jamais rassasiés.

Je compris mieux le pressentiment diffus qui m'avait frôlé l'esprit durant mes dernières semaines à Calcutta. Des inquiétudes vagues, des doutes, une remise en cause systématique de tout ce qu'avait voulu m'inculquer Simon. Mon père. Mon idole.

Pauvre papa, ce truc rabougri et creux qui se répandait en flaque nauséabonde me donnant envie de vomir. Je les laissai mijoter dans leur jus sans leur tendre la main, sans regard compatissant. Je ne les comprenais pas. Il n'y avait rien à expliquer. Ils venaient de me faire ce qu'il ne fallait pas. Je n'avais pas besoin de leur permission, de leurs encouragements ou de leur bénédiction pour poursuivre ma démarche. Ils me rendaient service en éveillant chez moi une rage féroce, une volonté de réussir qui allait dépasser tout ce que j'aurais pu imaginer.

Ils ne m'avaient pas manqué, je savais me passer d'eux. J'étais adulte, j'avais terminé mes études, ma spécialisation ne m'empêcherait pas de gagner ma vie. Ma chambre, mon territoire depuis toujours, je l'avais conservée durant mes années d'études par commodité et par souci d'économie. Une tranche de vie s'achevait. Une page blanche s'ouvrait sur un nouveau chapitre. Je rangeai mes photos, ramassai mon sac à dos sans dire un mot. Ma mère tenta de me retenir avec ses larmes. Mon père n'avait pas bougé.

Ils ne savaient rien de mon séjour, rien de ce que j'avais vécu ni ressenti. Rien de cette extraordinaire sortie de moi-même. Ils ne connaissaient que l'existence de cette enfant s'étalant sur les photos, Mallika, une petite fille de quatre ans qui allait devenir leur petite-fille.

Je les avais assassinés en accouchant prématurément d'une enfant que je n'avais ni conçue ni portée. La plus diabolique des mises au monde.

J'étais fatiguée, dépaysée sur mon propre territoire. J'aurais voulu pouvoir me précipiter chez Dada pour lui confier ma peine. Abattue, je laissai aller mes pas au hasard des rues, mon sac sur le dos et l'air chagrin. Je pensai à Mallika. Je la revoyais accroupie derrière le gros cactus, recroquevillée autour d'un point central, effroyablement seule au moment où je l'avais laissée. Je venais d'approcher sa détresse, ce gouffre dans lequel il est si facile de se perdre, happée par une obscurité sans nom. Une souffrance indescriptible qui ravage le corps aussi bien que l'esprit.

Je marchai longtemps dans ma ville grise. Ma ville ! celle où je suis née, berceau de mon enfance, celle qui m'a vue grandir, évoluer, me transformer. Cette ville que je connaissais par cœur. Je l'avais arpentée de long en large par tous les temps et dans tous les états d'âme. Je connaissais ses différents visages se succédant au fil des saisons. Elle m'avait livré ses moindres recoins et tous ses secrets. J'avais su savourer ses grandeurs et ses beautés, la richesse de ses musées, les trésors de ses bibliothèques, et je croyais l'aimer.

Elle me faisait horreur ! Je la découvrais, cité fantôme surgie d'un mauvais rêve, une ville en carton-pâte pour un film de science-fiction. Je la trouvais sinistre, froide, terne. Les gens avaient des regards vides, inquiets. Les enfants étaient tristes, ils avançaient le nez planté dans leurs godasses, tirés énergiquement par des mains adultes pressées. Ils couraient, mus par une hâte sur un chemin tracé, une ligne à suivre, un parcours du combattant à ne pas déserter sous peine d'être un vilain soldat qu'on expulserait du jeu. Un mouton noir, une tare ambulante qui ne souffrirait plus des règles établies en en perdant les avantages.

Le ciel était gris, les rues étaient grises, les murs étaient gris, les visages décomposés d'une pâleur extrême. Un début d'octobre sinistre, un jour de grisaille diluant tout.

Pourquoi être rentrée ? J'aurais dû m'installer là-bas, adopter Mallika sans formalités. Elle n'existait pour personne, j'aurais pu la prendre en charge simplement. J'aurais rejoint Geoffrey dans l'illégalité en travaillant à ses côtés. Ne jamais revenir...

Trop tard. Mallika existait vraiment, elle avait un statut, un nom, un âge approximatif écrits sur un registre, elle appartenait à un pays et seules les autorités de ce pays pouvaient m'autoriser à la rejoindre, d'un commun accord avec les autorités d'ici, celles qui consentiraient peut-être à ce qu'elle devienne ma fille en recevant mon nom.

Il me fallait croire à une force d'amour plus puissante que toutes les paperasseries du monde. Croire en l'existence d'une énergie universelle qui, comme une source intarissable, coulerait d'un continent à l'autre, abolissant la barbarie des lois humaines. Mallika était devenue un numéro sur un dossier. Je n'allais pas tarder à être un autre numéro sur un autre dossier dans un autre pays. Un sentiment d'impuissance me submergeait. J'avais l'impression d'être une extraterrestre parachutée sur une planète hostile. J'allais devoir réapprendre à vivre ici ; respirer, bouger, penser, sentir. Rouvrir la porte d'un monde dont j'avais perdu la clé, un monde qui m'apparaissait brutalement vide de sens. Je ne savais plus nager, j'avais le souffle coupé, j'avais mal. Si mal...

« Qu'on me balance des couleurs, des saveurs, des odeurs, des sons ! Qu'on ralentisse le pas, qu'on me regarde, qu'on me voie, m'entende, me comprenne ! Par pitié, envoyez-moi des dieux et des déesses bariolés, des colliers de fleurs et des vapeurs d'encens ! Je veux la moiteur, la puanteur, la canicule. Je veux des trombes d'eau et des insectes rampant sur l'asphalte. Je veux le vacarme, je veux enjamber des corps et serrer les mains sales des enfants, je veux des regards luminescents partout autour de moi, je veux cette terre de misère et de feu. Je veux le plus grand temple du monde. Je veux l'Inde. Sauvez-moi de ce cimetière peuplé de morts vivants. Je veux la vie ! »

Effrayant, le vide autour de moi. Effrayante, l'absence. Les manques avaient remplacé les peurs. Et mon essence était restée là-bas. Ma carcasse, creuse, inhabitée.

Les Hindous prétendent que le vide est plein, qu'il n'existe aucune interruption, qu'une danse cosmique comme un ballet perpétuel englobe tout. Les individus s'y fondent, ils naissent puis disparaissent pour se réincarner, sans jamais quitter la scène, sans rien pour les séparer. Une roue éternelle pour la valse des destins à l'infini des temps.

J'ai dû sauter en marche ! Larguée de la grande roue pour m'écraser au sol dans une fête foraine qui ne m'amuse plus. Une erreur.

Seule, si seule.

J'atteignis le parc en lisière du campus, puis le lac au milieu du parc. Assise au bord de l'eau, je mordis à pleines dents dans ma baguette, consentant à jeter quelques morceaux aux canards regroupés en demi-cercle à proximité du rivage. J'observai leur manège, leurs querelles pour tenter de dérober un morceau à un autre, la domination des mâles et la beauté de leur plumage, la détermination des plus jeunes... un groupe dont j'ignorais les règles mais dont les comportements m'apparaissaient organisés, répondant à un code qui m'échappait. L'Inde porte un autre regard sur les animaux. Il y en a tant, non domestiqués, mêlés à la vie des hommes, libres et respectés parce qu'ils ne sont pas considérés comme des créatures inférieures. Âmes réincarnées dont nous ignorons tout des vies précédentes. Ma grand-mère, cette cane pimbêche qui se dandine sous mes yeux? Thomas Thomas, cet agressif à la robe sublime? Non, Thomas Thomas était le corbeau noir et gris de Calcutta, veilleur de mes nuits.

Il me semblait qu'une foule d'histoires pouvaient être élaborées en regard de chaque créature vivante, un monde de mystère et de fantaisies à portée des imaginations, et si je n'y croyais pas vraiment, je trouvais l'idée séduisante, riche de conséquences. Ne plus écraser de fourmis, d'araignées, de cafards, regarder, voir comme si l'œil était un microscope pouvant traverser l'apparence pour rejoindre un au-delà de toute chose en lui donnant un sens et une importance autres. Avoir accès à une sorte de transparence qui pourrait mener à l'essence même, rendre possible la traversée de l'épaisseur opaque. Certains enfants ont cette faculté de voir au-delà du monde s'étalant sous leurs yeux. Je me souviens d'une camarade qui passait des heures à plat ventre dans la cour de récréation, le nez planté au-dessus d'une fourmilière à observer la colonie très organisée. Elle donnait des noms aux fourmis, voyait des pères, des mères et des enfants, des maisons avec des rideaux aux fenêtres, des goûters, des vélos, des cris, des sorties d'école. Je la trouvais stupide. Je me moquais jusqu'à la faire hurler en écrasant la clique au grand complet. Et si elle avait eu raison ?

Les arbres étaient beaux. Les feuillages aux dégradés d'orange, de rouge sombre et de roux reflétés à la surface de l'eau me rappelaient les déclinaisons du soleil couchant sur la rivière Hooghly. Le vent faisait voler des feuilles en tourbillons, il les rendait vivantes, petite résurrection temporaire pour un ballet gracieux. C'étaient toutes les couleurs de la ville. Personne dans les allées du parc, il faisait frais, le jour commençait à décliner. J'étais restée longtemps assise sur l'herbe humide, perdue dans mes pensées, méditative devant ces volatiles. Des canards. De vulgaires canards comme on en voit partout. Pas de quoi délirer. Je frissonnai. Je devais trouver un refuge pour la nuit.

J'avais envie de l'odeur fade du sang près du temple de Kālī, envie des brumes de cendre des corps calcinés sur les rives du fleuve, envie de la moiteur des fins du jour quand la ville ralentit à la lueur des braseros.

Je m'engouffrai dans la bouche de métro la plus proche pour rejoindre l'autre extrémité de la ville.

Je ressortis à l'angle de l'église Saint-Nicolas, dans un quartier populaire et multiethnique où les gens n'aiment pas s'aventurer seuls le soir. J'y venais souvent. Je n'avais pas peur, il ne m'était jamais rien arrivé. Matt habitait à deux rues de là. Mon meilleur ami. Je ne lui avais pas donné signe de vie depuis des mois. Pas la moindre carte postée à son intention. Je ne savais pas ce qu'il avait décidé de faire, si même il avait conservé son logement sous les toits. Combien de cuites nous avons partagées dans ce réduit sympathique ! Des nuits entières à boire en réglant nos comptes avec la société. De bons moments dont je gardais la nostalgie. Tout me semblait si loin.

J'hésitai un instant avant de pousser la porte de l'église. Je n'y avais jamais mis les pieds. Elle était belle, de style gothique, sobre. De très beaux vitraux difficiles à distinguer tant la lumière du jour avait baissé, des orgues rectilignes, sans décorum. Une femme âgée priait, agenouillée au premier rang, repliée sur elle-même, son visage baissé reposant sur ses mains jointes. Elle portait un foulard noir qui dissimulait ses cheveux et une partie de son visage. Je fis le tour de ce lieu de culte oppressant, triste et trop sérieux. Il y manquait la joie, la lumière. Il ne me rassurait pas. Je sentis une menace ; quelque justicier allait m'infliger une sanction sévère. Ridicule ! Fallait-il que je sois troublée, voire perturbée, pour accorder du pouvoir à ce je-ne-sais-qui ou je-ne-sais-quoi dont on prétendait que c'était la maison ! J'ai toujours blasphémé, mais je n'aurais jamais osé le moindre sacrilège dans un lieu saint. J'avais pris un dépliant sur le présentoir à l'entrée de l'église. Voulant profiter de la lumière des cierges qui l'entouraient, je m'assis près d'un immense Christ en croix. Un petit Noir d'une dizaine d'années mit scrupuleusement des pièces dans le tronc puis enflamma successivement cinq bougies. Il fouilla encore dans ses poches, en sortit de la menue monnaie, soupira fort, puis se signa avant de disparaître.

La femme était toujours en prière. J'ouvris le prospectus et commençai :

> *20- Le matin en passant, les disciples virent le figuier séché jusqu'aux racines.*
>
> *21- Pierre, se rappelant ce qui s'était passé dit à Jésus : « Rabbi, regarde, le figuier que tu as maudit a séché. »*
>
> *22- Jésus prit la parole et leur dit : « Ayez foi en Dieu. »*
>
> *23- « Je vous le dis en vérité, si quelqu'un dit à cette montagne : « Ôte-toi de là et jette-toi dans la mer, » et s'il ne doute point en son cœur, mais croit que ce qu'il dit arrive, il le verra s'accomplir. »*

> *24- C'est pourquoi je vous dis : « Tout ce que vous demanderez en priant, croyez que vous l'avez reçu, et vous le verrez s'accomplir. »*

Je n'avais jamais prié.

Je regardai Jésus sur sa croix. Ses extrémités percées de clous, sa couronne d'épines sur son front écorché. Comment trouver là inspiration et réconfort ? Sans y croire davantage, je préférais le côté ludique de Ganeśha avec son gros bide et sa trompe d'éléphant, la danse de Shiva qui fait valser le monde, Kālī et son goût pour le sang. Et j'étais plus fascinée par la multitude que par la toute-puissance d'un seul qui juge et condamne. Je préférais les couleurs, les fleurs, les odeurs, les danses, les offrandes... la vie ! Sans rien y comprendre je me sentais plus proche de l'exubérance indienne et de sa multiplicité.

Je poursuivis ma lecture :

> *25- « Et lorsque vous êtes debout faisant votre prière, si vous avez quelque chose contre quelqu'un, pardonnez, afin que votre Père qui est dans les cieux vous pardonne aussi vos offenses. »*
>
> *26- « Si vous ne pardonnez pas, votre Père qui est dans les cieux ne vous pardonnera pas non plus vos offenses. »*
>
> *Saint Marc 11, 12*

Non, je ne pardonnais pas à mon père, mon seul et unique père sur la Terre comme au ciel. Je ne lui pardonnais pas de n'avoir rien compris, rien senti, rien dit. Je ne lui pardonnais pas de m'avoir trahie. Je lui en voulais à mort et : « Vous pouvez me juger, me condamner, vous, là-haut, le père des pères et des mères et des enfants, vous, le père de l'Univers, le père des chiens, des rats et des cochons, le père des mendiants et de tous les déshérités du monde, vous que j'ignore et ignorerai jusqu'au bout de ma vie ».

Décidément pas mon truc ! J'allumai un cierge sans avoir mis de pièce dans le tronc. Je froissai le dépliant et l'enfonçai dans ma poche avant de quitter l'église.

La nuit était tombée. Il faisait froid. Je rejoignis d'un pas rapide l'immeuble de Matt, sonnai trois coups (notre code) et entendis sa voix grave dans l'interphone :

— J'avais commandé les couronnes !

Le déclic de la porte ouverte. J'étais sauvée.

— Soûle-moi, baise-moi, laisse-moi dormir chez toi !

— Est-ce que tu vas bien ?

J'avais claqué la porte du pied, laissé choir mon sac à dos et m'étais effondrée à côté en larmes.

Matt n'est pas intervenu. Il m'a servi un grand verre de scotch avec des glaçons, s'est assis en tailleur face à moi sans rien dire. Quand mon verre fut vide et mes larmes apaisées, il nous versa un autre verre. Je ramassai mes affaires et allai m'écrouler sur son lit défait. Son lit était toujours défait.

J'avais besoin d'un massage à l'intérieur du corps, d'un peu de jouissance qui réveille autre chose en moi en m'éloignant de la souffrance et de ses ravages. J'avais besoin d'un échange terre-à-terre et bestial, physique. Il n'y avait pas plus d'ambiguïté dans ma demande que dans le fait que nous ne l'ayons jamais fait pendant six ans. Il était mon ami. Je n'avais jamais été amoureuse de lui. Je ne l'avais jamais désiré ni lui non plus. Nos nuits de beuveries communes, je les achevais chez lui endormie sur le canapé, ou je le quittais pour m'envoyer en l'air avec n'importe quel inconnu avant de regagner ma chambre aux premières lueurs de l'aube. Il savait. Il connaissait ma vie dans les moindres détails.

Cette nuit-là, je partageai son lit. Il me prit, sans préliminaires, sans caresses, brutalement, avec la violence que l'immensité de son corps pouvait contenir, un mouvement animal sans finesse, sans précautions. J'avais mal. J'aimais cette douleur physique détachée de l'esprit. J'aimais sa puissance sauvage qui me dévastait, j'aimais la masse de son corps vilain, ses excès de graisse et la vulgarité apparente du rapport. J'aimais par-dessus tout le côté primaire m'éloignant des préoccupations divines, j'éprouvais une jouissance maligne au sentiment de provoquer les forces mystérieuses qui étaient venues me perturber pendant mon séjour en Inde. J'étais vivante, entière, libre, affranchie. Je n'avais peur de rien ni de personne, je vivais ce que je choisissais de vivre. Seul maître à bord, seule à décider, à agir, à choisir ma destinée. Ma voie m'appartenait. Aucune force extérieure n'aurait jamais le pouvoir de déterminer ce qui serait bon ou mauvais, pur ou impur, sage ou déraisonnable dans ma putain d'existence. Personne !

J'aimai beaucoup le reste de ma nuit, endormie contre le dos de Matt, dans les odeurs de nos corps mêlés. C'était la première fois que je m'endormais près d'un homme. J'étais bien. Lovée contre ce corps massif, plus rien ne pouvait m'arriver. Il m'avait offert ce que je désirais, ce dont j'avais besoin. Il était mon ami.

Quand je m'éveillai avec le lever du jour, il dormait encore à mes côtés.

Je me demandai si nous n'avions pas vécu quelque expérience spirituelle rare. Ce courant d'un corps à l'autre, sans mot, sans s'être concertés, ce langage unique entre nous et qui n'existerait jamais plus, cette capacité innée à rejoindre l'indispensable par un soir ne ressemblant à aucun autre. Une magie.

La vérité et la puissance du moment malgré sa vulgarité apparente. Le plus bel acte d'amour que personne m'ait jamais offert. Il n'y avait ni désir ni ambition, simplement la nécessité d'une communication autre, dans la même communion d'esprit. Gratuit, intense, sans attente ni possession.

Matt m'avait guérie. Je me sentis pleine d'espoir, de force et d'énergie. Vivante, extrêmement vivante. Nous mangeâmes de bon appétit un petit-déjeuner de bûcheron, un repas complet, en nous racontant nos derniers mois. Un repas qui s'éternisa une bonne partie du jour.

Il trouvait Mallika belle. Il m'encouragea :

— Elle viendra.

Matt partait en Ouganda pour une mission d'un an avec Médecins du Monde. Si son départ m'arrangeait matériellement puisqu'il me proposait d'occuper son logement, je déplorais la distance qui allait nous séparer. J'avais besoin de son soutien. Il rêvait depuis toujours d'aller soigner en Afrique. Il avait complété ses études de médecine avec une spécialisation en maladies tropicales. Ses parents s'étaient tués dans un accident de voiture l'année de ses vingt ans. Il avait hérité d'une somme conséquente qui lui avait permis d'acheter ce logement et de financer ses études. Il avait travaillé fort. Seul. J'étais heureuse pour lui.

Je soupirai, grave tout à coup :

— Tu ne reviendras pas.

Il prit ma main, la pétrit entre les siennes grasses et robustes. Je m'étais recroquevillée contre lui. Nous sommes restés sans dire un mot à écouter les blues de Armstrong.

Très vite ma nouvelle vie se mit en place. Matt parti pour l'Afrique, je m'installai chez lui. J'allai chercher mes affaires chez mes parents, les retrouvant après le drame de mon retour. Un malaise, une gêne abolissaient toute possibilité de communiquer. Nous ne savions plus nous parler. Je leur laissai mon adresse et mon numéro de téléphone avant de disparaître sans même les embrasser. Je n'en avais pas envie. Deux semaines s'étaient écoulées. Je trouvais ma mère amaigrie, ce qui mettait en relief l'aube de sa cinquantaine. Elle était responsable de ces ravages. Je n'avais fait que poursuivre mon chemin, une voie qui ne lui convenait pas. Son problème. Je n'endossais pas les difficultés des autres en m'en responsabilisant. J'étais loin des culpabilités excessives vécues par une multitude d'enfants face à leurs parents. Nous avions toujours eu des rapports sains, même s'ils n'étaient pas parfaits. Ils avaient su me transmettre un détachement salutaire. Ils le regrettaient peut-être. Mon père restait en retrait, toujours silencieux, fermé.

Il faudrait des mois avant qu'une communication nouvelle s'instaure, moins généreuse, moins confiante aussi. Un échange différent, dépourvu de la complicité qui avait doré mon enfance et mon adolescence. Cette connivence exceptionnelle qui avait su pallier les manques de leur éducation. Je ne leur en voulais plus. Rien d'émotif ni de passionnel en moi. Une cassure simplement m'avait éloignée d'eux. J'avais recouvré confiance et espoir, j'étais prête à me lancer dans la course des épreuves administratives avec une volonté inflexible, une détermination que plus rien ne saurait amoindrir. Je m'étais engagée dans le plus beau et le plus motivant des combats.

J'adorais l'appartement de Matt, une solution économique qui me rendrait un fier service le temps de mes démarches. « Ma contribution à ton aventure », avait-il déclaré avant son départ. C'était un logement que je connaissais bien, dans lequel j'avais des souvenirs facilitant ma nouvelle existence. Je trouvai rapidement un remplacement à l'hôpital des enfants, un congé de maternité qui m'assurait du travail pour huit mois. Je m'inscrivis à des cours complémentaires à l'université pour faire de la pédiatrie ma spécialité. J'étais loin de l'hôpital, j'avais de longs trajets à faire en métro. J'en profitais pour lire des romans policiers, une drogue douce dont je ne savais me passer. J'aimais de plus en plus ce quartier. Des familles d'origines et de couleurs différentes s'entassaient dans des conditions peu reluisantes, dans des immeubles mal entretenus dont les façades me rappelaient les murs léprosés de Calcutta. Beaucoup d'enfants à jouer dans les rues. J'étais bien, je me sentais plus libre que jamais. Ma mère me téléphonait une fois par semaine, je n'avais rien à lui dire. Elle tentait une réconciliation, un retour en arrière ; c'était impossible. Elle était malheureuse, je le savais. Je n'avais ni temps ni énergie à lui consacrer. Je n'avais aucun moment de liberté et la guerre des nerfs à laquelle j'allais être confrontée grâce à l'inflexibilité des administrations allait exiger toutes mes ressources.

J'appelai en Inde tous les quinze jours. Maître Khan me donnait des nouvelles de Mallika et transmettait mes messages à Geoffrey. Mallika allait bien. La procédure suivait son cours, un cours indien dans une cour indienne ; inextricable, labyrinthique, déconcertant.

Ici, je me heurtais à deux difficultés majeures qui allaient retarder l'évolution du dossier. D'une part, selon la Convention internationale de La Haye en matière d'adoption, on ne choisit pas l'enfant à adopter. Nous faisons une demande d'adoption et si cette demande est acceptée nous nous voyons proposer un enfant. Pour moi, la démarche était inverse. J'avais rencontré une enfant, je désirais l'adopter. Les administrations n'aiment pas voir leurs règles bousculées ! Vous pouvez expliquer qu'il s'agit d'une rencontre, d'un coup du destin, d'une histoire d'amour extraordinaire contre laquelle il est impossible de lutter, vous pouvez démontrer par A+B la puissance, l'ampleur de la situation, si rien ne correspond à une situation inscrite, numérotée, étiquetée, vous permettant d'entrer dans une catégorie précise, dûment répertoriée, vous vous heurtez à un mur. Un mur d'incompréhension, un mur d'opposition, un écran totalement dépourvu de la plus infime fraction de compassion ou d'humanité. Vous racontez l'histoire, vous confiez des détails, vous étalez les photos, preuves à conviction. Vous jouez le jeu de la confiance, de la patience, de la tolérance et de la compréhension, avant d'arriver excédée au point de rupture où vous n'avez qu'une envie, placer une bombe et tout faire sauter. Envie de repartir à l'autre bout du monde kidnapper une petite fille et de lui faire traverser les frontières illégalement. Une rage effrayante monte en vous, faisant surgir de coins obscurs des instincts de terroriste jamais soupçonnés. Avec des envies de gifler la préposée représentante loyale et respectueuse de l'administration qui s'oppose avec un sourire niais et une désolation fictive la rendant insupportable.

Mon célibat ne facilitait pas l'aventure. Allais-je devoir me précipiter sur le premier venu, faire paraître une petite annonce dans le journal ? « URGENT ! Jeune femme blanche recherche désespérément père charitable pour enfant de couleur. »

De bonne grâce, je me prêtais, soumise, à toutes leurs manipulations psychologiques. Un viol administratif, une intrusion impudique dans ma vie. On a fouillé de fond en comble tout ce que j'ai vécu, vu, ressenti. Famille, amis, professeurs, collègues, maison, compte en banque, antécédents moraux et médicaux, distractions, orientations sexuelle, politique et religieuse. Une dissection scandaleuse au cours de laquelle j'ai fini par me sentir comme un suspect dans une histoire criminelle. « Votre Honneur, je m'accuse d'être coupable d'un désir d'adoption sans préméditation ! Ayez pitié de ma victime, Mallika. Je jure de l'aimer pour le pire et le meilleur, jusqu'au bout. »

Pendant ce temps, chaque jour à l'hôpital je voyais venir au monde des bébés dans des contextes déplorables. Des jeunes filles sidéennes, des mères célibataires avec trois ou quatre enfants à charge, des alcooliques, des shootées à tout ce qui peut exister au monde de toxique et de destructeur, des prostituées, des femmes battues... Quel couple irresponsable a-t-on empêché de mettre des enfants au monde dans des circonstances lamentables ? Combien d'enfants chaque jour aux urgences, maltraités, abusés, délaissés, sous-alimentés ?

Je voulais adopter une petite fille seule au monde et on décortiquait ma vie pour voir si j'étais bonne, apte, responsable, propre, morale. J'aurais pu me faire engrosser tous les neuf mois par n'importe quel abruti alcoolique, pervers, violent, n'importe quel bourreau d'enfants, personne ne serait intervenu. J'aurais pu pondre année après année un enfant du malheur, agrandissant la collection jusqu'à ma ménopause sans que personne n'intervienne jamais. J'avais tous ces droits, c'était légal.

Mais rencontrer une enfant abandonnée, avoir envie de la sauver, ce n'était pas normal. J'allais contre nature. J'étais bizarre.

— Vous n'envisagez pas de rencontrer un homme et de vous marier ? Quels rapports aurait cet homme avec cette enfant ?

« Imbécile ! J'envisage de rencontrer un homme cette année, de me marier, d'aller en vacances au Club Méditerranée, de procréer, de m'ouvrir un plan d'épargne, de prendre une assurance vie, d'acheter des meubles et des électroménagers à crédit... j'envisage une existence exemplaire, de recevoir mes amis une fois par mois, d'aller à l'église le dimanche, de faire des barbecues l'été, des pique-niques dans les bois avec « l'enfant », l'autre, l'étrangère, la Noire, la déjà grande ! J'envisage de lui montrer la mer, la montagne, comment tenir sa fourchette et son couteau, changer de petite culotte tous les jours, laver ses dents le soir avant d'aller au lit, dire merci, bonjour, s'il te plaît, mettre sa main devant sa bouche quand elle tousse, ne jamais couper la parole à un adulte, ne pas se gratter les fesses en public ! Imbécile ! Des hommes, j'en ai rencontré des tas. J'envisage d'en rencontrer d'autres. Si le bon se trouve sur mon chemin, je m'engage à lui mettre la main au collet et à ne plus le lâcher, juré ! Si je ne rencontre pas le bon, je m'engage à poursuivre malgré tout, à élever ma fille seule. Satisfaite ? »

Des pulsions meurtrières m'assaillaient. Des envies d'étrangler, de décapiter, de poignarder. Des pulsions d'extermination massive de la bêtise humaine. De l'incohérence, de l'absurdité, de l'illogisme et de l'effroyable manque d'amour qui régissent les lois du monde.

En dépit de leur absence d'enthousiasme concernant la venue de Mallika, mes parents ont soutenu et cautionné ma démarche face aux autorités. Ils se sont engagés à s'impliquer auprès de cette enfant en contribuant de près et de loin, matériellement et affectivement, au bonheur de Mallika. Leur position sociale était un atout dans ma demande. Très vite, ils se mirent à déposer de l'argent sur mon compte en banque : « Pour favoriser votre installation et payer son billet d'avion », avait écrit mon père sur une petite carte jointe au premier chèque. « Merci, papa ! »

Presque huit mois (la durée de mon remplacement à l'hôpital) avant d'obtenir le verdict de la Commission : avis défavorable. Trop jeune, célibataire en âge et en état de procréer. Pourquoi n'étais-je pas une vieille acariâtre stérile !

Je m'objectai. Je fis appel de la décision et m'envolai rejoindre Mallika à Calcutta pour deux semaines.

Je la trouvai en forme et changée. Elle avait grandi, elle avait minci. Il avait suffi de quelques mois pour qu'elle perde son côté bébé et les rondeurs qui l'accompagnaient. Elle comprenait mieux que jamais ce qui se préparait pour elle, tout en restant loin de la réalité et des difficultés auxquelles j'étais confrontée. Elle m'appelait « maman », me submergeait de tendresse, était enjôleuse et câline ; elle était magnifique ! Elle était ma fille.

Je logeais chez Padma Khan. Elle me déconseilla de sortir Mallika de l'orphelinat. Bien adaptée, une journée à l'extérieur risquerait de la perturber et de rendre plus difficile encore mon départ, inévitable. Je passais le plus clair de mon temps à l'orphelinat à m'occuper d'elle et des autres gamins. Je finissais la journée avec Geoffrey. Il demeurait confiant, argumentant que le refus n'était qu'un refus de principe qui se transformerait très vite en réponse positive. Sur place, les démarches se passaient bien, à en croire mon avocate et amie. Elle avait facilité les procédures en faisant intervenir une autorité haut placée qu'elle connaissait. Je l'écoutais, respectant à la lettre ce qu'elle me conseillait de dire et de faire, me retenant de faire ce qu'elle m'avait déconseillé. Ne pas sortir Mallika me frustrait beaucoup. Je mourais d'envie de l'avoir quarante-huit heures pour moi toute seule, de la voir s'endormir et s'éveiller, de profiter de ses éclats de rire, de lui permettre de s'ébattre hors de ses murs et de sa cour poussiéreuse. Je lui avais apporté des vêtements, des jeux, des livres et des bonbons pour la communauté, j'avais des photos de mes parents, de leur maison, de la ville, de l'hôpital dans lequel je travaillais. Elle commençait à se débrouiller en anglais, la communication était devenue plus facile. Geoffrey passait nous rejoindre en milieu d'après-midi, il demeurait un lien privilégié entre elle et moi, une référence, un repère indispensable dans l'existence de Mallika, et ce rôle important, il le prenait très à cœur. Il était admirable. Un homme remarquable qui m'aura profondément marquée.

Un soir où nous mangions tous les deux, il déclara :

— Tu as mûri. C'est bien. Si j'avais eu ta nature, j'aurais perdu moins de temps en commettant des erreurs impardonnables.

Puis il se tut, le regard lointain, dans un ailleurs le rendant inaccessible. Il se ressaisit, passa une main devant son visage pour chasser un souvenir rebelle accroché à sa mémoire, et avec un sourire un peu triste il poursuivit :

— Il faut faire ce que l'on a envie de faire. C'est l'unique voie à suivre. C'est bien d'adopter Mallika. Elle te ressemble. Je suis certain du dénouement heureux des démarches. Ce n'est qu'une question de temps.

Et ce fut à mon tour de m'absenter dans un ailleurs qui ne lui appartenait pas, cet ailleurs de l'autre côté du monde, où l'on tergiverse, coupe les cheveux en quatre, où l'on se méfie des enfants étrangers qui pourraient bien un jour prendre la place de ceux que les couples ne conçoivent plus, par excès de conscience ou dose d'égoïsme, par un sens des responsabilités un peu trop poussé ou par refus de responsabilités, par peur ou par lâcheté, parce que le monde est malade, que l'amour est malade, que la morale est malade, parce que les couples se font et se défont plus que jamais, que l'instabilité et l'insécurité grandissantes ont rendu l'espèce méfiante.

Je ne retins pas mes larmes. Le lendemain, je reprenais l'avion, la laissant encore une fois sans savoir combien de mois allaient nous séparer.

En dehors de l'orphelinat, de la petite maison de Geoffrey et du « château » des Khan qui offraient un contraste saisissant, je n'avais rien revu de Calcutta. Pas de promenade au bord du fleuve, pas d'errance au cimetière anglais, pas de cuite au *Fairlawn* ni de baignade à l'*Oberoi Grand Hotel.* Je n'étais même pas allée jusque chez *Flury's* vérifier si mon petit mendiant vivait toujours au carrefour sur ses cartons éventrés. Rien. Pas de flamboyants couchers de soleil dans la rivière Hooghly, ni d'omelette au fromage au *Blue Sky.* Une visite éclair pour embrasser ma fille en exacerbant mes sens et mes émotions.

Trois mois plus tard, un avis favorable me parvenait. J'avais gagné! Le dossier fut expédié en Inde, les échanges téléphoniques avec maître Khan se multiplièrent. Contre toute attente, Matt revint d'Afrique pour quelque temps avant de repartir pour une nouvelle mission. Mes parents s'étaient faits à l'idée, ils commençaient même à s'en réjouir. De façon fugitive, il m'arrivait de retrouver une forme de complicité qui n'avait plus eu cours depuis un an. La vie était belle, réjouissante, simple. Il m'apparaissait évident que lorsque nous désirons profondément réaliser un souhait il est toujours possible d'avoir la volonté et l'énergie nécessaires pour aller jusqu'au bout, en dépit des obstacles croisés. Je me disais que le destin existait vraiment, que la rencontre avec Mallika n'avait rien d'un hasard et que peut-être, oui, il y avait quelque part une force, une dimension, un pouvoir, un je-ne-sais-quoi de surnaturel et de magique maîtrisant les lois du monde bien au-delà de l'espèce humaine. Certaines nuits, je fouillais le ciel étoilé à la recherche d'un signe, d'un petit rien pouvant conforter mes balbutiements de foi, ce petit rien d'universel favorisant la réalisation de grands projets. Je ne priais pas. Je ne méditais pas. Je cherchais à poursuivre cet éclat, comme j'aurais pu suivre à la trace de la poussière d'étoile pour rejoindre ma voie. Et j'avais une envie folle de croire en mon destin, dont la porte venait de s'ouvrir. Mallika en était la clé. Plus que jamais je me sentais sûre de moi. Je venais de vivre la plus grosse épreuve de ma jeune existence. J'en ressortais victorieuse, c'était magnifique !

Padma Khan m'annonça un délai de deux mois pour l'accord final en Inde et l'établissement du passeport. Un laps de temps idéal pour organiser l'arrivée de ma fille. J'avais enfin un poste fixe à l'hôpital. Je cherchai une maison avec un jardin en périphérie de la ville dans un environnement clément. Je choisis un quartier avec des rues bordées d'arbres et de nombreux jardins publics. Tout semblait couler simplement, sans gros efforts à fournir. La maison fut trouvée, repeinte par les soins de Matt, la chambre de Mallika ayant été la première pièce refaite. Une jolie chambre jaune et coquette. Ma mère participait à l'achat des meubles et de certains jouets. Elle qui m'avait toujours négligée, voilà qu'elle se mettait à avoir du goût et l'envie de dévaliser les boutiques de vêtements pour enfants ! Elle me téléphonait et arrivait les bras chargés, radieuse, avec la hâte d'étaler ses achats en surveillant mes réactions. C'était trop. Le jour où mon père apporta un vélo rouge et une paire de patins à roulettes, je me demandai quel était le degré de satisfaction réelle et quel était celui du désir de racheter leur réaction première qui m'avait éloignée d'eux. Un poids demeurait, une gêne au plexus solaire m'empêchant de respirer à fond, une douleur diffuse, une peine beaucoup plus grande que ce que j'avais cru. Une ombre insoluble venant se confondre à une appréhension inavouée, une angoisse de ne pas être à la hauteur, de ne pas être apte à rendre Mallika heureuse en lui apportant tout ce dont elle avait besoin et ce qu'elle méritait. J'avais l'accord, mais je me mettais à douter de mes capacités au fur et à mesure que l'espace-temps me séparant d'elle se rétrécissait.

Quelle allait être sa réaction ? Comment allait-elle trouver le pays, la ville, la nourriture ? Et si l'Inde allait lui manquer ? Si Geoffrey, qu'elle connaissait depuis toujours, allait lui manquer ? Si elle ne voulait pas rester ? Si elle tombait malade ? Et si... Et si... Et si !

Le jour tant espéré arriva enfin. Le coup de téléphone annonçant que tout était en ordre ; dans huit jours, le passeport serait prêt. Il ne me restait qu'à acheter les billets d'avion. Je préparai son bagage, des vêtements, de quoi la distraire en cours de vol, un sirop contre le mal de l'air. Je me fis remplacer à l'hôpital, je bouclai mon sac.

J'avais pris le temps de l'inscrire dans une école alternative où l'on parlait plusieurs langues.

Prête ! J'allais chercher ma fille, Mallika Thomas. C'était le plus beau jour de ma vie.

Elle avait cinq ans et demi. Dix-huit mois s'étaient écoulés depuis le jour où la petite Kālī du bidonville m'avait poursuivie dans les rues de Calcutta.

J'avais communiqué mon numéro de vol et mon heure d'arrivée. Une simple information ; personne n'était jamais venu m'attendre à l'aéroport et je commençais à bien connaître

Calcutta. Quand je débarquai après un voyage trop long, mon impatience ayant décuplé le poids des heures, quelle ne fut pas ma surprise de trouver Padma Khan et Geoffrey au milieu de la foule qui se pressait à la sortie. Après une fraction de seconde de joie, une angoisse s'abattit sur moi. Un coup de poignard. Un mauvais pressentiment avait détruit mon enthousiasme pour faire place à une inquiétude profonde. Que se passait-il? Quel drame inscrit dans l'air rendait leurs visages tendus? Il me fallut attendre d'interminables minutes, coincée dans une file qui n'en finissait plus, avant de pouvoir les rejoindre. On aurait dit un film dont on aurait interrompu la projection. Arrêt sur l'image pour pouvoir décortiquer, analyser, découvrir l'erreur, la faille, la maladresse, la faute falsifiant le contenu de l'image. D'où venait l'ombre qui masquait la lumière de l'instant? Je venais de toucher le sol indien, je venais chercher ma fille, c'était le plus beau jour de ma vie, et voilà qu'un nuage s'obstinait à voiler l'aube, présage d'un orage violent qui n'allait pas tarder à s'abattre sur moi. Je le savais.

Il était arrivé quelque chose à Mallika. Malade? Accidentée? Un revirement de situation peut-être, un refus de dernière minute. Les autorités indiennes avaient changé d'avis et j'allais devoir me battre encore, repartir sans elle, revenir dans quelques mois, attendre, espérer, désespérer parfois. Je n'en serais pas capable. Je ne pouvais plus attendre. J'étais venue la chercher, je ne repartirais pas sans elle. Malade, infirme, sans autorisation, je repartirais avec ma fille, aussi vrai que j'étais dans cette file compacte à attendre de pouvoir rejoindre mes amis pour savoir enfin ce qui se passait.

Je me retrouvai devant eux, livides, décomposés l'un et l'autre par la fatigue et l'insomnie. Mallika avait disparu depuis quarante-huit heures.

Disparu!

Mallika disparue. Impossible à croire. Mon être entier faisait opposition, cabré par un refus intégral, mental et physique. Hurler ou perdre connaissance. Mais je n'étais déjà plus là. Désincarnée, volatile, j'étais partie à la recherche de ma fille. La poursuite s'était amorcée à mon insu, ne laissant de moi qu'une carcasse vide guidée par Geoffrey et Padma comme une somnambule dans la nuit. Je n'entendais plus ce qu'ils me disaient, je ne percevais plus aucun son provenant de la foule, je ne sentais ni la chaleur ni les odeurs. Je n'habitais plus mon corps.

Choquée, assise dans un fauteuil du salon des Khan, je restais muette, tétanisée, un pantin désarticulé écroulé sur place. Geoffrey s'était agenouillé devant moi, il avait pris mes deux mains, il les agitait énergiquement :

— Réagis, Olivia ! Parle ! Crie ! Olivia, tu m'entends ? Olivia ! Regarde-moi !

Il avait pris mon visage entre ses mains. Je ne le voyais pas. Il hurla :

— Reviens !

Les deux claques qu'il m'administra me firent atterrir d'un coup et je m'effondrai en larmes.

Voilà, j'étais là. Je savais, je comprenais. Il n'y avait plus de doute, plus de fuite possible : Mallika avait bel et bien disparu depuis quarante-huit heures. Elle et son inséparable copine Tara, une petite fille de six ans aussi jolie qu'elle.

Elles jouaient dans la cour comme chaque jour au milieu des autres enfants. Leur disparition n'avait été remarquée qu'à l'heure du repas. Tout le territoire de l'orphelinat et sa périphérie furent fouillés de fond en comble, en vain. Personne ne les avait vues, personne ne savait rien, personne n'avait la moindre idée de ce qui avait pu se passer.

Il y avait chaque jour des allées et venues autour du bâtiment et il n'était pas rare de voir le portail d'entrée de la cour grand ouvert. On distribuait des repas aux plus démunis une fois par jour. Une foule compacte, composée d'hommes et de femmes, d'enfants et de vieillards, restait massée à l'entrée pendant des heures. Des camionnettes faisaient des livraisons, des rickshaws transportaient personnes ou marchandises. Un service de blanchisserie se chargeait de linge venu de l'extérieur, qui repartait propre quelques heures plus tard confié aux soins de livreurs, âgés de dix à quinze ans. Beaucoup de femmes travaillaient là. Une foule gravitait autour des deux cents enfants. Tout était imaginable.

Il existe tant de négoces douteux dans le dédale sordide des bas-fonds de Calcutta ! De la vente d'enfants à des familles fortunées utilisant des procédures d'adoption illégales aux réseaux de prostitution enfantine, du trafic d'organes au commerce des jeunes corps à des fins pornographiques, films et photos vendus dans le monde entier... Toutes les horreurs du monde nous traversaient l'esprit, compliquant les recherches. Des bandes organisées mutilaient des enfants et les obligeaient à mendier pour le compte de la mafia locale.

La peur rendait les gens muets. Personne n'avait vu Mallika. Vrai, ou une façon de se protéger ? Armés des photos prises six mois plus tôt à ma dernière visite et de la plus récente, faite pour son passeport et ne datant que de quelques jours, nous parcourûmes la ville. Nous en avons placardé sur les murs, les arbres, chez les commerçants. Geoffrey a arpenté le bidonville en vain, il l'avait déjà fait la veille. Il avait fait aussi les gares, le zoo, les rues du centre-ville, où les lumières et les boutiques attirent les enfants. Rien. Autant chercher une épingle dans une botte de foin ! C'était insensé. Irréel. Il s'agissait de la pire épreuve qui puisse arriver.

Le lendemain, nous ajoutâmes sous les photos la promesse d'une récompense, mais l'appât du gain ne changea rien. Personne ne se manifesta. Personne n'avait rien vu. Personne n'avait croisé Mallika.

Sa poupée blonde dont elle ne se séparait jamais avait été retrouvée près du portail, abandonnée à terre. Mallika ne serait pas partie de son plein gré sans l'emporter avec elle. Il s'était passé une chose terrible. Je le sentais.

J'étais détruite comme une mère sûre de porter son bébé mort en elle avant même qu'il ait pu quitter son corps. J'avais porté Mallika pendant dix-huit mois, elle m'avait désertée juste avant que je la mette au monde. J'étais ravagée.

La nuit, le jour, rien au monde n'existait plus pour moi. Je cherchais inlassablement. Je ne mangeais plus, ne dormais plus. Les policiers avaient été prévenus. Sans conviction, ils avaient pris la photo. Leur nonchalance ne me permettait pas d'espoir. Quelle importance deux petites filles entre les mains d'adultes pervers ? Des milliers d'autres subissent le même sort chaque jour sans que personne remue ciel et terre pour tenter de les sauver. Pourquoi ce vent de panique, ce chagrin ? Elle n'était pas ma fille, mon sang ne coulait pas dans ses veines, elle n'était pas la chair de ma chair, pourquoi tant d'émoi ?

Elle n'était pas la chair de ma chair, elle était l'âme de mon âme. Comment expliquer cela à ces policiers, qui me regardaient à peine, mâchant du bétel qu'ils recrachaient un peu plus loin dans un jet rouge sang, en se grattant les fesses ou se curant les narines ? Ils me faisaient horreur. Tout le pays me faisait horreur. Et je me demandai soudain ce que j'avais bien pu trouver ici, qu'est-ce qui avait bien pu me fasciner, me troubler et m'émouvoir. Tout m'énervait ; leur passivité, leur soumission, leur silence. Je trouvais tout insupportable, intolérable, scandaleux. Hurler, les insulter, les mépriser pour leur indifférence, leur en vouloir pour la façon déconcertante qu'ils ont d'accepter l'inacceptable comme une fatalité, un ordre inscrit, irrémédiable, à vivre simplement, sans contester, sans se plaindre, sans chagrin. De quoi étaient-ils donc faits ?

Je devenais folle. Je fouillais la ville, je réveillais des enfants endormis sous des chiffons, je saisissais l'épaule d'une petite fille marchant devant moi. Je criais son nom sous les regards surpris et inquiets. Je la voyais partout, j'entendais son rire, sa voix, ses pleurs. Il y avait tant d'enfants ! Tant d'enfants, mais elle n'était pas là. Elle n'était nulle part. Elle avait disparu. Petit rêve décoloré par le lever du jour, évanoui aux premières lueurs de l'aube, ne laissant qu'un souvenir. Rien de palpable, rien de saisissable. Une trace obscure dans la mémoire troublée.

Le troisième soir, Geoffrey me fit une injection de tranquillisant et m'obligea à me coucher pour dormir un peu. J'étais au bout de mes forces. J'avais développé un tonus nerveux pour poursuivre ma course malgré tout. De temps en temps, je m'effondrais. Je pleurais pendant une heure puis ma rage resurgissait. Elle me remettait sur pied, m'insufflant une dose d'énergie suffisante pour poursuivre dans les quartiers inexplorés. Calcutta est une ville immense, tentaculaire. Calcutta est une ville monstrueuse. Je comprenais comment on peut s'y perdre, comme il est facile de la laisser nous engloutir à jamais. Une ville hallucinante... Mallika et Tara perdues au milieu de douze millions d'habitants dont la moitié vivent à ciel ouvert, sur les trottoirs ou entassés dans les bidonvilles. Deux pierres précieuses dans une montagne d'immondices. Elles avaient peut-être déjà quitté la ville, entraînées loin de Calcutta dans un endroit où personne jamais n'irait les chercher.

Nous fîmes le tour des hôpitaux. Dans le dernier, le médecin qui nous reçut se montra méprisant. Il dévisagea Geoffrey avec un sourire ironique avant de me toiser sans courtoisie. Il était très grand. Ses yeux clairs d'un brun tirant sur le vert se détachaient dans son visage à la peau très foncée. Un curieux mélange, une prestance lui donnant des airs d'acteur, une suffisance déplaisante. Il laissa passer une minute d'un silence insupportable. Il triturait un objet au fond de la poche droite de sa blouse blanche. Il renifla un grand coup avant de me dire :

— Il est facile de se perdre dans les rues de Calcutta. L'Inde est un pays fait pour s'égarer... Vous risquez de vous y perdre aussi si vous insistez trop.

Il m'avait pris des mains la photo de Mallika. Il la regarda longuement puis ajouta :

— Dans les bordels de l'Inde, on raffole des fillettes à la peau claire. Celles du Nord, les Népalaises, les Tibétaines... Cette enfant a la peau très foncée, vous devriez vous réjouir.

Il souriait, c'était détestable. Seul le regard de Geoffrey rivé au mien m'empêcha de me ruer sur lui. Il m'avait rendu la photo. Il poursuivit :

— Après avoir visité les salles, vous pourrez descendre à la morgue. Nous y avons quelques enfants.

Il nous entraîna dans les couloirs sombres, où des corps entassés les uns contre les autres attendaient, des plaintes s'élevaient, des cafards traversaient, effrayés, se mouvant en tous sens. Des plaies, des ulcères, des corps fiévreux et maigres. Une odeur de putréfaction rendait l'air irrespirable. Tous les regards étaient fixés sur nous, deux visages pâles déambulant au milieu de ce no man's land. Je laissai Geoffrey pénétrer seul dans la morgue. Je l'attendis près d'un soupirail, à la recherche d'un peu d'air, au bord du malaise.

Le cadavre de Mallika n'était pas à la morgue.

Le médecin nous raccompagna. Nous marchions tous les trois, silencieux. Arrivé à la sortie, il posa sa main sur mon épaule dans un mouvement de compassion feinte :

— Il y a des milliers d'enfants en attente d'adoption. Si vous n'adoptez pas celle-là, vous en adopterez une autre.

Il nous salua à l'indienne puis se retira. J'étais défaite.

Une semaine entière s'écoula ainsi en vaines recherches. Je ne voulais pas repartir. Pas encore, pas déjà. J'avais téléphoné à mon père. Qu'il s'arrange avec l'hôpital, je devais prolonger mon séjour. J'avais appelé Matt, désespérée. Il allait repartir pour l'Afrique sans avoir fait la connaissance de ma fille. J'avais quitté la maison des Khan, je voulais être seule. Je n'étais pas retournée au YWCA. J'évitais tous les endroits qui avaient été effleurés par la présence de Mallika. J'errais encore dans les rues, la rage au cœur et la peur au ventre. Sa poupée blonde ne me quittait plus. Il m'arrivait de la coiffer, de la garder contre moi le soir, dans la chambre du *Fairlawn,* d'un luxe fané au bord de la décrépitude. J'avais sur place toutes les bières qu'il me plaisait de boire. Je ne m'en privais pas. Je ne mangeais plus.

Je déambulais une bonne partie de la soirée, lorsque la nuit enveloppait la ville pour me faire vivre des heures étranges aux frontières de zones mystérieuses. Je regardais tous ces êtres qu'un excès de misère maintenait en marge de l'humanité, accroupis sur leurs talons comme des hommes raccourcis, je les regardais et je n'en pensais rien. J'aurais voulu pouvoir me fondre à eux, mourir dans un sanglot à leurs pieds, absorbée par un néant m'éloignant de la conscience. Mais j'étais bien vivante, lucide face à l'inacceptable. Une lucidité fiévreuse cristallisant les événements.

Je me sentais parfois pénétrée d'une force invisible et sournoise qui forçait ma pensée. Elle me faisait vaciller, elle éveillait en moi une sauvagerie primaire, aux portes d'un monde insoupçonné. Il s'agissait d'une autre femme, sous d'autres cieux, une sorte de dédoublement, une déchirure. Entre l'être de surface et la profondeur du mal, la distance était immense. J'imaginais un génocide d'un genre nouveau, l'extermination de tous les dieux et de toutes les déesses clinquants enguirlandés de fleurs que je croisais tous les dix pas. Incompétents ! Quel dieu assez pervers laisse des enfants se perdre dans le dépotoir du monde ? Quelle divinité hypocrite et sournoise se laisse encenser avec ravissement alors que le mal et la détresse rongent la terre ?

« Destin, karma, voie, foi, aspiration... Répétez après moi : amour, charité, compassion. On recommence : destin, karma, voie, foi, aspiration. Amour, charité, compassion. »

Quel foutu karma de merde j'avais ! Et Mallika ? Cinq ans et demi, et toutes les affres de l'existence l'avaient déjà égratignée.

Croire ?

« L'ordalie, grand-mère ! » C'était sûrement l'ordalie. Jugement sans appel pour Olivia Thomas. Condamnée à perpétuité. Maudite et damnée, à n'en pas douter.

Des jours, il ne se passait rien. Errance blanche, ma pensée asphyxiée. Une sorte de douceur poisseuse et illusoire se répandait dans mes veines et m'éloignait de la réalité. Elle engluait mes dernières idées claires. Je ne savais plus. Plus rien. Absente. Lointaine. Prête à disparaître dans une insidieuse dissolution qui jour après jour m'aurait permis de me confondre, poussière de femme dans les brumes de cendre, au bord du fleuve.

Disparue, Olivia Thomas.

Et cette phrase qui résonnait dans mon crâne : « Vous risquez de vous y perdre aussi si vous insistez trop. »

L'idée me frôlait l'esprit de rester, ne plus jamais repartir, de laisser l'Inde éroder mes contours, transformer peu à peu mon image. Devenir comme tous les marginaux décatis aux révoltes défaites et à l'idéalisme vicié, ces paumés obscurs qui avaient laissé leurs rêves se noyer dans la crasse et les vapeurs toxiques. Des soixante-huitards attardés aux allures de fantômes égarés par une folie douce-amère au rivage de la déraison. Sans papiers, sans billet de retour, sans plus d'identité. Aux origines dissoutes dans l'espace et le temps. Des fourvoyés volontaires, décharnés, sans teint, les iris délavés et la pupille opaque d'où suintent des larmes épaisses ne mouillant plus leurs joues. Des dépravés qui végètent à la frontière de la réalité, abandonnés à leur lente agonie au pays de l'oubli. La honte de l'Occident.

Si j'optais pour la disparition, je choisirais un procédé plus radical. Me faire égorger pour offrir mon sang à la déesse Kālī afin qu'elle veille et protège Mallika, plonger dans les eaux boueuses de la rivière Hooghly en laissant mon corps dériver au milieu d'autres cadavres, me faire brûler vive sur un bûcher, comme une Jeanne d'Arc exotique pour racheter tous les péchés du monde...

J'aimais beaucoup trop la vie pour ça. Pas l'ombre d'une aspiration suicidaire à l'horizon de mes jours. Trop courageuse ou trop lâche ? Vivante, excessivement vivante. Aucun espoir de rémission à envisager sous cet angle-là.

Poursuivre, au-delà de la douleur, jusqu'à l'abolition de la révolte.

Un jour, après trois heures de déambulation au hasard des rues, je me retrouvai devant la maison-mère des missionnaires de la Charité. J'hésitai avant d'entrer, mue par un désir ardent de revoir Mère Teresa, de plonger dans son regard, de la laisser prendre mes deux mains dans les siennes et le poids de ma peine. Il était presque l'heure de l'Adoration. Les jeunes missionnaires en sari blanc regagnaient leur refuge comme des collégiennes indisciplinées, dans une pagaille réjouissante. Je montai l'escalier lentement jusqu'à la chapelle. Des sœurs priaient déjà. Quelques Occidentaux étaient recueillis au fond de la pièce. Mère Teresa n'était pas là. J'interrogeai à voix basse un jeune garçon assis près de l'entrée. Elle ne viendrait pas, elle était absente de Calcutta. Dépitée, je décidai de rester quand même et je m'assis en tailleur au fond de la chapelle, adossée au mur sous une fenêtre. Je fermai les yeux, m'abandonnant au calme environnant comme j'aurais pu me laisser flotter sur un tapis volant. Je ne pensais plus, je laissais le murmure des voix qui priaient autour de moi me bercer comme une enfant. Plus rien ne luttait, plus la moindre parcelle d'opposition à l'intérieur de mon corps, une douceur et une paix contagieuses s'étaient emparées de moi, me rendant cotonneuse et indolente. Anesthésiée corps et âme. Portée, déchargée de ma peine, légère.

Je ne sais combien de temps je suis restée ainsi, immobile, absente de ma propre conscience; loin, très loin. Puis j'ai entendu sa voix, cette même voix qui m'avait éveillée dans la nuit lors de mon premier séjour, cette voix inconnue et familière. Il était là, très proche. Sa forme lumineuse et floue, mobile, ballet étrange et troublant, cette présence incontestable, insaisissable mais plus intense que n'importe quelle proximité palpable. Sa voix était ferme mais douce, impérative mais réconfortante :

« Va-t'en, Olivia. C'est fini. Rentre chez toi. »

Thomas Thomas! C'était lui, j'en étais certaine. Mon

double diabolique en qui je ne croyais plus. Je quittai ma torpeur. J'étais seule au fond de la chapelle vide.

Fini ?

Je regagnai directement le *Fairlawn* dans un état second. Je me fis couler un bain froid dans l'immense baignoire dont l'émail écaillé laissait apparaître le métal rouillé, vastes taches sombres, maladie incurable causée par l'usure du temps. Je restai longtemps immergée, les bras ballants, une serviette éponge mouillée sur mon front. La rumeur montait de Sudder Street, amplifiée par la cacophonie provenant de New Market, un brouhaha diffus brassé par les pales du ventilateur, inlassable manège à fleur de plafond. Une salle de bains digne d'un roman policier. Décor idyllique pour un meurtre parfait. Moi, la victime baignant dans son sang. Le robinet resté ouvert. L'eau rougie déborde sur le tapis râpé. La lumière... Fantastique, la lumière ! Hollywoodien. Bon pour un Oscar. Le ravisseur d'enfants a exécuté la femme blanche à l'arme blanche avant de se perdre dans la foule et les méandres du marché. Des gamins affamés ont découvert les restes de la fillette au milieu des ordures alors qu'ils fouillaient pour trouver quelque saleté à se mettre sous la dent. Il ne restait que des fractions de corps, les organes vendus à prix d'or. Joli foie, poumons sains, un petit cœur à point qui avait même commencé à se réjouir de l'existence. Ne pas oublier les yeux. Oh ! les yeux... Une petite Américaine millionnaire va recouvrer la vue. Elle posera le regard de Mallika sur l'horizon du monde. Son monde dérobé.

Stop !

Partir. Rentrer chez moi. C'était la fin de l'histoire.

J'avais fermé ma fenêtre, tiré les rideaux lustrés et poussiéreux, avant de me glisser nue entre les draps propres. Ils avaient une odeur de musc et de santal. Un parfum de rêve tropical. Je sombrai d'un coup. Je dormis quatorze heures d'affilée.

« Merci, Thomas Thomas, tu es un ange ! »

Le surlendemain, quand l'avion décolla de la piste brûlante de l'aéroport de Dum Dum, je sentis une scission au fond de mon corps. On s'emparait de mon essence, on vidait mon sang, on arrachait un peu de ma chair, pour toujours. Quelque chose s'achevait, je le savais. Et tandis que l'avion prenait de l'altitude en livrant de Calcutta une mosaïque s'étendant à perte de vue, maquette d'une ville insensée, je pensai qu'une petite fille m'attendait quelque part, égarée ou retenue en otage au sein de cette foire absurde.

Calée au fond du siège, le nez écrasé contre le hublot, je laissai aller mes larmes. À mes côtés, une femme occidentale âgée d'une soixantaine d'années lisait *Journal* de Krishnamurti, un illustre inconnu qui avait sans doute vomi sa vie dans deux cents pages. Une idée, vomir la mienne en confiant toute l'incohérence de l'existence ! « Un jour peut-être, quand je serai guérie. » La femme était très concentrée sur sa lecture. De temps en temps, elle déposait le livre ouvert sur ses genoux, fermait les yeux, restait plusieurs minutes ainsi puis poursuivait. Elle m'avait souri gentiment, sans m'adresser la parole. C'était bien, je n'avais aucune envie de parler. Quand le moment du repas arriva, tandis que nous ouvrions nos tablettes et que je faisais tous les efforts du monde pour réprimer les sanglots qui me submergeaient par à-coups, elle me regarda d'un regard très doux, posa sa main sur mon bras et dit :

— Ne vous gênez pas pour moi. Il ne faut jamais garder sa peine.

Son regard s'éternisa, exacerbant mon chagrin. C'était trop. Trop de douceur, trop de gentillesse gratuite, trop de compréhension innée. Mes larmes redoublèrent. Elle tapota mon bras, réconfortante :

— Allez, allez... laissez cette mémoire inutile, le temps aura raison de vos tourments.

Nous restâmes silencieuses quelques instants, moi à renifler, elle, le regard un peu lointain. Elle avait laissé sa main posée sur mon bras. Elle me faisait du bien. Je n'avais rien à lui dire et elle n'attendait rien. Elle me montra son livre :

— Vous connaissez ?

Je hochai négativement la tête. Elle était d'un calme saisissant. On aurait dit qu'une onde apaisante circulait d'elle à moi par l'intermédiaire de sa main déposée sur mon bras. Peu à peu, je sentis une détente. J'étais plus calme. Mes larmes cessèrent. Elle me regarda. Je lui offris un pâle sourire. Elle me tendit son livre :

— J'habite Delhi, dans une demi-heure je serai chez moi. Ce livre vous fera du bien. Krishnamurti était un sage, un philosophe inclassable. Pour lui, « la vérité est un pays sans chemin »... Sa philosophie est centrée sur la sagesse du moment, dans une liberté absolue. Il revient à chacun de faire la lumière en lui-même, sans maître, sans gourou, sans religion. Vous verrez, c'est magnifique et si simple.

Elle s'était tue. Elle avait déposé le livre sur ma tablette. Je n'avais toujours pas soufflé mot.

Avant de quitter l'avion, elle dit encore :

— La pensée n'est pas amour, car l'amour véritable ignore la souffrance.

Avec un magistral sourire, elle me souhaita un bon retour. Je murmurai un timide « merci » en serrant son livre sur ma poitrine.

Je m'étais recroquevillée dans le coin le plus retiré de la salle d'attente de l'aéroport, assise par terre, les pieds posés sur mon sac à dos. Mon baladeur sur les oreilles, je faisais hurler une cassette de Leonard Cohen. « *Everybody knows...* », et moi je ne savais plus rien. J'aurais voulu pouvoir chanter à tue-tête « *Everybody knows* », vociférer comme les décibels éclataient dans ma cervelle. Je me taisais. Qui était cette femme ? Je ne saurais jamais rien d'elle. J'avais feuilleté le livre à la recherche d'un nom, d'une inscription, d'un papier oublié, d'un indice pouvant me mettre sur la voie. Rien. Elle n'était plus là. J'eus soudain envie de lui parler, de la connaître, d'en savoir plus. Quel trésor dissimulé derrière tant de bonté ? Trop tard. J'avais six heures devant moi avant de rembarquer pour poursuivre ma route. Je respirai le livre, à la recherche d'un effluve égaré ; il ne sentait que le papier. Quand je fus saturée des vibrations graves de Leonard Cohen, qui venaient mourir en moi en me dépossédant des miennes, j'arrêtai mon engin pour parcourir le *Journal* de Krishnamurti.

> *Il faut être à soi-même sa propre lumière ; cette lumière est loi. Il n'existe pas d'autres lois, sinon celles qui sont édictées par la pensée et donc fragmentaires et contradictoires. Être à soi-même sa propre lumière consiste à ne pas se laisser guider par la lumière d'un autre, aussi raisonnable, logique, historique soit-elle, aussi convaincante puisse-t-elle apparaître.*
> *[...]*
> *La religion a pour seul but la conversion totale de l'homme. Et toutes les simagrées dont elle s'entoure ne sont qu'absurdités. C'est pourquoi la vérité ne peut se trouver dans aucun temple, église ou mosquée, quelle que soit leur beauté.*
> *[...]*

Les mots ont édifié de magnifiques murs; ils ne renferment pas le moindre espace. Le souvenir, l'imagination sont des douleurs issues du plaisir. L'amour n'est pas le plaisir.
L'amour est aussi souverain que la mort.

Je refermai le livre. J'en réservais la lecture intégrale pour mon arrivée chez moi. Il était un lien privilégié et inexplicable entre l'Inde et moi. Le maillon d'une chaîne dont le sens m'échappait encore mais dont je percevais déjà l'existence.

Krishnamurti, un séduisant bonhomme! Agnostique en quête d'absolu. Comment cette femme pouvait-elle savoir? Elle ne connaissait rien de moi. Rien qui puisse la mettre sur la voie. Rien en dehors de ma peine immense. Et pourtant.

Je n'avais pas prévenu mes parents de mon retour. Je ne voulais pas qu'on m'attende. Surtout ne voir personne, n'avoir rien à dire, rien à expliquer, rien à retenir non plus. J'ignorais quelle allait être ma réaction dans notre petite maison, la maison choisie et repeinte pour Mallika. J'appréhendais beaucoup. Je savais Matt reparti depuis deux jours. Et je n'avais aucune envie de reprendre mon travail à l'hôpital. J'avais perdu cinq kilos en deux semaines et demie, je manquais de sommeil, j'étais épuisée. Je ne sais quelle force surnaturelle me permettait encore de me tenir debout. J'avais parcouru des kilomètres dans Calcutta, presque sans m'alimenter. J'avais bu trop de bière en Inde, trop de whisky dans l'avion. Je m'étais perdue. Et ma sagesse apparente n'était qu'une sagesse amère et inutile, assimilable à une forme de résignation pour laquelle j'éprouvais une révulsion profonde.

Ma maison me fit horreur. Elle ne représentait plus rien, elle avait perdu son sens. Aussitôt la porte refermée derrière moi, j'envisageai de la quitter. Je laissai tomber mon sac dans l'entrée. Je ramassai mon courrier sans le regarder. Je n'écoutai pas les messages sur mon répondeur. Je n'ouvris aucun store. J'avançai dans la pénombre jusqu'à la chambre de Mallika, belle, admirablement décorée et rangée. J'allumai la lampe mappemonde, je remontai la boîte à musique et m'allongeai sur la moquette épaisse. Je ne pleurais plus, je restais figée dans une sorte de torpeur, totalement immobile, centrée sur un point profondément enfoui, un point d'où jaillissait une source vive. Un courant souterrain s'était ouvert entre Mallika et moi, j'en sentais les eaux me pénétrer en silence et j'eus soudain la certitude qu'elle était vivante; rien ni personne, jamais, n'aurait raison de ce mouvement. Réconfortée, je m'installai sur le lit pour commencer la lecture du *Journal* de Krishnamurti. Je passai quarante-huit heures enfermée dans cette chambre, à lire et à dormir. À la fin du second jour, je pris une douche, j'ouvris stores et fenêtres, je vidai entièrement la chambre de ma fille et sortis acheter de l'encre de Chine et un pinceau, à manger et à boire. De retour, je m'appliquai à recopier le texte de Krishnamurti sur les murs jaunes. À quatre reprises, sur chacun des murs :

> *Nous dépensons tellement d'argent pour l'éducation de nos enfants; nous les entourons de tant de soins; nous nous attachons si intensément à eux. Ils comblent le vide de nos vies solitaires, c'est à travers eux que nous nous réalisons, grâce à eux que nous satisfaisons notre besoin de permanence [...] L'amour est-il attachement? Se trouve-t-il dans les larmes et les souffrances de la perte? Est-il solitude et chagrin? Est-il apitoiement sur soi-même et douleur de la*

séparation ? [...] Vous pleurez, éperdue de douleur, et sans le vouloir, vous confortez les régimes qui engendrent les guerres. La violence est étrangère à l'amour.

J'allai chez mon médecin demander un arrêt de travail de deux semaines. Je passai à l'agence qui m'avait loué la maison, expliquai mon besoin urgent d'un logement d'un tout autre style à proximité de l'hôpital. J'en visitai plusieurs avant de jeter mon dévolu sur un loft au dernier étage d'un immeuble en bordure du fleuve. Dans les trois jours, j'avais déménagé. Je remis au service social de l'hôpital tout ce qui avait été acheté pour Mallika : meubles, vêtements, jouets, livres. Je ne gardai que sa poupée blonde rapportée de Calcutta et mon accord d'adoption que j'encadrai comme un diplôme. Des meubles de la maison, je conservai mon lit, ma table de travail et le téléviseur. Je m'achetai le dernier modèle d'ordinateur à crédit. Je me retrouvai dans un espace immense et vide dont un mur vitré donnait l'impression d'être suspendu dans les airs.

Je passai ces deux semaines à dormir, marcher, courir, nager. Je m'alimentai correctement et évitai l'alcool. En dix jours, j'avais recouvré ma forme et mes esprits. La veille de la reprise de mon service à l'hôpital, je me décidai à passer chez mes parents. Je les trouvai effondrés. Ils m'avaient cherchée partout. En téléphonant chez les Khan, ils avaient appris mon départ de l'Inde. Je ne m'excusai pas de mon silence.

Ce soir-là, je m'engageai à être cette mère sans enfant qui ne conforterait jamais les régimes qui engendrent les guerres. Une mère sans enfant qui s'opposerait radicalement aux chemins qui mènent aux champs de bataille.

Une mère sans enfant au service des enfants des autres. J'embrassai ma carrière de médecin pour le pire et le meilleur.

L'année qui suivit fut une année éprouvante.

Si mon travail à l'hôpital se passait bien, m'apportant satisfaction et plaisir d'exercer une profession pour laquelle je développais une passion grandissante, mon équilibre moral et affectif demeurait précaire. Ma relation avec mes parents était difficile. Plus ou moins consciemment, je leur en voulais. Si mon intellect savait qu'ils n'étaient en rien responsables de la disparition de Mallika, émotionnellement je gardais et entretenais à mon insu une rancœur profonde, comme si leur manque d'enthousiasme initial avait inscrit l'échéance fatale. Ils m'irritaient, ma mère surtout. Sa gentillesse excessive me révulsait. Je ne la supportais plus. J'allais rarement les voir, je n'avais plus rien à leur dire. Parfois, mon père venait me surprendre à l'hôpital. Il m'attendait à l'entrée de la cafétéria à l'heure du repas. Il tentait de plaider la cause d'Allégra :

— Fais un effort. Ta mère est malheureuse. Tu lui manques beaucoup...

Un jour, excédée, je lui fis remarquer que Mallika me manquait aussi.

— Ne mélange pas tout.

Il n'avait rien compris. Personne n'avait rien compris. Et tous m'avaient suggéré d'adopter un autre enfant. De maître Khan à Calcutta, en passant par mes parents, mes amis, mon médecin, jusqu'au service d'adoption qui m'avait opposé un refus au départ, tous avaient voulu me convaincre de prendre en charge un autre enfant. Geoffrey était le seul à avoir saisi. Peut-être parce qu'il avait assisté à la rencontre et connaissait bien Mallika. Parce qu'il détenait un sens aigu et profond d'humanité. Il poursuivait ses recherches, il n'avait pas fait plus que moi le deuil des retrouvailles. Je gardais, inavoué, l'espoir insensé de pouvoir la rejoindre un jour.

Je n'avais jamais eu l'intention d'adopter un enfant. J'avais rencontré Mallika, l'adoption s'était imposée. Il s'agissait d'une histoire d'amour, pas d'un plan de vie.

J'avais vingt-neuf ans. J'étais célibataire et médecin. Et je n'envisageais rien d'autre.

J'allais rester plusieurs années figée dans cet état. Ni bien ni mal, bon médecin, intéressée uniquement par mon travail. Je n'avais aucune vie sociale, plus de vie familiale. Pendant quelques mois, j'avais conservé un attachement excessif au livre de Krishnamurti, comme si son existence allait un jour me conduire à ma fille. Il était demeuré longtemps un lien, un éclat dans ma nuit. Mon livre de chevet. J'avais cru trouver dans cet ouvrage une réponse, l'écho de ce que je ressentais, un certain encouragement à laisser aller ma nature première. Avec complaisance je m'étais appliquée à confondre « propre lumière » et égoïsme, liberté et retrait, travail intérieur et fermeture. Je n'avais pas envie de comprendre. Ou je n'étais pas prête. Et puis j'avais fini par le déposer dans un coin. Je l'avais oublié. Oubliée aussi, la femme de l'avion. Loin, Thomas Thomas... il ne s'était plus manifesté. Avec une hâte rassurante, je l'avais assimilé à un rêve troublé dans un moment de fragilité excessive. Je m'étais emmurée dans une forteresse d'acier ne laissant sortir ou entrer ni sentiment, ni lumière, ni espoir.

J'étais un médecin pragmatique, terre-à-terre, pratique. J'avais placé l'intégralité de ma foi dans la science, la technologie, les médicaments, la chirurgie. Dans l'efficacité de mes connaissances médicales et scientifiques mises au service de mes patients.

Et si je me trompais? Si Mallika était morte? Si le fantôme de Thomas Thomas existait vraiment? Et s'il y avait autre chose, ailleurs, plus vaste, plus vrai, plus intense?

LA VOIX DE L'ENFANT

Nous devrions nous servir de la santé divine qui est en nous pour guérir et empêcher les maladies; mais Galien, Hippocrate et toute la sainte tribu nous ont fourni à la place un arsenal de drogues et des tours de passe-passe barbares en latin pour évangile physique.

Sri Aurobindo

David est mort ce soir, tout près, blotti contre moi. Mort délivrance ou mort chagrin?

Courageux, très courageux petit David. David au regard de toujours. Lui qui savait ce que j'ignore encore.

Il m'a tenue et retenue pendant trois ans. Il m'a donné la plus magistrale leçon de détachement. Il n'était ni mon fils biologique ni mon fils adoptif. Il était un enfant seul au monde, extrêmement souffrant. Un enfant qui n'a jamais parlé, jamais pu s'asseoir ni se tenir debout, le virus du sida ayant attaqué son système nerveux dès les premiers mois de sa courte existence. Vif, attentif, intelligent, il comprenait sans pouvoir s'exprimer. Tout ce qu'il avait acquis au cours de ses deux premières années, il l'a vu disparaître au fil des jours de la troisième. Plus de jeux, de plus en plus de difficultés pour se nourrir, pour respirer, pour se mouvoir dans son lit ou au sol. Il ne lui restait que son regard. Quel regard! Chaque mois, il acquérait une année de maturité. Il avait deux yeux très bleus; d'un bleu sombre intense et pénétrant. Il me donnait l'impression de plonger dans un lac souterrain, sans fond. Un gouffre vertigineux aux eaux limpides. Malgré son jeune âge, il était intimidant et impénétrable. Il m'arrivait de penser qu'il n'était plus là; il était impossible à rejoindre. Encore ici, déjà ailleurs.

— Vas-y, bébé, n'aie pas peur.

Mais il ne partait pas. Il devait poursuivre encore, un peu plus loin. Pour lui ? Pour moi ?

Trois ans et cinq jours... une éternité. Un des pires contrats en regard de la vie.

Il me manque déjà.

Son corps, sa chaleur, son odeur, son regard, son pâle sourire, ses deux mains serrées sur mes pouces, ses jambes longues et squelettiques aux muscles atrophiés, sa tête lourde ballottant dans tous les sens, son cou et sa nuque incapables de la soutenir. Un pantin, un poupon de chiffon, une marionnette disloquée. Un corps d'enfant souffrant avec un regard de vieux sage. Unique et merveilleux petit David.

Il a fait irruption dans ma vie à une époque de grande remise en question, un temps où j'aurais pu tout lâcher et changer de direction. Une période où les circonstances s'acharnaient à me ramener au questionnement profond amorcé grâce à Mallika, si brutalement interrompu au moment de sa disparition. Je me pensais à l'abri, réfugiée dans ma tour de béton, le cœur et l'âme verrouillés. Sans que je sois heureuse, tout se passait bien. J'étais calme à défaut d'être sereine. Je travaillais beaucoup, j'étudiais aussi, passionnée par les techniques de pointe, à l'affût des dernières découvertes. Je fréquentais les séminaires, participais à des colloques, j'assistais à des conférences. Mes supérieurs appréciaient mon travail et ma rigueur.

J'avais trouvé un équilibre, un mode de vie qui me convenait en répondant à mon insatiable soif de connaissances. Je n'espérais rien en dehors d'une longue et brillante carrière médicale, à laquelle je vouais le plus clair de mon temps et toute mon énergie. J'avais même tenté un rapprochement avec mes parents. Un échange assez superficiel; j'évitais les conversations philosophiques, fuyais les interrogations existentielles dont mon père était toujours aussi friand. Je ne leur confiais rien de moi, ce qui n'était en soi pas très différent de ce qui avait toujours été. Je m'imaginais vieillir ainsi, seule, vouant ma vie à la science et à la recherche médicale beaucoup plus qu'à mes patients. J'aimais le côté laboratoire d'un hôpital, un terrain d'expérimentation où mes patients représentaient pour moi de la matière à sonder, provoquer, tester, éprouvettes vivantes à ma disposition pour tenter des expériences. Je leur faisais du bien; ma satisfaction était grande. Toutes les guérisons m'apparaissaient être le fruit de mes capacités intellectuelles et scientifiques.

J'étais un chercheur, un bricoleur du corps humain. Un cerveau mis au service d'une matière sans âme.

Jusqu'au décès d'une petite fille très blonde. Elle avait huit ans. Elle ressemblait à un ange. Ses parents, dont elle était l'unique enfant, l'attendaient à l'étage. On lui enlevait l'appendice, une chirurgie banale. Elle est morte entre nos mains. Arrêt cardiaque. Pourquoi, comment un petit organe sain s'arrête-t-il soudain de battre sans que l'on puisse parvenir à le faire repartir? Elle n'avait rien, il ne s'était rien passé d'anormal au cours de l'intervention, la médecine ne pouvait pas expliquer, justifier. Le cœur a lâché.

J'eus un mal fou à me détacher du cadavre de cette enfant. J'avais caressé longtemps ses boucles en pleurant. Mon arrogance avait cédé, entraînant toutes mes certitudes. Où était mon pouvoir et quelles en étaient les limites? Mes connaissances, les sciences médicales, possédaient-elles les capacités nécessaires et suffisantes pour pallier les défaillances du corps humain? Pourquoi ces défaillances? D'où venaient-elles et quelle en était la signification réelle? Pourquoi des enfants survivaient-ils alors que d'autres mouraient, soignés de la même manière ?

Après avoir affronté la détresse des parents, j'étais allée me réfugier dans le service de néonatalité, dans la salle des soins intensifs, là où j'avais passé mes sept premières semaines d'existence enfermée dans une cage de verre.

Comprendre... Comprendre comment, pourquoi ces minuscules petits corps humains se débattaient et luttaient pour vivre. Tenter d'approcher le secret en perçant le mystère.

Ces cris où la détresse et la force se confondaient, ces beuglements de petites créatures extirpées prématurément du corps de leur mère contenaient-ils la clé de l'énigme ?

La voix de l'enfant pourrait-elle nous confier la résolution de l'équation ?

Je l'espérais de toutes mes forces. Chaque soir avant de quitter l'hôpital, j'allais passer un moment dans ce service comme on va se recueillir à l'église. Il était devenu ma chapelle. Si je n'attendais aucun message d'un dieu, je guettais le signe, j'étais à l'affût, certaine que la révélation allait m'être faite, qu'enfin j'allais saisir le sens, approcher ce que je cherchais depuis toujours. Ce que je m'évertuais déjà à comprendre en écrasant les fourmis avec une pierre, en découpant les cœurs et les cervelles en rondelles, en mutilant des insectes jusqu'à l'ultime limite de leur capacité de survie, les laissant dans un état pitoyable. J'étais déjà à la recherche d'une forme de vérité qui n'existe pas dans les livres, ni dans les connaissances de mon père, ni même dans l'imagination flamboyante de certains enfants. Une imagination que je n'ai jamais eue.

Je ne m'étais offert aucun délire à ce sujet. Je n'avais pas imaginé de réponse. Je la cherchais, simplement, sûre de pouvoir la trouver un jour. Mon moteur, ma convoitise, ma source d'énergie, ma motivation profonde, bien au-delà des sentiments qui avaient pu m'animer parfois malgré ma rudesse apparente.

Et puis, il y avait eu la rencontre avec Mallika. Tout était devenu différent. J'avais basculé dans un autre univers, développant un rapport nouveau au monde, aux êtres. Si ma réponse était ailleurs ? Si je m'étais trompée de direction ? Et si le destin, le karma, et si la vie... J'avais cessé mes dissections et laissé battre mon cœur. Erreur.

Quelques mois après la mort de cette fillette, dont je n'étais pas totalement remise, Max, un petit Noir albinos qui avait tenté à deux reprises de se suicider, mourut à son tour. Il s'était pendu dans le garage de la maison familiale. Il avait dix ans. Sa sœur, une adolescente de quatorze ans, est entrée comme une furie dans mon bureau, sans frapper; j'étais en consultation. Elle a tout saccagé dans la pièce en l'espace de quelques secondes avant de s'effondrer au sol en criant : « Il ne voulait plus être un nègre blanc ! Il voulait être comme tout le monde, vous le saviez ! »

Je savais. Il ne voulait plus être « un nègre blanc ». Il nous l'avait dit chaque fois. Il avait le faciès d'un enfant d'origine africaine, les lèvres épaisses, le nez épaté, les traits de son père et de son frère, mais il avait des cheveux crépus blond-blanc, les cils décolorés, les yeux d'un bleu délavé et la peau d'un blanc décapé tirant sur un rose étrange. C'était un enfant albinos. À l'âge de cinq ans il s'était peint en noir, recouvrant son corps d'une peinture toxique, le reste d'un bidon abandonné dans une ruelle. Il avait été sauvé de justesse.

Je comprenais le désespoir de cette très jeune fille. J'avais bien saisi celui de son petit frère. Il était suivi en thérapie. Quel argument convaincant à offrir à un petit garçon aussi étrange ? « Tu es beau ! Tu es gentil, intelligent. La vie est belle. » Il ne trouvait pas la vie belle. Il était gentil et intelligent, mais il n'était pas beau. Les enfants se moquaient, les adultes le dévisageaient, surpris et mal à l'aise. Il n'appartenait à aucun monde. Il n'était ni noir ni blanc. Il était unique; à part; différent. Il aurait fallu qu'il supporte d'aller un peu plus loin pour être capable de dépasser son apparence et le regard des autres, en découvrant peut-être le privilège et la force de sa différence. Il n'est pas allé jusque-là. Il n'a pas pu.

Nous, les savants, les doués, les détenteurs du pouvoir de soigner et de guérir, les grands manitous de la science, nous les sauveurs de l'humanité, qu'avons-nous proposé à cet enfant? Quelle vérité souveraine lui avons-nous offerte pour sauver sa peau?

Il était seul à posséder ce qu'il aurait dû savoir constater. Sa force et son mystère, son secret, sa volonté de vivre, sa capacité à pouvoir éloigner le mal, il n'y avait que lui pour les mettre au service de sa survie. Dans ce cas, c'était indéniable. Simple à concevoir en dépit du malaise suscité par notre impuissance.

Une vérité nouvelle s'imposait à moi. Une évidence dont je percevais les contours. Une réalité floue mais qui me dérangeait déjà beaucoup : S'il s'agissait toujours du même principe? Si le pouvoir de guérison et de survie n'appartenait qu'à l'enfant? S'il était seul maître à bord? Si les médicaments, les traitements, toutes nos connaissances n'étaient efficaces que lorsque l'enfant a décidé qu'ils le seraient?

Attention danger!

Je n'allais pas dériver de nouveau dans la valse infernale des « SI ». Je commençais à vivre moins tourmentée. Je pensais chaque jour à Mallika, mais elle ne m'obsédait plus. Je la savais vivante. J'en étais certaine sans pouvoir l'expliquer.

Les jours qui suivirent la mort de Max furent étranges. Je regagnais mon appartement plus tôt, j'évitais les heures supplémentaires, une question me hantait et restait sans réponse : « Qu'aurais-je pu faire pour sauver la vie de Max ? »

Je pensai à ce garçon noir d'une dizaine d'années qui allumait des cierges à l'église le jour de mon retour de Calcutta. Max avait-il fait brûler des cierges dans des églises en implorant Dieu de ne plus être un nègre blanc ? La première fois qu'il nous avait confié sa détresse, il avait à peine sept ans. Les mots dans sa bouche étaient terrifiants. L'année dernière, il nous avait encore dit : « On sait remplacer des cœurs et des poumons, on fait des greffes de peau aux grands brûlés, je l'ai vu à la télé, ça veut dire qu'on doit pouvoir changer la mienne aussi ! »

Il était désarmant, si confiant en notre pouvoir de le faire changer d'apparence. C'est ce qu'il attendait de nous. Nous ne pouvions pas le lui offrir; nous n'avions rien d'autre à lui proposer.

« Vis, bonhomme ! La vie est belle, tu verras... » Il est parti.

Je m'étais mise à rêver. Des rêves tourmentés où des enfants d'une beauté brutale surgissaient de bains de lumière, des enfants noirs aux boucles blondes, des enfants à la peau pâle et aux cheveux crépus couleur d'ébène, des enfants qui volaient, des enfants d'une intensité surnaturelle qui me faisaient atrocement souffrir. Parfois, en surimpression, se dessinait le visage de Mallika, un visage qui grossissait, grossissait, à en devenir gigantesque. Elle m'envahissait, son visage emplissait mon corps, elle poussait d'effroyables cris qui craquelaient ma peau comme une terre désertique; tous les autres enfants riaient. Des rires diaboliques et stridents.

Je m'éveillais en sueur. J'avais mal à l'intérieur du corps, mal à la peau, mal à la tête. Je devenais émotive et il n'était pas rare de me voir achever ma nuit en larmes. J'avais fini par appréhender le moment d'aller au lit. Chaque soir, ce rêve insensé avait raison de mon sommeil.

Un jour, je ne sais ce qui me poussa à m'adresser à Thomas Thomas. Je l'avais rayé de la carte depuis la disparition de Mallika. Je ne pensais plus à lui. Ce soir-là, je me couchai en demandant à Thomas de chasser ce rêve de mes nuits ; il s'agissait de ma survie, j'avais un urgent besoin de dormir. J'éteignis ma lumière, apaisée.

Et je passai une nuit longue d'un sommeil profond. Sans rêve. Une nuit vide et dense, comme je les aimais tant. Une nuit d'absence et de dérive comateuse.

Alors, dans une sorte d'abandon spontané, je me mis à m'adresser chaque soir à Thomas. Sans attente précise, sans aucun espoir de revivre les deux moments déroutants survenus à Calcutta. Je m'adressais à lui comme j'aurais pu parler au mur ou remplir les pages blanches d'un journal. Je lui disais mes doutes et mes tourments, je lui confiais mes remords et mes contradictions. Pieds nus, dans l'obscurité, j'arpentais mon loft de long en large en lui parlant à haute voix. Un rituel auquel je m'accrochai très vite, à en susciter l'impatience de rentrer chez moi. Ce monologue à haute voix, s'il ne rejoignait personne, pas plus le fantôme de Thomas Thomas que n'importe quelle autre forme de vie étrangère à la terre, ce discours frisant la dissection de mes états d'âme et pensées du jour me permettait de mettre ordre et clarté dans mon esprit. Il me rendait témoin privilégié de ma propre existence.

Lasse de parler au vide, je finis par m'acheter un ordinateur. Je l'appelai « Thomas Junior », ressortis une photo de Mallika et la posai en évidence à ses côtés. Chaque soir, à mon retour de l'hôpital, je me mis à écrire, cet ordinateur devenu mon instrument de survie, un accessoire pour filtrer les vapeurs troubles de mon esprit.

Je me branchais sur Internet, rejoignant ainsi la meute croissante des drogués du petit écran, noctambules en chambre close, voyageurs invétérés parcourant les merveilles et les bas-fonds du monde entier jusqu'aux pâles lueurs de l'aube. Atteindre des sommets ou explorer les coulisses de commerces illicites et obscènes. Prodigieuse et diabolique invention. L'ultime merveille du monde.

Aujourd'hui, le premier accouchement en direct a été retransmis sur Internet. Une grasse quadragénaire originaire des États-Unis a enfanté sous l'œil voyeur du monde entier. Le site est assailli. Du vagin dilaté, de la cuisse flasque, des sécrétions en tous genres, des contractions, des frémissements, des convulsions, des soupirs, des gémissements, des cris, du sang, des matières, des tissus, des... Combien d'hommes à s'exciter et combien d'enfants impressionnés devant leur écran d'ordinateur en regardant ce pauvre petit être venir au monde dans la scène la plus naturelle et la plus belle qui soit, rendue obscène en étant la plus médiatisée ? Un parfum de scandale et de déshumanité a envahi la terre. Dans l'Oregon, un adolescent de quinze ans tue père et mère avant de tirer sur ses camarades à la cafétéria du collège. Il avait appris la fabrication des bombes artisanales sur Internet.

Qu'est-ce que je fiche devant cet instrument d'infortune à arpenter les sites, avide et angoissée ? Je cherche le visage d'une petite Indienne qui pourrait avoir douze ans, un visage croisé un soir d'errance similaire, par hasard. Une très jeune fille proposée à des fins louches : films et photos pornographiques, circuits de pédophiles, prostitution enfantine. Elle pourrait s'appeler Mallika. Un air, un je-ne-sais-quoi d'indescriptible m'avait fait penser à elle. Obsédée pendant quelques jours, j'avais repoussé cette idée loin. J'avais mis longtemps à guérir de cette grossesse éléphantesque que je n'avais jamais menée à terme. J'évitais tout ce qui aurait pu me précipiter de nouveau dans cette douleur aiguë. J'avais trouvé mon moyen de survie : la fermeture. J'avais claqué la porte entrouverte. Plus d'espoir, plus d'illusions, plus l'ombre d'un éclat de foi. J'étais redevenue Olivia l'étrangère, la rebelle, entretenant le culte d'Olivia l'invivable.

Ce soir, David est mort. Pour la première fois depuis huit ans, j'ai senti la porte s'entrouvrir de nouveau dans ce coin retiré de mon corps. J'ai perçu, je me suis rapprochée de l'autre. Olivia de Calcutta. L'Olivia de Mallika.

Ce soir, parce qu'un petit garçon de trois ans est mort dans mes bras, je cherche désespérément le visage de Mallika sur mon écran d'ordinateur.

David a pris son vol dans cette nuit de neige, la première de l'année. Dans l'espace vacant qui va hanter mes jours, je perçois son bruissement d'ailes, une brise douce pour caresser ma joue. Mon enfant météore à la voix muette, au souffle coupé, libéré de sa réclusion douloureuse. L'enfant tendre dissout dans le temps infini. À peine incarné, déjà enfui.

Il m'a laissé la mémoire chiffonnée et une ride au cœur.

Sarah me l'avait confié en héritage. Elle préparait sa migration. Elle la savait très proche. Elle était assise dans un fauteuil roulant, le bras perfusé, le front appuyé à la vitre de la salle des soins intensifs, les deux mains à plat de chaque côté, dans l'attitude d'un enfant qui convoite un jouet dans une vitrine de Noël. Elle pleurait en silence. Elle n'était pas autorisée à entrer. Elle avait accouché depuis cinq jours, il lui en restait dix à vivre. Elle était d'une blancheur étonnante, une peau translucide sur un visage émacié. Ses yeux étaient démesurés, ouverts grands, dilatés, à l'affût de tout ce qu'ils pouvaient absorber avant de se fermer pour toujours. Une femme-enfant à la moue douloureuse. Je percevais l'aigreur de son chagrin.

Elle m'avait retenue par la blouse au moment où j'allais pénétrer dans la salle. Surprise par la fermeté du geste, je l'avais regardée longuement en silence. J'attendais qu'elle parle.

— Je vais mourir... Le premier, c'est mon bébé... il s'appelle David.

Elle avait dit ça sans me regarder. Elle n'avait pas lâché ma blouse. Le bébé le plus proche était le plus petit, le plus vilain, le plus assisté, le plus hypothéqué, le plus inachevé. Un pauvre petit être violacé incapable de respirer seul, une créature liliputienne et laide. Il se battait depuis cinq jours pour rester en vie. C'était déjà insensé en soi, il n'avait aucune chance. Cette jeune fille au regard d'enfant blessé était sa mère; ils avaient l'air aussi misérables l'un que l'autre. Elle poursuivit :

— Il ira dans votre service, on me l'a dit. Il vivra, j'en suis sûre. C'est la seule chose que j'aie réussie dans ma vie...

Pauvre petite fille... La réussite de sa jeune existence, cet enfant-monstre au souffle rare! Elle avait en quelques mots esquissé un tableau précis. Plus sombre que cet enfant perdu, tu meurs. C'était ce qu'elle était en train de faire. Elle lâcha ma blouse et saisit ma main. Elle la serrait très fort, suppliante :

— Jurez-moi que vous ne le laisserez pas tomber. Jurez-le-moi!

Elle avait crié, puis s'était mise à sangloter. Je l'avais attirée contre moi. Sa tête sur mon ventre, j'avais caressé ses cheveux jusqu'à ce qu'elle s'apaise. Je l'avais roulée vers mon bureau pour lui parler :

— Sarah, ton bébé va très mal. Je ne l'aurai sans doute jamais dans mon service, mais je te promets d'aller lui parler chaque soir. Je passe toujours par là avant de quitter l'hôpital.

Elle me regardait en silence. Je lui avais offert à boire, elle avait du mal à déglutir. Elle n'avait pas les yeux bleus de David, les siens étaient d'un brun sombre. Ils possédaient pourtant la même puissance étrange, difficile à soutenir.

— Est-ce que tu as peur de mourir ?

Elle avait réfléchi un instant puis répondu calmement :

— Peur de laisser David. Je n'ai jamais rien eu à moi. À douze ans je vivais dans la rue...

Elle avait posé sa boîte de coca sur mon bureau. Elle arrachait des morceaux de peau de ses lèvres gercées. Elle était fiévreuse. Elle avait seize ans et elle allait mourir, seule, dans cet hôpital, juste avant ou juste après son bébé, sans même avoir pu le tenir.

Je la regardai... Pourquoi ne pas le lui mettre dans les bras et le laisser s'éteindre contre elle ? Pourquoi s'acharner avec machines et tuyauterie sur ce petit corps pitoyable, condamné en dépit de nos efforts ?

Le débrancher équivaudrait à l'exécuter. L'euthanasie est un meurtre. À plusieurs reprises, j'ai été confrontée à des situations extrêmes où la seule solution décente et humaine me semblait être l'arrêt volontaire pour abréger les souffrances en mettant fin à une agonie lente et pernicieuse. Je ne suis jamais passée à l'acte, la déontologie neutralisant ma propre conscience. Un dilemme inextricable.

Sarah n'aurait pas accepté qu'on débranche son fils pour le lui mettre dans les bras. Sa force résidait dans la survie de son bébé. C'est lui qui prenait le relais, lui l'héritier de l'enfer terrestre que sa mère n'allait pas tarder à déserter.

Vous avez dit : « Destin » ?

Et tandis que je m'égarais dans des pensées douteuses en regard des « puissances supérieures », m'attardant à leur cécité et à leur absence de sens commun, Sarah me fit atterrir d'un coup en déclarant :

— David vivra. C'est un phénix... Il vit des centaines et des centaines d'années. Chaque fois qu'il meurt il renaît de ses cendres. Il a des dons, des pouvoirs, il est déjà très vieux et il connaît une foule de choses. David, c'est mon enfant migrateur éternel.

Je lui laissai son rêve fou, son mirage extraterrestre qui lui permettrait peut-être de s'évader, sereine, sur les ailes de son enfant sortilège, à condition qu'il ne meure pas avant.

Moins de deux semaines plus tard, elle se fondait à l'espace, me léguant son enfant céleste, un oisillon déplumé qui poursuivait courageusement le combat.

Ce jour-là je trouvai beau l'enfant phénix de Sarah.

J'avais juré. J'ai tenu ma promesse, je m'en suis occupée jusqu'au bout.

Pourtant, d'innombrables aubes m'ont vue rêver qu'il disparaisse. Combien de réveils fébriles, sur cette terre médiocre, m'ont permis de faire face au pire en rêvant du meilleur, combien d'aurores délavées au-dessus des brumes du fleuve à siroter mon café, le regard perdu à l'horizon d'un ciel opaque, tandis que la rumeur montait, fureur inexorable d'une ville insensée.

Fuir... Partir loin... Très loin. Partir pour me rejoindre. Qu'est-ce que je fichais là ?

J'attendais. J'attendais que David me libère d'un redoutable contrat qu'il m'était impossible de rompre. Un pacte silencieux mais irréfutable conclu quand, à l'âge de trois mois, il avait contre toute attente quitté les soins intensifs et déménagé dans mon service.

Son regard bleu dur suspendu au mien, ses petits poings crispés sur mes deux pouces, cette volonté farouche de mener un combat décisif contre le terrible sceau de sa destinée, il avait tout pour me confondre, ce bizarre de vieux bébé, cet oiseau rapace assoiffé de bonheur et affamé d'amour. C'est à cet instant précis que je me suis engagée, pour lui, bien au-delà de la promesse faite à Sarah.

— O.K., bébé ! Nous irons ensemble jusqu'au bout.

Et il m'a offert alors le premier de ses trop rares sourires. Sa signature au bas du contrat.

Je ne pouvais pas le trahir.

J'étais disciple d'Hippocrate, mais je ne trouvais plus ni grandeur ni humilité dans mon métier. Je n'étais pas douée pour la compassion, je n'aimais pas les confessions sordides à extirper de force à des parents pervers qui conduisaient trop tard leur enfant massacré aux urgences. Tombé, le bébé de dix-huit mois ! Tombé tout seul du premier étage alors qu'il portait sur l'arrière-train la marque de la chaussure de son père ; le crâne fracassé et le regard hagard. Glissé dans l'eau du bain, le nourrisson violet au souffle évanoui au troisième mois de vie. Et toute cette souffrance à côtoyer à longueur de jour, parce que les blessures du cœur font défaillir les corps. Des corps qui s'égarent et capitulent. Enfants incurables, enfants malades d'amour, enfants en perdition sans aucun désir de poursuivre, petits malades imaginaires ou chroniques qui viennent vomir l'aigreur du monde. Des apprentis hommes, les cobayes d'une vie furieuse et intransigeante qu'ils refusent déjà. Le drame de mon métier est de ne fréquenter que des enfants brisés. Les fatigués, les meurtris, les désenchantés, les malmenés, les déshérités, les trafiqués, les condamnés...

Et puis il y a eu le cas de Lou. Le petit Lou. Le chouchou de ses parents. Leucémique, mais dont la maladie avait été détectée suffisamment tôt pour espérer une rémission qui déboucherait un jour sur une guérison définitive.

Contre toute attente, le petit Lou se dégradait au fil des mois. Aucun traitement n'avait de prise sur le mal. Irrémédiablement, il poursuivait ses ravages dans le corps d'un petit Lou étrangement serein. Contrairement aux autres, cet enfant ne présentait aucun des comportements classiques en cas de maladie grave. Pas de questions, pas d'états d'âme perceptibles par l'entourage, ni de changements d'attitude. Il poursuivait son chemin, ce chemin qu'il savait très court, se pliant aux divers examens et traitements sans jamais l'ombre d'une opposition ou d'un malaise. Combien de ponctions lombaires, de ponctions de moelle osseuse, combien de radiographies, de tests biochimiques, de transfusions, combien de spécialistes côtoyés : hématologue, pneumologue, neurologue, chirurgien, chercheurs... au cours de ses cinq cents jours de maladie !

Quand il voyait sa mère pleurer, il disait :

— Elle pleure parce que je vais mourir. C'est pas triste de mourir !

Et puis un jour, au bout d'une longue et douloureuse année, la psychologue du service a trouvé la clé du mystère. Lou voulait bien mourir puisqu'il lui restait encore quatre vies à vivre. Quatre, comme les doigts de sa main qu'il montrait triomphant en écrasant son pouce dans sa paume avec l'autre main. Quatre, c'était beaucoup ! Il ne comprenait pas pourquoi ses parents pleuraient.

Le héros de son jeu vidéo avait droit à cinq morts et quatre résurrections avant de périr pour de bon. Cinq exterminations dont il se relevait chaque fois, pour poursuivre, dans le même décor, le même contexte, avec les mêmes épreuves à franchir. Et dans la petite tête de Lou, que représentait la mort ? Ce n'était pas la fin de sa vie ni la fin de son histoire. Ce n'était la fin de rien du tout. Juste une brève pause avant de poursuivre. Comme il s'endormait le soir. Il allait rouvrir les yeux dans sa chambre, il retrouverait tout son petit monde et poursuivrait avec sa seconde vie. Une deuxième chance, et il lui en resterait encore trois !

Ses parents étaient dépités. À aucun moment ils n'avaient fait de rapprochement entre ce jeu vidéo qu'il affectionnait particulièrement et ce qui se passait dans sa tête face à sa maladie et à son issue fatale. Tout le monde lui parla, lui expliqua, lui démontra, ne serait-ce que par la disparition de certains enfants du service qui n'avaient pas survécu, que lorsqu'on meurt, on ne revient pas dans sa chambre avec ses jouets, on ne retourne pas en classe, ni s'amuser avec ses petits camarades, on n'embrasse plus ses parents et on ne mange plus de crème glacée au chocolat.Voilà qui changeait tout.

Un matin, alors qu'il se préparait à subir une énième ponction lombaire, j'étais assise au bord de son lit. Il n'allait pas bien ; il me demanda :

— Où est-ce qu'on va quand on est mort ?

Je réfléchis un long moment. Il restait silencieux, suspendu à mon visage. Il attendait ma réponse. Il ne me laisserait pas repartir sans avoir obtenu de ma bouche une version des faits qui allait peut-être différer de réponses déjà obtenues d'autres personnes. Je savais qu'il avait commencé son enquête.

— On part ailleurs, pour un très long voyage, dans un monde que nous ne connaissons pas, un monde où tout est différent. Nous n'avons pas d'images pour le décrire. Chacun imagine, c'est un peu comme un rêve.

— Il n'y a pas de glace au chocolat ni de jeux vidéo.

— Je ne crois pas.

— ...

— Notre corps, lui, reste là. C'est autre chose qui s'envole. Un peu comme la bogue des marrons s'ouvre et reste au sol après avoir libéré le marron.

— Et on devient un ange.

— C'est ça.

— Et c'est comment, un ange ? Est-ce que tu en as vu ?

— Oui.

— Est-ce qu'il avait des ailes ?

— Non. Il était lumineux. Un ange, c'est un peu comme une fleur qu'on respire, personne ne sent exactement le même parfum, personne ne sait vraiment en parler.

Il s'était allongé complètement. Il s'était retourné sur son côté droit. Il avait poussé un profond soupir puis enfourné son pouce dans sa bouche. Je voyais bien qu'il réfléchissait. Je restai assise près de lui. J'attendis. Je savais qu'il allait poursuivre.

Il s'est écoulé dix longues minutes avant qu'il se redresse brusquement, assis bien droit, les deux mains posées de chaque côté de son petit corps maigre. Il déclara fermement, en me regardant droit dans les yeux :

— Je ne veux pas y aller. Je vais guérir.

Six mois plus tard, Lou était en rémission. Il n'a jamais connu de récidive.

Après la guérison de Lou, il y eut bien des débats et des polémiques au sein de l'équipe soignante qui l'avait pris en charge depuis dix-huit mois. Les théories se confrontaient dans une guerre stupide dont je m'efforçais de rester exclue.

Nous avions poursuivi les traitements. Il pouvait s'agir d'une rémission tardive, son organisme ayant eu besoin de temps avant de réagir positivement aux traitements. Tout pouvait être argumenté mais, deux semaines après sa décision prise de guérir, les premiers changements s'étaient inscrits dans les résultats des analyses.

Pour moi, il n'y avait plus de doute : Lou était maître de sa guérison. Je ne prétendais pas que les traitements n'avaient pas leur part de responsabilité, mais ils l'avaient uniquement dans la mesure où Lou avait décidé qu'ils allaient fonctionner. J'avais la réponse attendue, tout à la fois redoutée depuis l'éveil suscité par le suicide de Max. Ma vocation s'écroulait. Quel était le sens de ma profession si ce n'était plus moi qui soignais, guérissais, faisais des miracles? À quoi bon poursuivre si je n'étais plus celle qui gouverne, choisit, décide, si ce n'était plus moi qui détenais le pouvoir grâce à mes connaissances? À quoi avaient servi ces treize années, sept d'études et six dans l'exercice de ma fonction? Quel leurre! Quelle méprise!

Ma démarche, mes objectifs, ma raison profonde de vivre venaient d'être remis en question. Je comprenais bien l'objet du débat houleux et contradictoire qui s'éternisait au sein de l'équipe. Personne n'avait envie d'arriver à la conclusion qui s'imposait à moi. Il s'agissait de remettre en cause le rôle des médecins et l'exercice de cette profession montée aux nues depuis la nuit des temps. C'était la destruction instantanée et irrémédiable du piédestal au haut duquel nous nous maintenions avec délice et suffisance; un dû incontestable.

« Docteur, que puis-je faire pour vous? Vous voulez que je guérisse? Je vais vous offrir une petite guérison pour dorer votre blason! »

Et les autres enfants? Ceux qui n'ont pas le caractère et la personnalité de Lou? Ceux qui se laissent soigner et guérissent gentiment?

Peut-être guérissent-ils parce que nous leur avons appris depuis toujours que le gentil docteur soigne et guérit. Que s'ils prennent leurs médicaments ils vont guérir. L'enfant fait confiance, il est sûr de ce que nous lui avons enseigné. Il est très bien conditionné. Sa tête dit oui, son petit corps obéit. Il prend les médicaments, il supporte les traitements, il guérit. Nous le lui avons inculqué avec maestria. Il sait. Il répond au message inscrit dans ses cellules à son insu.

Ceux qui ne guérissent pas ?

Peut-être n'ont-ils pas réellement envie de guérir. Pourquoi sont-ils malades ? Que retirent-ils de la maladie ? Quel nouveau rapport à la vie cette maladie apporte-t-elle à l'enfant ? Quelle était la relation avec ses parents et comment se transforme-t-elle ? Pour quel bénéfice ou quelle perte ? Que se passait-il dehors et que se passe-t-il dedans ? Et si la maladie n'était qu'une façon habile et noble de quitter la scène, une façon de communiquer, d'exprimer le malaise ou la détresse, un moyen de faire parler le père, la mère, le frère, la sœur. Un moyen de dire merde à la vie, au monde qui l'entoure, à sa chienne d'existence qu'il tente désespérément de transformer en manipulant son corps ?

Je n'avais pas beaucoup d'amis. En dehors de Matt, je n'avais toujours eu que des collègues, devenus parfois mes amants. Pas de relations sérieuses, jamais de vie sociale ni d'échanges conséquents. J'étais solitaire, une sauvage dont on ne forçait pas la main. Je partageais les repas de midi à la cafétéria de l'hôpital. Généralement, nous n'y parlions que de nos patients, de cas qui nous intéressaient particulièrement ou qui nous posaient des difficultés à résoudre en commun. En dehors de l'hôpital, je ne voyais personne. Mes nuits d'amour se passaient chez mes amants ou à l'hôtel. Personne, en dehors de mes parents, n'avait jamais pénétré dans mon appartement. Ma tanière. Je ne savais pas faire la cuisine et je détestais ça. Je mangeais correctement à l'hôpital, le matin je prenais mon petit-déjeuner dans un bistro, je me faisais livrer une pizza les nuits où je m'égarais sur le réseau Internet, ma bouteille de bordeaux posée sur mon bureau, à attendre les phosphorescences de l'aube.

Après le cas Lou et l'énoncé pourtant discret de ma théorie sur la guérison des enfants qui nous étaient confiés, je me fis quelques ennemis redoutables qui commencèrent à laisser courir des bruits sur mon état de santé mentale, sur ma façon de vivre et de me comporter. Très vite je devins la bête noire de l'hôpital. La bizarre.

Les plus gentils s'enquéraient de mon état : « Est-ce que tu vas bien ? »

Pas de problème. Pas de maladie. Pas d'ennui. Un début de réponse.

Donner ma démission ? Quitter l'hôpital, la ville, le pays ? Pourquoi ne pas aller rejoindre Matt en Afrique ? Geoffrey en Inde ? L'Afrique ne m'attirait pas. J'avais peur de Calcutta. Peur d'y rouvrir le mal.

J'avais du vacarme dans la tête. J'aurais pu fuir sans chercher à comprendre. Encore jeune, je pouvais changer de direction, de passion, de profession.

David vivait, poursuivant au-delà de tout espoir son parcours du combattant. David me fascinait. David m'enseignait l'abandon et la patience. David, une énigme toujours pas résolue. J'aimais David. Je ne pouvais pas l'abandonner.

J'avais voulu sauver Mallika et je l'avais perdue. Si je l'avais laissée vivre sa vie, aussi misérable qu'elle pouvait m'apparaître, à squatter son tronçon de canalisation désaffectée en brandissant, hilare, ses têtes de chèvres sanguinolentes, si je l'avais laissée errer sale et pieds nus dans les rues de Calcutta, il ne lui serait peut-être rien arrivé. Personne ne se serait intéressé à elle. Elle aurait poursuivi son existence, sauvageonne et solitaire, autonome et libre.

Je gardais une culpabilité secrète, trop orgueilleuse pour l'aborder ouvertement. Je poursuivais ma route avec la hantise de commettre un second impair aussi nocif.

Je ne cherchais pas à racheter ma faute en me consacrant à David. Je n'étais pas plus tourmentée qu'auparavant par l'ordalie ou par l'existence d'une quelconque justice sévissant dans un improbable au-delà. Il s'agissait de ma conscience individuelle. Uniquement de moi. Plus j'avançais, plus il me semblait que tout existe et se développe à l'intérieur de l'être, dans des zones du corps jamais explorées. N'avais-je pas eu depuis toujours le réflexe d'aller voir à l'intérieur? Aussi loin que je me souvienne, j'ai cherché ma réponse dedans. J'envisageais la chirurgie pour explorer les entrailles des hommes. Si je n'ai jamais été fascinée, séduite ou attirée par les religions, c'est parce que, à mes yeux, le pouvoir vient de l'intérieur, non d'une puissance extraterrestre nous insufflant messages et force avant de nous condamner au premier faux pas. Et si en dépit de mon scepticisme une énergie surnaturelle nommée communément « Dieu » existe vraiment, elle doit se loger en chacun de nous, dans une sphère mal connue. À quoi bon implorer en regardant les cieux! Plutôt planter mon nez dans ma crasse pour tenter d'y débusquer une lueur ensevelie.

Quand Lou m'avait interrogée, ma réponse m'avait surprise. J'avais assimilé Thomas Thomas à un ange, comme si l'étrange ballet lumineux perçu à Calcutta était ce que l'on nomme « ange » comme on nomme « Dieu » ce je-ne-sais-quoi nous faisant avancer, réfléchir, évoluer, grandir. Je ne m'étais jamais interrogée sur l'éventualité de l'existence des anges. Que peut bien être un ange? Sûrement pas un poupon blondinet aux boucles ingénues et au regard candide agitant ses ailes dorées en lâchant des poignées de poudre de perlimpinpin. Pas plus que Dieu n'est ce vieux schnock gâteux à la barbe et aux cheveux longs planqué derrière un nuage!

« Tu deviendras un ange... » « Nos anges gardiens... » « Un ange passe... » « Il a l'air d'un ange... »

Thomas Thomas, un ange?

Thomas Thomas, un bébé inachevé mort dans le ventre de ma mère à l'âge de six mois. Un petit corps réduit en cendres. L'urne trône depuis toujours sur le piano, entre une mouette empaillée et une photo de ma grand-mère quand elle était encore présentable. La femme de ménage les dépoussière chaque vendredi. Quel destin! Il y a eu des jours d'orage où l'envie m'obsédait de vider l'urne aux toilettes et de tirer la chasse.

J'avais ressorti le *Journal* de Krishnamurti. Il était redevenu mon livre de chevet. Plus que jamais, je regrettais de n'avoir pas parlé à l'inconnue de l'avion.

> *Le terme même de science signifie connaissance et l'homme espère que la science le transformera en être sain et heureux. C'est pour cela qu'il recherche avidement la connaissance de toutes les choses de la terre et de lui-même. Mais le savoir n'est pas compassion et sans elle, il entraîne malveillance, souffrance indicible et chaos. Le savoir ne peut faire de l'homme un être d'amour.*

Quelques semaines plus tard, mon père passa chez moi un soir, à l'improviste. Les jours d'ennui, ma mère n'était pas drôle. Je gardais un petit faible pour mon père, même si je lui en voulais de n'avoir pas risqué plus. Il était un homme bon, un mari fidèle, un père attentif en dépit de mes réticences. Habile, il avait su reconquérir sa place d'honneur. Il s'était rapproché à mon insu, pas à pas, sans me laisser ralentir sa progression en la guillotinant par un recul brutal. Il avait diablement bien su y faire, mon cher papa !

Il avait tenté à plusieurs reprises d'aborder l'épisode Mallika. En vain. Je ne voulais plus en parler, jamais. Ce que je continuais à vivre en regard de Mallika ne regardait que moi. J'y tenais comme à la prunelle de mes yeux.

Ce soir-là, il sonna vers vingt heures. J'étais avachie sur ma moquette, un verre de scotch dans une main, le *Journal* de Krishnamurti dans l'autre. Je l'accueillis avec un pâle sourire. Il enleva ses chaussures et s'assit en tailleur :

— Tu bois trop. Ta mère a raison.

J'avalai mon scotch cul sec :

— Si tu t'ennuies, file la rejoindre !

J'avais reposé mon verre brusquement. Je soupirai en détournant la tête.

— Ça ne va pas ?

— Rien.

J'essayais de me ressaisir.

— Tu lis Krishnamurti maintenant ?

Je lui arrachai le livre des mains.

— Je le lis et j'adore ça !

— Ça ne va pas.

— ...

— Tu as toujours été...

— Seule.

J'éclatai en sanglots :

— J'ai fait fausse route. Je cherche depuis toujours. Je cherchais déjà à deux ans, à quatre pattes sous les robes des dames !

J'éclatai de rire au milieu de mes larmes. Un rire d'enfance enfuie, un rire de temps révolu, d'un temps où mon père était mon idole, un temps où ses connaissances m'abreuvaient et où j'étais fière de lui. Mon papa ! À moi, rien qu'à moi.

Il m'attira contre lui. Je posai ma tête sur ses genoux, le laissai caresser mes cheveux. Comme lorsque j'étais petite et qu'il me racontait l'histoire du docteur Albert Schweitzer et de son hôpital de Lambaréné. C'était si loin tout ça... À peine trente-six ans et déjà ma vie s'effilochait. Il me semblait en avoir perdu des morceaux. Tout était allé trop vite. Un bouillonnement de la pensée, un volcan en éruption qui vomissait déjà ses cendres. J'eus peur soudain. Peur d'aimer cette tendresse que j'avais toujours repoussée. Peur de m'être trompée. Peur que l'incommensurable et le néant se confondent. Peur d'un insondable ordre mystérieux qui régirait les lois universelles, pour asphyxier la terre et les hommes en altérant mon rêve. Peur de cette incessante marée dont le flux et le reflux d'une voracité insatiable m'érodaient chaque jour un peu plus. Marée d'idées, de mots, de doutes, de révoltes, marée de connaissances et de savoir, marée d'incertitudes et de contradictions.

— Une force me déchire et me brûle. L'impression de mourir et de naître à la fois. Tu comprends ?

— Poursuis, tu trouveras.

Nous sommes restés longtemps dans l'obscurité, serrés l'un contre l'autre, à contempler les lumières de la ville comme celles d'une galaxie à laquelle nous n'appartenions pas. Et puis il a brusquement cassé le silence :

— Je dois rentrer. Ta mère va s'inquiéter.

Il m'a plantée là, enfant orpheline, désemparée.

Le lendemain, je trouvai dans ma boîte aux lettres un petit livre : *Siddhartha,* de Hermann Hesse, accompagné d'une carte sur laquelle il avait écrit :

« Mais lui, Siddhartha, à qui, à quoi appartenait-il ? De quoi partagerait-il l'existence ? De qui parlerait-il la langue ? Dans cette minute où le monde qui l'entourait fondait dans le néant, où lui-même était là, perdu comme une étoile dans le ciel, en cet instant où son cœur se glaçait et où son courage tombait, Siddhartha se raidit, se redressa plus fort, plus que jamais en possession de son moi. Il comprit que ce qu'il venait d'éprouver, c'était le dernier frisson du réveil, le dernier spasme de la naissance. Alors, il se remit en marche, rapidement, avec l'impatience d'un homme pressé d'arriver, où ? Il ne savait, mais ce n'était pas chez lui, ni chez son père. »

Reprends ta route, Olivia. Un jour, il sera trop tard.

Je t'aime.
Simon

Mon père disait :

— Un jour, il sera trop tard.

Ma mère disait :

— Trouve un compagnon, fais des enfants, aie une vie normale, bientôt il sera trop tard !

Chère maman. Elle n'y a jamais rien compris. Pas encore saisi qu'il a toujours été trop tard. Des enfants, je n'en aurai pas. Pas plus à trente-six ans qu'à vingt-six. J'en vois beaucoup trop chaque jour, des enfants massacrés par l'inconscience de leurs parents, des enfants souffrants, le moral et le corps ravagés par l'incompréhension et les maladresses de leur entourage. Chaque jour, j'affronte des parents pétris de bonne volonté et de bons sentiments mais qui se trompent et, croyant bien faire, détruisent ou hypothèquent d'innocentes créatures. Des enfants, il y en a des millions dans le monde qui manquent d'amour, de soins, de nourriture. Pourquoi irais-je en faire ? Pour combler ma solitude ? Donner un sens à ma vie ? Avoir une bonne raison de poursuivre et de supporter l'insupportable au nom d'une morale qui ne me touche pas ? Enfanter pour acquérir à ce prix le sentiment d'avoir réalisé une bonne œuvre dans ma putain d'existence ?

Surtout pas. Ne pas procréer pour pouvoir me réjouir un jour d'avoir été conséquente et responsable, dans un monde où la violence et le gain sont devenus les mamelles d'un univers redoutable. Dans un monde au sein duquel je me sens mal. Un monde où l'avenir devient de plus en plus douteux. Un monde dont le sens m'échappe chaque jour davantage.

Allégra ne souhaite pas d'enfants pour moi, elle désire des petits-enfants pour elle. Elle veut assouvir ses poussées d'instinct maternel remontant comme du lait caillé par l'aigreur de sa ménopause, elle a des relents de tendresse avariée, des regrets, des envies de dorlotage tardives. Elle m'a eue ! Ensuite, elle a eu vingt longues années pour pouvoir en concevoir d'autres. Pourquoi a-t-elle cristallisé sa vie autour de l'urne déposée sur le piano ? Pourquoi cette obsession de l'enfant disparu alors que j'étais bien vivante ?

Je ne serai jamais l'instrument de ses carences. Elle ne mettra pas ma vie au service de ses manques et de ses erreurs. Qu'elle aille en Italie se faire implanter un embryon préfabriqué dans la matrice ! Leur spécialité, engrosser des femmes fanées dont le retour d'âge chiffonne les ovaires, démange l'utérus, en provoquant des impatiences à l'instinct maternel ressuscité. Quelle indécence. Elle aurait dû prévoir, faire congeler quelques-uns de ses ovules quand elle était encore dans la fleur de l'âge, monter une réserve pour les jours d'amertume et de désespoir, pour pouvoir y puiser, affamée, comme d'autres se goinfrent de chocolat !

Quand elle me parle des improbables manques de mon existence pour assouvir les siens, tout en caressant discrètement le rebond de son ventre arrondi par la cinquantaine avec une nostalgie obscène humidifiant son regard, elle me dégoûte. Je me réjouis alors de ne pas avoir en héritage de progéniture à qui je pourrais offrir un jour d'égarement un tableau pathétique.

Elle peint des ventres, des ventres immenses et sombres. Des ventres détestables. Des ventres qui ressemblent au sien. Ce ventre qui a tué Thomas Thomas. Un ventre qu'un instinct de survie hors du commun m'a fait déserter prématurément.

Il existe entre ma mère et moi un gouffre. Un espace infranchissable. Une distance que le temps ne parvient pas à abolir.

Nous éprouvons l'une à l'égard de l'autre une passion obscure et trouble, faite d'un amour vicié, d'une détresse inguérissable, d'un sentiment de trahison réciproque impossible à résoudre. Un rapport teinté de haine, de jalousie et de ressentiment.

Si les âmes existent et si j'en possède une, quel genre d'âme est la mienne pour avoir jeté son dévolu sur les entrailles d'Allégra alors qu'il y avait des millions d'autres ventres à investir sur terre ?

Je fouille, je m'obstine, arpentant le cyberespace de fond en comble et de long en large à la recherche du visage de cette petite fille croisé il y a quelques mois par hasard.

Enfant.

Enfant-rêve.

Enfant-photo.

Enfant-vidéo.

Enfant-plaisir.

Enfant-sexe.

Enfant... j'explore, descendant, marche après marche, recherche après recherche, dans les catacombes du négoce illicite des petites âmes perdues.

Mallika, cette fillette d'une douzaine d'années au visage flou inscrit sur mon écran d'ordinateur au milieu d'autres visages aussi flous, aussi jeunes ? J'ai éteint brutalement mon engin et passé le reste de la nuit à contempler la photo de Mallika prise huit ans plus tôt à Calcutta. Comme un calque élargi, l'image du petit écran ne quittait plus mon esprit. Il ne s'agissait pas d'une image virtuelle, c'était bel et bien un visage de petite fille retenue en otage dans quelque coin du monde pour assouvir les déviations sexuelles d'Occidentaux argentés qui vont croquer de la chair tendre à des prix compétitifs, en toute impunité.

J'ai été hantée par ce visage pendant des semaines avant de le chasser loin, très loin, pour ne pas y laisser ma peau.

David, le petit David était toujours là, vivant, de plus en plus souffrant, dans un lit à barreaux d'une des chambres de mon service. Il n'était pas sur un écran d'ordinateur. Il avait besoin de moi. Je devais rester.

J'avais envisagé de me débrancher de l'Internet. Déjà beaucoup trop accrochée à cette drogue douce en apparence, démoniaque et pernicieuse, pour décider de m'en passer. Une manière insidieuse de naviguer à travers les pays en se coupant du monde. Un prodigieux instrument pour fabriquer une génération de solitaires, des exilés volontaires qui ne sauront plus un jour communiquer autrement qu'en tapant sur des touches face à un écran, le regard fixe, des écouteurs sur les oreilles. Le monde hurle et nous n'entendons plus rien. Nous nous baladons, des avertisseurs suspendus à la ceinture, des téléphones cellulaires dans les poches ; ils retentissent sur les trottoirs, au cinéma, au restaurant, dans les toilettes publiques, quand nous faisons l'amour ou que nous tentons désespérément d'endormir un enfant. Répondeurs, boîtes vocales, messages enregistrés. Appuyez sur le un... le deux... le carré... l'étoile... Mais où sont donc passées les voix ? Reste-t-il quelques âmes vivantes capables de dialoguer en direct ?

Et la voix de l'enfant ? Qui entend la voix de l'enfant ?

Haut-parleurs dans les chambres des bébés, système d'alarme autour du cou des aînés, baladeurs, avertisseurs stridents pour protéger les voitures. Isolés dans des bulles de vacarme, nous n'entendons plus vivre les autres. L'ouïe exacerbée devenue douloureuse ne sait plus percevoir la respiration et le rythme du monde.

David est mort. Plus rien ne me retient.

Mon enfant migrateur évadé au zénith, enfant phénix parti rejoindre Sarah.

Les deux pieds sur la terre ferme, je cherche, je fouille, avec une avidité et une détresse similaires à celles d'un héroïnomane en manque d'une dose de *brown sugar.*

— Trois cents millions d'enfants travaillent dans le monde.

— Au Japon, un dessin animé provoque des troubles psychiques chez les enfants. À la suite d'un éclair rouge violent, plusieurs d'entre eux sont hospitalisés d'urgence pour des crises d'épilepsie.

— Après avoir vu son père, sa mère, ses frères et ses sœurs égorgés sous ses yeux, une adolescente algérienne de quatorze ans est séquestrée puis violée plusieurs fois par jour pendant soixante-cinq jours.

— Au Pakistan, une mère vend son bébé soixante-quinze cents à des trafiquants qui le revendent soixante-quinze mille dollars.

— Un million de nouveaux enfants, chaque année, sont soumis à la prostitution clandestine.

— Six à sept mille enfants kidnappés au Népal au cours d'une année.

— Une fillette de douze ans, vierge, est vendue deux mille cinq cents francs.

— Deux cent mille Népalaises dans les bordels indiens. Une sur dix a moins de quinze ans.

— En Roumanie et en Pologne, de jeunes garçons vendent leur corps pour cinq dollars.

— Au cours des cinq dernières années, à Rio de Janeiro, six mille enfants des rues ont été exécutés par les escadrons de la mort.

— Le commerce du sexe rapporte plus de deux milliards et demi de francs par an.

— Dans les *smash movies,* des cassettes vidéo pédophiles, des enfants sont torturés puis assassinés en direct devant la caméra.

— Aux États-Unis, un enfant est tué par balle toutes les deux heures.

— Au Canada, quinze mille enfants prostitués mineurs sont en activité.

— Dans le quartier de Kamatipura à Bombay, on retrouve la plus forte concentration de bordels au monde, avec soixante-dix mille prostituées.

[...]

STOP !

[...]

Je ne parviens plus à comprendre ma vie. Je ne suis plus là. Ou plutôt j'y suis étrangère. Quel est cet avenir qui ne signifie rien pour moi ?

David est parti. J'ai respecté mon contrat. Je suis libre.

Deux jours et trois nuits de recherches avant de retrouver le visage flou d'une petite fille anonyme qui pourrait s'appeler Mallika. Elle porte le numéro seize. Celui de l'Arcane de la Maison Dieu dans les cartes de tarot. La tour infernale détruite par le feu du ciel, des hommes éjectés précipités au sol... L'ordalie !

Un nom et une adresse :

H.O.P.E.

25-60, Falkland Road

Kamatipura, Bombay, India.

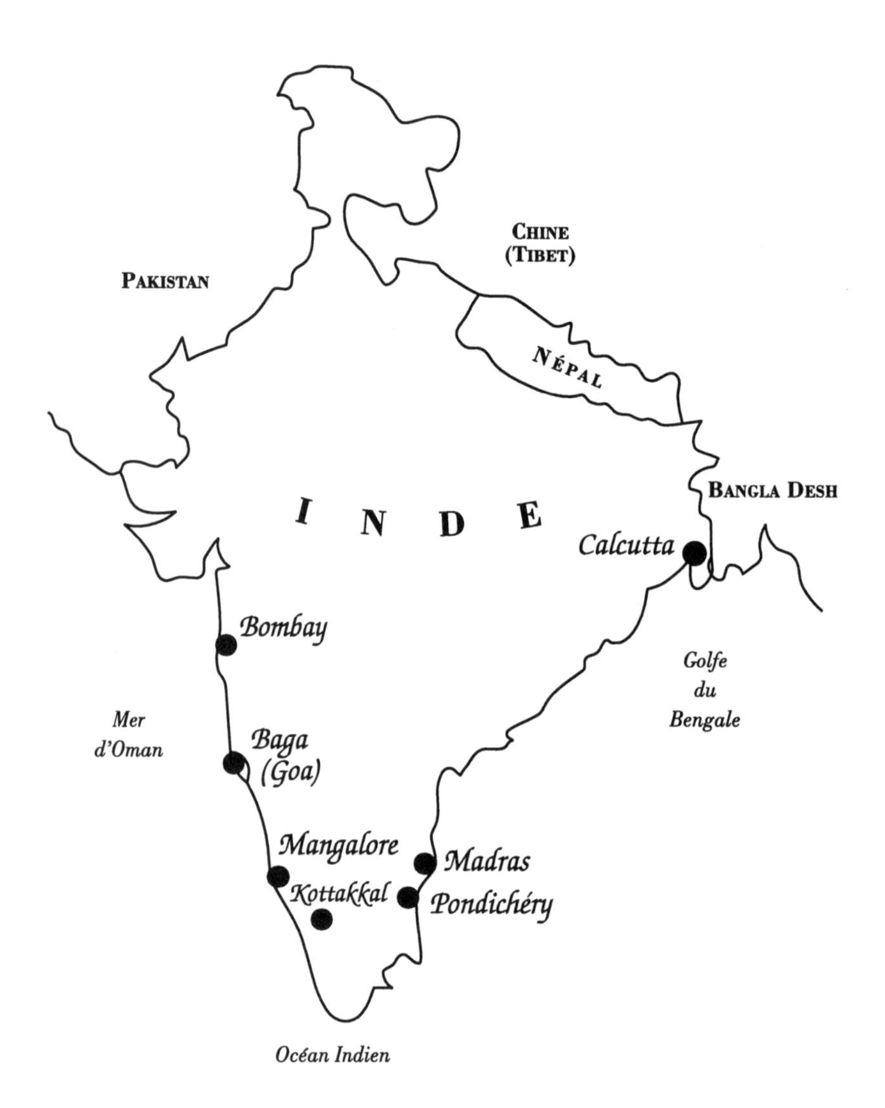
CHINE
(TIBET)
PAKISTAN
NÉPAL
BANGLA DESH
INDE
Calcutta
Bombay
Golfe
du
Bengale
Mer
d'Oman
Baga
(Goa)
Mangalore
Madras
Kottakkal
Pondichéry
Océan Indien

RETOUR EN INDE

La seule possibilité de donner un sens à son existence, c'est d'élever sa relation naturelle avec le monde à la hauteur d'une relation spirituelle.
L'homme qui pense est plus indépendant à l'égard de la vérité religieuse traditionnelle que celui qui ne pense pas; mais il ressent bien plus vivement ce qu'il y a de profond et d'impérissable en elle.

Albert Schweitzer

Quatorze heures de vol avant d'arriver à Bombay. Mumbay, quinze millions d'habitants, la plus grosse ville de l'Inde. Des démographes optimistes lui prédisent une population de vingt-sept millions d'âmes en 2015, et la deuxième place parmi les mégapoles mondiales, juste après Tokyo. À moins qu'un mauvais génie ou qu'un dieu démoniaque ne décide du contraire en pulvérisant la planète avant, las de cette terre et de ses soubresauts.

Quatorze heures calée contre mon hublot, à côté d'un homme gras débordant de son siège sur le mien. Il respire fort, il se mouche, il crache, il tousse, il s'est déchaussé, sa chemise est trempée d'auréoles odorantes sous les bras. Il feuillette bruyamment une revue sociopolitique. Je considère son alliance perdue au milieu de ses doigts boudinés, je pense à sa femme. Comment se coucher soir après soir à côté d'un homme dont les actes les plus élémentaires, comme celui inné de respirer, ne semblent possibles qu'au sein d'un vacarme perpétuel ? Même les yeux fermés il est impossible d'échapper à sa présence.

La permanence m'a toujours dérangée. Épouser un homme pour passer sa vie avec, bâtir une maison pour y rester jusqu'à la fin de ses jours, choisir un emploi pour le garder jusqu'à l'âge de la retraite, passer chaque matin la même porte, de la même usine, du même hôpital ou du même bureau pendant trente-cinq ou quarante ans...

Je ne vis pas pour durer, pour prolonger un état d'être en perpétuant un statut socialement et politiquement correct. Je ne vis pas pour me sécuriser en acquérant des biens matériels pseudo-réconfortants. Je travaille pour gagner de l'argent que je dépense. Merveilleux ! Avoir deux voitures dans sa cour, un appartement au bord de la mer, y passer chaque été de chaque année pendant cinquante ans, avoir une assurance-vie, un plan d'épargne, une, deux, trois cartes de crédit : j'achète aujourd'hui, je paie dans un an ! C'est... divin ?

Je vis pour vivre. Pour voir, découvrir, explorer, tenter, risquer. L'immobilité imposée par la courte existence de David m'aura servi à réaliser que je ne suis faite ni pour la stabilité ni pour le gain. J'ai gagné de l'argent, un pécule qui ne représente rien pour moi.

— Investis, Olivia. Pense à ton avenir. Achète un appartement, une maison !

« Non, maman... » Je suis bien dans un loft loué. Je peux le liquider du jour au lendemain. Je suis bien sans voiture, sans meubles, sans bibelots, sans objets obligeant la mémoire à se souvenir. J'ai donné la poupée blonde de Mallika à une petite fille triste de mon service. Je ne veux rien pour lier ou retenir. Je redoute les histoires d'amour, les attachements, les dépendances inavouées, les possessions, les jalousies, les obligations, les comptes à rendre. Dès que je perçois l'ombre d'un lien à l'horizon d'une de mes relations, je coupe court, brutalement. J'ai laissé l'échange avec Geoffrey s'évanouir au fil des ans. Il m'était devenu indispensable, je téléphonais chaque semaine à Calcutta, me demandant parfois s'il s'agissait d'un attachement à Geoffrey ou au lien symbolique qu'il représentait en regard de Mallika. N'étais-je pas en train d'alimenter une foi qu'il partageait, celle de croiser un jour Mallika au milieu de ses pérégrinations quotidiennes? Il en fut de même pour Matt. Nous avons correspondu un certain temps, nous nous téléphonions parfois. Il y a deux ans, il s'est installé au Zaïre. Il a vendu son appartement. Un nouveau docteur Schweitzer fin de millénaire. Je ne suis pas l'héritière de Mère Teresa. Matt, un temps révolu. Si nous devons nous revoir, la vie se chargera de nous le faire savoir. Il existe, ailleurs, heureux et bien vivant. Cette idée me suffit.

Un avion s'est écrasé en mer au large des côtes canadiennes : deux cent vingt-neuf morts, pas un seul survivant. Je me demande ce que l'on peut ressentir dans les quelques minutes précédant la fin, quand on sait l'issue fatale. Que se passerait-il dans ma petite tête si l'agent de bord annonçait de sa voix suave : « Nous avons des ennuis techniques, enfilez vos gilets de sauvetage, restez calmes... »

Mon voisin aurait du mal à remettre ses chaussures, il est du genre à ne pas vouloir mourir sans. Il suerait à grosses gouttes, le sifflement déjà insupportable de sa respiration devenu redoutable. Agité, il empiéterait un peu plus sur mon siège en voulant saisir ma main... Surtout pas! Je veux bien crever en collectivité, mais seule dans mon coin, en ne tenant la main de personne, comme j'ai vécu. J'y pense sans inquiétude. Je n'ai jamais eu peur, j'aime les voyages en avion. Ce sentiment d'inaccessibilité, d'un temps hors du temps, des heures au cours desquelles il n'y a qu'à se laisser aller, s'abandonnant jusqu'à destination. Lire, rêver, imaginer n'importe quoi de réel ou d'irréel, boire, manger, dormir, isolé dans une bulle suspendue dans les airs. Un oiseau-monstre de plus de deux cents tonnes volant à des milliers de mètres d'altitude.

Avion détourné, avion fracassé au sol, avion immergé au milieu de l'océan?

Si je dois mourir au cours de ce vol, je mourrai en toute sérénité. J'appréhende beaucoup plus les déviations mentales de certains parents torturant leurs enfants par des abus de pouvoir moraux ou physiques que je ne redoute les turbulences atmosphériques.

Allégra écoutera les bulletins de nouvelles chaque heure, pour être certaine que le vol d'Air India à destination de Bombay transportant sa fille unique n'a pas subi quelque travers irréversible. Je lui téléphonerai dès mon arrivée pour mettre fin à cette traque intempestive en lui accordant la grâce de changer d'obsession.

En descendant de la carlingue surchauffée, je n'imiterai pas le pape en embrassant le sol. Je baiserai les cieux, les mains jointes : « *Namasté, India !* »

Merci de m'avoir laissée revenir chez moi.

J'ai légèrement relevé le volet de mon hublot pour contempler la nuit. Mon voisin ronfle, la bouche entrouverte, la main négligemment posée sur son sexe. Je n'ai pas sommeil. Je veux savourer chaque minute me séparant du continent qui a bouleversé ma vie. Je laisse les vibrations de la carlingue se propager dans mon corps, une douce sensation. Comme une corde de guitare pincée génère en écho une vibration aux autres cordes, puis à tout l'instrument. Comme soigner un corps produit invariablement des réactions sur les autres dimensions de l'être, négligées par notre approche médicale.

Quel genre de médecine ai-je exercé pendant six ans ? Si j'avais laissé abuser mon âme par une science incomplète et inachevée ? Les médecines anciennes ont une approche plus globale de la personne. En Inde, la médecine ayurvédique et l'homéopathie sont légalement reconnues, elles cohabitent avec la médecine moderne en toute harmonie. C'est le docteur Miller qui m'avait suggéré il y a quelques années de me pencher sur la métempsycose, un homme en apparence froid et détaché qui, juste avant mon départ, m'avait encore suggéré :

— Vous n'êtes pas faite pour finir vos jours ici ! Il existe des médecines plus fascinantes que la nôtre. Le docteur Ray Roy, un Anglo-Indien qui exerce à Bombay, a fait une étude remarquable sur la complémentarité des médecines anciennes et des nouvelles technologies. Il préconise l'unité du corps et de l'esprit avec l'Univers, ouvre des voies surprenantes. Il affirme que chaque élément de l'existence peut servir de remède, à condition de respecter des règles strictes en regard de la nature de la personne, de l'heure, du jour, des saisons, du moment et du mode d'administration du soin ou du produit choisis. Vous pouvez le contacter de ma part. C'est un chemin à explorer qui pourrait vous séduire.

J'examine une petite étoile de givre au bas du hublot.

Je me suis toujours tenue loin de la poésie de l'existence et de la simplicité de la vie, comme on s'éloigne d'un danger. La lumière ardente et rouge des aurores pas plus que le silence des ténèbres n'avaient éveillé en moi un quelconque sentiment d'éternité avant mon premier voyage en Inde. Toute la beauté du monde m'était apparue aussi dangereuse qu'un cœur qui bat, trop et trop vite. Les meurtrissures de ma chair et les plaies de mon âme, les excès de mes vices inassouvis, je les ai gardés dissimulés, masqués par une sagesse amère mais triomphante que j'aimais imposer aux autres. Ma rencontre avec Mallika avait commencé à me faire basculer dans un autre univers, transformant mon rapport à moi-même et au monde. Mais j'ai laissé la porte se refermer brutalement. Trop de souffrance et d'incompréhension.

Au centre de l'obscurité et du silence subsiste une lueur, au fond, très profond, une sorte d'éclat, une respiration intime, un souffle pur, au-delà des pensées morbides de l'humanité qui continue à tuer, en dépit des influences néfastes de nos gouvernements, une petite flamme inextinguible, une sorte de veilleuse, vacillante parfois mais qui m'a gardée debout, éclairant mes moments d'obscurité les plus denses, éveillant en moi des désirs de poursuivre dans les instants de grand désarroi, cette braise incandescente, le feu de la vie, la force de ma vie, une onde vagabonde, insaisissable mais immortelle.

Une voie d'accès ouverte par Mallika. Soudain, je m'étais retrouvée sur une autre planète, Thomas Thomas devenu réalité, non plus le mirage d'une femme perturbée, ma mère, qui avait nourri mon enfance avec ce fantôme de bébé perdu. J'avais saisi une immatérialité possible. Il m'arrive malgré tout de douter de l'exactitude du moment. J'en garde une nostalgie aiguë, comme d'un état impossible à reconquérir. J'ai tenté à maintes reprises au long de ces années de recouvrer la magie de ces instants sans parvenir à y avoir accès. Un moment d'exception perdu à jamais.

Et si, le soir où j'ai fait appel à Thomas Thomas, mon cauchemar s'est dissout comme par enchantement, c'est grâce au pouvoir de ma conviction, comme Lou a guéri de sa leucémie par sa seule volonté. Le pouvoir de la prière réside dans la force de la foi de la personne au moment où elle prie. Une foi assignée à une improbable puissance de l'au-delà, alors qu'elle génère à notre insu un appel puisant au sein de nos propres ressources. Ce n'est pas Dieu qui accomplit le miracle.

Un sourcier détecte la présence de l'eau sous la terre grâce à son pendule. Sans pendule, on pourrait fouler indéfiniment le même terrain sans jamais rien déceler. Les êtres éveillés ont le don de mettre l'autre en présence d'une dimension de lui-même qui lui est étrangère. À leur contact, une force similaire ouvre un passage en nous rapprochant d'une couche plus profonde, plus mystérieuse; la perception de ce qui nous entoure se transforme. Mallika avait ce pouvoir. Celui de voir et de reconnaître au-delà des apparences. Elle avait un don. Elle forçait les portes closes pour laisser s'échapper la lumière. Elle détenait la clé. La clé du passage. En la perdant, j'ai perdu sa clé. Ma porte est restée fermée.

J'ai nommé mon ordinateur « Thomas Junior » pour cultiver l'illusion d'avoir le pouvoir d'entrer en communication avec l'énergie de Thomas Thomas. Il ne s'est jamais rien produit de troublant au cours des heures passées à pianoter sur mon clavier. Des mots, rien qu'une surdose de mots vomis au sein de mes divagations nocturnes. Un simple exutoire. Aucune magie, rien de divin. Une activité terriblement terre-à-terre pour m'aider à sauver ma peau.

Parfois, il m'arrive de me demander si mon attachement à Mallika n'est pas un attachement démesuré à ce qu'elle représentait, ce qu'elle a suscité et éveillé en moi, une fascination, une attirance pour une perspective plus vaste dont elle semblait si proche. David détenait cette perle rare. Il vivait à la frontière de deux mondes, donnant souvent l'impression d'exister beaucoup plus dans une autre dimension qu'il n'avait d'aptitudes à vivre sa réalité terrestre. Mallika était infiniment vivante, incarnée, jouisseuse, débordante de vitalité et de joie, elle avait une exubérance, une énergie vitale hors du commun, tout en détenant le pouvoir d'accéder à la face cachée des êtres. Elle possédait une dimension surnaturelle qui élargissait son champ de vision. Elle avait des sens décuplés. Elle était... magique !

Morte ou vive ? Je la sais vivante. Je le sens.

Une femme a traversé le monde pour venir se recueillir au bord de la mer transformée en sépulture collective pour les deux cent vingt-neuf passagers immergés dans les eaux glacées. Sa sœur était à bord de l'avion. Elle expliquait qu'elle s'était éveillée au milieu de la nuit, à l'heure de l'écrasement; elle avait su. Elle avait eu la confirmation de son pressentiment tard dans la matinée. Elle déclarait : « Elle avait quitté New York pour venir me voir, je l'attendais. J'ai su à la minute précise où l'avion s'est écrasé que tout était fini... »

Que se passe-t-il au moment de la mort? D'où vient la perception d'une rupture? Pourquoi certains la ressentent-ils et d'autres pas? Si la vie s'interrompt, comment percevoir la présence d'un être décédé? Pourquoi Thomas Thomas? Comment David m'a-t-il légué sa présence aérienne, un souffle tendre effleurant ma joue parfois, une haleine intime et pure qui ne me quitte pas?

STOP!

J'envie mon voisin à l'expiration généreuse et bruyante. Un filet de salive coule à l'angle de sa bouche jusque sur son menton. Il rêve... à une andouillette grillée ou à une blonde pulpeuse en page couverture d'un magazine? Son corps est secoué de légers soubresauts, sa graisse frémit imperceptiblement, ses doigts s'agitent dans de brèves secousses convulsives, son corps est abandonné dans une mollesse indécente. Ses jambes sont écartées, son genou gauche a rejoint le mien. Je hais ce contact physique. Je le repousse sans ménagement, je l'enjambe avec difficulté. À peine un œil entrouvert, il s'écrase de l'autre côté contre un jeune homme endormi. Tout le monde roupille! Pas l'ombre d'une préoccupation métaphysique à l'horizon de ces corps avachis. Je me sens très seule tout à coup.

Si j'étais agent de bord, je m'offrirais le luxe d'une frousse générale : « Attachez vos ceintures, prenez vos masques à oxygène... Simple exercice de style pour tester vos réflexes de survie. Bonne nuit, les petits ! »

Je vais faire pipi, me laver les mains, boire un verre d'eau, regagner ma place et tenter de ne plus penser.

L'avion poursuit sa trajectoire vers l'Inde. Dehors, la nuit a digéré les étoiles. Le ciel pâlit imperceptiblement.

Deux mille cinq cents satellites tournent autour de la Terre. Des engins qui serviront peut-être un jour, bientôt, à épier nos faits et gestes. De redoutables sentinelles de l'espace. Munis d'une puce électronique octroyée à la naissance et contenant toutes les informations possibles et imaginables concernant leur famille et eux-mêmes, les individus pourront être retracés en tout temps, où qu'ils aillent. Un mirage extra-terrestre ? Simple invention de l'homme aux portes de nos vies.

Un bébé pleure.

Bombay

Une heure pour récupérer mes bagages et passer à la douane. J'ai eu le temps de changer de l'argent au guichet de la banque déjà ouvert dans le terminal d'arrivée.

J'y suis ! Je réalise mal. Il est encore tôt, l'aéroport est calme, dégagé, presque triste. Je fais la queue dans une file massée aux abords du comptoir des taxis prépayés, sous le contrôle de la police. Un peu plus cher mais plus sûr que de se laisser happer par n'importe quel chauffeur prêt à vous saisir de force pour vous conduire à l'hôtel de son choix. Je paie, en échange de quoi on me donne un reçu dûment rempli, avec le nom de ma destination et le nombre de bagages m'accompagnant. Arrivée à bon port, je remets ledit reçu au chauffeur, qui se fera rembourser la course. J'ai entendu tant de ragots concernant Bombay ! Des plus nobles aux plus sordides, de la ville de l'Inde à ne pas manquer à celle à éviter à tout prix, les rumeurs les plus contradictoires circulent à son sujet. Tant d'horreurs dites aussi sur Calcutta.

J'ai pris mes précautions, réservant une chambre d'hôtel quinze jours à l'avance, confirmant par fax la veille de mon départ. C'est au *Sea Green South Hotel,* sur Marine Drive, que je me laisse conduire. Un hôtel abordable, à proximité de la mer afin d'être sûre d'avoir un minimum d'oxygène pour garantir ma survie. Huit longues années sans respirer l'air de cet étrange continent.

J'avais oublié. Dès la porte de l'aéroport franchie, je reconnais la moiteur écrasante, l'odeur si particulière, saisissante, délicieusement insupportable, suffocante, hybride, une odeur unique, le parfum de l'Inde.

Les abords du bâtiment sont dégagés. Il n'y a pas là la foule hallucinante qui se précipite sur vous dès la sortie de l'aéroport de Dum Dum à Calcutta. Ici, la police veille et chasse les indésirables.

Je suis mon porteur comme un zombie, stupéfaite du nombre de taxis garés le long des rues environnantes. Des centaines de voitures alignées les unes derrière les autres, à perte de vue. Mon chauffeur m'explique : « Trop de voitures. Plus assez de travail. » Pour survivre, ils doivent augmenter le prix des courses. Bombay est la ville la plus chère de l'Inde. Même les hôtels sordides sont hors de prix et bondés.

À peine quelques tours de roues et l'atmosphère a changé. Ce ne sont plus des voitures qui sont ordonnées le long des caniveaux, mais des taudis de carton, de tôle ondulée, de vieux chiffons, des détritus en tous genres s'entassant sur les trottoirs. Plus rien de délicieux dans l'odeur fétide qui me prend à la gorge, m'obligeant à sortir mon mouchoir pour masquer mon nez. À chaque carrefour une nuée d'enfants malpropres se précipitent sur la voiture et tapent sur les vitres teintées, suppliant : « *Bakchich! Bakchich!* »

J'avais oublié. Oublié la vision cauchemardesque des bidonvilles qui bordent invariablement toutes les grandes cités de l'Inde. Où que je regarde, un tableau apocalyptique. Par quelle magie équivoque l'esprit gomme-t-il la mémoire? J'avais oublié, je me souviens d'un coup, de façon aiguë et brutale. Je m'en étais éloignée, le souvenir enfoui dans une zone obscure.

Un mélange curieux de peur et d'excitation s'est emparé de moi. Une émotion faite de reconnaissance et de doute. Écrasé par la fatigue du voyage, mon corps se révolte ou s'abandonne, je ne sais plus très bien. Une mollesse, une faiblesse extrême me fait monter les larmes aux yeux.

Embouteillages, foule, vacarme. L'aéroport n'est qu'à trente kilomètres du centre-ville. Nous mettons une heure pour atteindre mon hôtel sur Marine Drive en bordure de Back Bay. Je ne vois plus, je n'entends plus. J'accepte la chambre avec vue sur la mer. Claire et spacieuse, elle a l'air conditionné et une salle de bains. Le grand luxe !

— Merci, au revoir, des roupies pour votre beau sourire. Non, merci. Je n'ai besoin de rien... Merci. Ni boire ni manger. Non merci. Non ! *Basta* !

J'ai claqué ma porte. Je tire mes rideaux, je défais le lit, je m'écroule.

« Bonjour, India ! Laisse-moi roupiller un peu. »

On frappe à ma porte. Combien d'heures ai-je dormi ? Encore tout engourdie, j'ouvre. Un jeune homme en jaquette blanche parsemée d'auréoles grises et aux boutons dorés (il en manque deux) me tend mon passeport. Les cheveux luisants, la raie droite, le sourire éclatant :

— *Passport, madam !*

Je le remercie, referme et me laisse choir sur le bord de mon lit. Mon passeport ! J'avais laissé mon passeport à la réception. Bon début !

Il est quinze heures. J'ai dormi longtemps. J'ai la bouche pâteuse ; j'ai soif. Un pot d'eau hermétiquement fermé est posé sur un plateau de matière plastique bleue avec un verre. Ne pas en boire. Règle élémentaire de survie en Inde, avec celle tout aussi élémentaire de ne jamais égarer son passeport !

J'ouvre grand mes rideaux. Des rideaux de tissu fleuri un peu passé. Les murs de la chambre sont couleur de papier buvard rose pâle. Le plafond est gansé d'un feston de traces jaunes d'humidité. Par-ci par-là, des petites bulles cloquent la surface des murs, l'incurable maladie des édifices indiens rongés par le climat et la rudesse des moussons. Le sol est impeccable, comme le sont aussi les installations sanitaires, récentes. Cette chambre me plaît. Un calendrier représentant le dieu Ganeśha, aux couleurs vives, est suspendu à un clou au milieu du mur, juste au-dessus d'une table de bois. Cette table a son histoire écrite de traces grasses, de brûlures de cigarette, d'ombres indescriptibles. Je la recouvre d'une serviette de toilette propre avant d'y déposer mes affaires. Le lit est grand. Une table de nuit supporte une lampe bancale. Les draps sont propres. Un fauteuil de rotin grince quand je m'y laisse tomber. Sa forme circulaire épouse les courbes de ma carcasse meurtrie. À croire qu'on m'a rouée de coups durant mon sommeil.

J'aime cette chambre. Son espace et sa fenêtre donnant sur Marine Drive la rendent séduisante. J'ouvre. La chaleur écrasante me saisit. Le brouhaha, un brouillard opaque, une brume de pollution s'élève de la circulation infernale cinq étages plus bas. La lumière est violente, blanche et crue. J'ai du mal à distinguer la mer de l'autre côté de la rue, comme une plaque immense et métallique. Je referme précipitamment. Je tire à moitié mes rideaux.

Prendre une douche. Changer de vêtements. Me chercher à boire et à manger. Téléphoner pour rassurer ma mère.

En bas, à l'entrée de l'immeuble, un homme se lève sur mon passage. D'une main il interrompt ma marche. Il fume la pipe, un tabac blond et odorant :

— Bob, pour vous servir !

Je le toise, incrédule. Je le repousse un peu pour pouvoir passer. Il saisit fermement mon bras :

— L'assassin du Mahātma Gāndhi a dormi dans l'hôtel voisin. Bombay est dangereuse. Soyez prudente. N'hésitez pas... je peux vous procurer massages, marijuana, haschisch, *brown sugar,* opium, venin de serpent et plus encore !

Je me dégage brusquement, jetant un regard inquiet autour de moi. Personne n'a réagi aux propos douteux de ce type. Il n'y a que des Indiens dans le hall d'entrée. Il prend fermement ma main pour y glisser sa carte :

— *Miss* Olivia !

Il éclate d'un rire sonore.

Je me retrouve sur le trottoir, flageolante. Il est cinglé, ce type ! Et il connaît mon nom, ce con ! Il a dû examiner mon passeport oublié sur le comptoir de la réception. Je jette un coup d'œil à la carte : Bob Strawinsky, Import-Export, suivi d'une adresse à New Delhi, avec numéro de téléphone et numéro de fax. Inscrit à la main : chambre n° 18. Qu'est-ce qu'il s'imagine !

L'hôtel voisin s'appelle le *Sea Green.* L'assassin de Gāndhi...

« *Namasté, India, Namasté.* Je suis là ! »

Cet imbécile m'a déstabilisée. C'est trop, trop d'un coup. La chaleur, les odeurs, le bruit, la fatigue, le voyage. Pas besoin d'une émotion supplémentaire. Très peu sûre de moi, je pénètre dans le restaurant le plus proche : *The Pizzeria.* Pas typiquement indien, mais extrêmement rassurant. Une grande salle de forme arrondie, un décor américain très réussi, de la musique pop un peu trop forte, des Occidentaux, des Indiens nantis, des serveurs tout de rouge vêtus, casquette et nœud papillon assorti, une odeur divine de pizza. De quoi me remettre sur pied ! Je commande une *queen* et un coca-cola.

— *Yes, madam. Yes, madam.*

Juchée sur un tabouret haut et mobile, je contemple la vue spectaculaire de Marine Drive sur fond de Malabar Hill.

Je commence à savourer.

À la sortie, la sempiternelle troupe de bambins attend pour se précipiter sur le premier Occidental venu :

— *Bakchich! Bakchich! What is your name? Where are you come from? Bakchich! Aunty bakchich!*

Je suis sortie sans sac, mes papiers et mon argent planqués sous ma tunique, les deux mains dans les poches. Je ne suis pas touchée, juste un peu agacée. Je les chasse d'un geste énergique comme je le ferais de mouches autour d'un pot de confiture.

Une fillette capte mon attention. Sa peau très sombre, sa grâce, l'épaisseur de ses cheveux décoiffés, son assurance et son regard inquisiteur, dix ou douze ans peut-être. Mallika? Ridicule! Je lui tends un stylo (j'en garde toujours en réserve au fond de mes poches) en lui demandant son nom. Elle me répond avec le plus magistral des sourires :

— *Mary. Bakchich, aunty, bakchich!*

Mary. Je la repousse un peu. Elle me suit. Elle s'accroche, tirant sur mes vêtements. Je la bouscule. J'allonge le pas et entre dans la première boutique.

J'ai marché jusqu'à Chawpatty, la plage de Bombay. Une sorte de cour des miracles en bordure d'une eau glauque couleur de rouille qui n'engage pas à la baignade. Une foule bariolée déambule et vit agglutinée sur ces quelques centaines de mètres de sable douteux. Il y a de tout ici! Des écoliers en uniforme, des familles, des drogués au regard absent, des mendiants, des lépreux... mais aussi des poneys, des stands de tir à la carabine, des manèges, des raseurs et des cireurs de chaussures, des masseurs, des *dealers,* des prophètes, des orateurs qui attirent et retiennent la foule sous un soleil de plomb, des contorsionnistes et des charmeurs de serpents, des yogis dans des positions farfelues, des sculpteurs de sable et des passionnés de cerfs-volants. Les échoppes de nourriture et les marchands de noix de coco se succèdent tout le long de la promenade. Des odeurs de friture, d'encens, d'urine séchée, des effluves de parfums bon marché dont certaines femmes s'aspergent copieusement, se mélangent avant de se perdre au milieu de bouquets de ballons multicolores et de colliers de fleurs fraîches. La richesse et la misère s'entremêlent dans un tableau pathétique et hallucinant.

Le jour a baissé. La lumière change rapidement. Le ciel est devenu rosé. Je longe Marine Drive pour rejoindre mon hôtel, je contemple l'arc du Queen's Necklace (le collier de la reine), un boulevard ultrachic bordant la mer. Des maisons coloniales cossues mais en partie décaties se succèdent sur fond de gratte-ciel à la surface desquels se reflètent les lueurs incendiaires du ciel.

Une bouffée de bonheur m'envahit soudain. Demain, je chercherai Mallika. Je la retrouverai.

La nuit s'abat brutalement sur la ville. Une foule de plus en plus dense envahit les rues.

Fatiguée, je regagne ma chambre.

Le hall de l'hôtel est vide. Je récupère ma clé. Je bloque ma porte à l'aide du fauteuil et de mon sac à dos pas encore vidé. Une appréhension diffuse. Cet homme tout à l'heure... son rire, ses propos, sa carte... la fatigue surtout. L'épuisement trouble mes perceptions. Avant de tirer mes rideaux, je contemple l'incroyable vision de Marine Drive éclairée, les lumières de Malabar Hill, à l'horizon, se mirant à la surface des eaux sombres.

— Puis-je vous offrir à déjeuner ?

Il passe ses journées ici, celui-là ! J'examine scrupuleusement le plan de Bombay tapissant un des murs de l'entrée ; il a posé sa main sur mon épaule. Je me retourne brusquement en me dégageant.

— Non !

J'ai pris l'air hargneux. Il n'est pas découragé :

— Vous n'avez rien à craindre. Je déteste les femmes grandes et maigres !

Je n'ai pas envie de rire. Pas même celle de sourire. J'ai passé ma matinée à tenter de convaincre un chauffeur de taxi de me conduire au 25-60, Falkland Road. Ils ont tous refusé après m'avoir considérée d'un air suspect. Un seul était d'accord, à condition que je n'y aille pas seule.

Excédée, je suis entrée me rafraîchir dans les salons de l'hôtel *Taj Mahāl,* le palace le plus réputé de l'Inde à en croire la rumeur. Le sol de marbre donnait envie de se rouler par terre, les toilettes étaient somptueuses, les serveurs enturbannés faisaient des courbettes, les plantes vertes semblaient artificielles, tout puait le fric et, les nerfs déjà éprouvés, je n'avais aucune envie d'aller consommer au milieu des grassouillets argentés. J'ai arpenté le foyer de long en large, sous un air frisquet déversé par une climatisation excessive, le temps d'un frisson je m'en suis mis plein les yeux en attendant que ma tension retombe.

À l'extérieur, autour du Gateway of India, un arc de triomphe un peu lourd sans rien d'exceptionnel, une foule de solliciteurs vous assaille. Les nettoyeurs d'oreilles, les changeurs d'argent au noir, les rabatteurs de trafiquants de diamants, les vendeurs de saris, les mutilés claudiquant sur une patte en exhibant leur moignon, toute une escorte insupportable vous pousse invariablement en direction des points d'embarquement pour l'île d'Elephantā. Rien à faire de l'île d'Elephantā ! Je cherche une petite fille perdue, Mallika. Ma fille.

— Je connais Bombay comme ma poche.

Il est lourdingue, mon nabot entêté, mais il n'a pas tort, j'ai grand besoin d'aide.

— Je cherche Falkland Road.

Il siffle de stupeur.

— Que voulez-vous faire à Falkland Road ?

Il s'est laissé tomber sur une chaise, les bras ballants. Il me considère en hochant la tête. J'ai envie de brailler.

— Vous pouvez m'aider ?

— Peut-être.

— J'accepte un café.

Je me retrouve aux côtés de ce curieux petit homme en costume clair, dans les rues de Bombay. Un Occidental au crâne rasé, portant une chemise ouverte sur son torse velu.

Il m'a entraînée jusqu'à l'hôtel *Ambassador.* L'entrée est impressionnante, les portiers sikhs multiplient les saluts. Mon petit homme connaît l'endroit. On le connaît aussi. Au treizième étage, le *Gardens* offre une vue spectaculaire sur Bombay. Un panorama à couper le souffle. Nous prenons place près d'une baie vitrée. Il commande sans considérer la carte.

Il commence à m'impressionner, ce minus. Il a même du style !

Sonder l'animal avant de lui confier mon histoire.

Une bière *Royal Challenge* dans un verre long au col étroit, un plateau d'amuse-gueules princiers, j'apprécie vraiment.

— C'est vrai, cette histoire concernant l'assassin de Gāndhi ?

— Tout à fait vrai.

— Et vos propositions malhonnêtes ?

— Un jeu.

— Pervers !

— Une façon de provoquer mes congénères. J'ai tendance à oublier mes origines.

— Que fait-on avec du venin de serpent ?

— On se shoote ! Une morsure de vipère de la bonne espèce coûte une fortune et vous garantit une transe de quatre jours. Je ne vous conseille pas d'essayer.

— Vous vivez en Inde depuis combien de temps ?

— Presque trente ans. J'y suis arrivé à l'été 1970. Je ne suis jamais reparti.

— Votre famille ?

— Jamais revue.

— Ils savent où vous êtes ?

— Non.

— Vous avez disparu ?

— En quelque sorte.

Disparu. Il saisit mon trouble :

— Rien d'extraordinaire.

— Vous ne pensez jamais à...

— Non.

Il reste songeur, étrangement grave. Son visage a changé. Il se tait. Un autre homme. Il me touche. Il reprend :

— Père diplomate, mère avocate, deux frères, une sœur, une gouvernante. J'avais tout, je m'ennuyais à mourir. Je suis parti triper à Goa. J'ai prolongé les vacances. Vendu mon billet de retour, mon passeport. Mon corps pour acheter ma drogue. Les années ont passé.

Il finit d'un trait sa bière avant d'en commander une autre.

— Vous n'avez jamais eu envie de...

— Jamais !

Je sais qu'il ment. Sa voix le trahit. Une fêlure, imperceptible mais réelle. Un léger frémissement de la lèvre inférieure, son urgence de boire. Il poursuit son récit sur un ton faussement désinvolte.

— L'Inde est un pays remarquable. Vous pouvez sombrer dans la pire déchéance et y atteindre des sommets. J'ai tout vécu : la dépravation, la misère, la maladie. Je suis devenu ascète, j'ai parcouru le pays à pied en mendiant ma nourriture. Puis, j'ai rejoint un *ashram**. J'enseignais le français à des apprentis sages, des bambins à qui l'on infligeait un véritable lavage de cerveau. J'ai fini par tout plaquer pour revenir à une vie normale en me lançant dans les affaires. Ça marche ! J'ai une compagne et deux enfants ; j'aurai cinquante ans dans quelques mois.

Il sort de son portefeuille une photo qu'il me tend. Une jeune femme en sari jaune porte un bébé. Elle tient de l'autre main une fillette de trois ou quatre ans. Des enfants métis, magnifiques.

— Tout ça pour finir comme les autres. Tout ce chemin, tout le mal que vous avez dû faire et celui que vous vous êtes donné pour finir ici, dans l'illégalité. Bob Strawinski, c'est votre nom ?

— Celui de mon meilleur ami.

Il reste silencieux. Il se ressaisit, finit sa bière avant d'en commander une troisième.

— Vous cherchez quoi à Falkland Road ?

— Ma fille... disparue.

Il a posé son verre brutalement. Ses mains tremblent. Il me dévisage sans y croire vraiment.

Le quartier de Kamatipura s'étend à proximité de la gare de Bombay Central Terminus. Des rues sordides au long

* Nom donné aux communautés réunies autour d'une école de pensée ou d'un maître spirituel.

desquelles se succèdent des bordels bon marché exhibant des filles de tous âges dans les niches des façades des maisons. Falkland Road et Foras Road, les rues aux cages, sont bordées de baraques immondes dont les portes ont été remplacées par des barreaux. Tandis que le taxi remonte la rue au ralenti, Bob et moi scrutons les numéros des façades crasseuses ; un dégoût mêlé de pitié m'envahit à la vue des filles, certaines à peine sorties de l'enfance et dont le corps est loué au prix d'un soda. Le malaise est perceptible. Une tension certaine règne aux alentours, m'angoissant malgré nos vitres relevées. Des proxénètes déambulent en surveillant leurs affaires. Je comprends la réserve des chauffeurs de taxi et la stupeur de Bob. Je saisis mieux la raison de son rire sarcastique lorsque, mon récit achevé, il a balancé la tête en arrière pour pousser un cri :

— Vous êtes naïve ou complètement idiote ?

— ...

— Vous pensiez que ce genre de commerce illicite se pratique ouvertement, avec adresse et numéro de téléphone accessibles à n'importe quel imbécile jouant sur un clavier d'ordinateur ?

Il a interpellé le garçon et commandé deux autres bières.

— Buvez, vous allez en avoir besoin ! Vous ne trouverez rien. Ces adresses sont bidon, elles détiennent un code que seuls les initiés appartenant à des réseaux spécialisés sont capables de déchiffrer. Comment vouliez-vous rejoindre une fillette qui n'est sans doute pas Mallika ?

Je me suis levée brusquement en faisant tomber ma chaise pour quitter la salle. Il m'a retenue par le bras.

— Vous ne trouverez personne pour vous y conduire seule.

Le 25-60 Falkland Road n'existe pas. Le chauffeur a baissé sa vitre. Il parlemente. Bob propose de l'argent en vain.

La peur est perceptible. La loi du silence est la règle d'or. Nous n'obtiendrons ni information ni aide pour la recherche d'une adresse fantôme.

J'ai monté deux bouteilles d'eau minérale et je me suis enfermée dans ma chambre.

J'ai refusé la proposition de Bob : visiter la ville avant d'aller souper dans le restaurant le plus surprenant de Bombay. Qu'il me lâche, ce petit homme perspicace ! Il me dérange. Il connaît trop bien l'Inde, il est trop futé, trop bien élevé, brillant. Il a cassé mon rêve trop vite. Je lui en veux pour sa lâcheté et son courage, d'avoir tout plaqué en étant capable de disparaître. Il m'épate et me gêne. Il me serait impossible d'infliger une épreuve similaire à mon entourage. La pire ! Au-delà de la mort, d'un suicide, d'un décès brutal par accident, la disparition, avec ce qu'elle génère d'espoirs et d'illusions, de méconnaissance et de doute, d'attente, d'élaboration de solutions multiples et extravagantes que l'imagination ne cesse jamais de nourrir. La disparition d'un proche est la plus redoutable des épreuves. Comment poursuivre son existence avec, enfouie au fond de soi, l'évidence tragique de ce que l'on impose à sa famille ? C'est ce qui rend Bob particulier. Insondable, insaisissable, un esprit éveillé, en alerte, agile, dangereux. Il sent, il devine, il saisit avant même de nous avoir laissé le temps d'expliquer. Il est comme un animal traqué. Les sens exacerbés, il tourne en rond dans un espace clos. Vaste, mais clos. Une cage nommée « Inde » dont il ne peut plus ressortir. Il est un homme blessé. Il occulte avec brio cet état lui ayant inculqué le pouvoir de déceler chez les autres ce qu'ils dissimulent à leur tour. Il sait lire spontanément dans les parties les plus secrètes, il a accès à l'inavoué.

Je voudrais savoir Mallika morte. Identifier son cadavre à la morgue, avoir la preuve tangible qu'elle a été enterrée, calcinée sur un bûcher, que son corps dérive au gré des courants du Gange parmi les colliers de fleurs, avant d'être déchiqueté par des poissons carnivores. Recevoir une photo d'un pays lointain, représentant une fillette indienne d'une douzaine d'années entourée de parents occidentaux, au milieu du jardin d'un pavillon de banlieue. Voir son image en première page d'un journal, championne de gymnastique, d'échecs, ou retrouvée assassinée et découpée en rondelles au fond d'une poubelle. Savoir.

— Regardez, des centaines d'enfants ressemblent à Mallika, des centaines d'autres s'appellent Mallika. Regardez les fillettes de douze treize ans qui se prostituent, volent, mendient. Regardez la sortie des écoles et ces jeunes filles en uniforme. Votre fille est partout, elle n'est nulle part, perdue au milieu de six milliards d'individus. Vous ne la retrouverez pas. Vous poursuivez un mirage.

Je ne supportais plus ce petit homme ayant calqué tous les travers de l'aisance indienne à exhiber à tout prix : de l'embonpoint, une chaîne en or et une chevalière trop grosses, une montre onéreuse, des vêtements de qualité d'assez mauvais goût, des habitudes dans un hôtel convenable et dans des restaurants chics, des domestiques dans son appartement de New Delhi. Un exilé déserteur de la bourgeoisie française devenu un petit-bourgeois indien au visage pâle. Un bâtard ! Qu'aura-t-il à offrir à ses enfants ? Quelles références ? Quel passé ? Quel nom portent-ils ? Le nom usurpé de leur père ou celui de leur mère qu'il ne pourra jamais épouser ?

Je n'ai pas dormi. J'ai passé ma nuit assise près de la fenêtre, les rideaux ouverts, ma chambre restée dans l'obscurité, à penser. Ces rues sordides, paradis des hommes et enfer des filles, ce pays qui prend un malin plaisir à cultiver les extrêmes en nous faisant évoluer à la frontière du vice et de la piété, nous confrontant au sublime et au sordide, en nous faisant passer du ravissement à la terreur comme on passe du rire au grave, en un instant... Une sollicitation constante de tous les sens, excessive, tyrannique, révolutionne toutes nos perceptions. Ce pays à la fois délicieux et vénéneux, dont le rythme lent nous engourdit dans une torpeur apparente, alors qu'il produit un véritable cataclysme intérieur. Une morsure invisible et sournoise distille en nous son venin goutte à goutte en bouleversant notre façon d'être et de ressentir. Fuir ou m'abandonner? Prendre le risque de poursuivre ou m'échapper? Succomber à l'envoûtement ou détaler avant que la rumeur infernale ne referme son piège sur moi?

Pourquoi suis-je venue? Bob a raison. Mallika est un prétexte.

« Reprends ta route, Olivia. Un jour, il sera trop tard. » Mallika, ma route?

Mallika, une redoutable excuse pour revenir en Inde. Si l'Inde n'était pas mon chemin? Si ma voie était ailleurs?

« Visitez Bombay, allez voir l'île d'Elephantā, les musées, les temples. Allez jusqu'à Ajantā et Ellorā, les grottes et les sculptures y sont exceptionnelles... »

Bob, guide touristique!

Je me fiche des grottes, des sculptures, des musées. J'ai arpenté jusqu'à l'âge de dix-huit ans les galeries et les musées du monde. J'ai visité les monuments et les ruines, j'ai grandi gavée des vieilleries de la Terre à en être rassasiée. Le présent et l'avenir me fascinent, le passé m'indiffère. Nous n'y pouvons plus rien.

Je n'ai jamais eu besoin de raisons, de justifications à mes faits et gestes. Il m'a toujours suffi de vouloir pour agir. Aucune nécessité d'arguments, de raisonnements à offrir aux autres ou à moi-même. Je ne suis pas du genre à expliquer, à démontrer en fournissant des motifs et des justificatifs confortant le bien-fondé de mes actes et de mes pensées. Pourquoi me serais-je réfugiée derrière Mallika pour justifier un retour en Inde ? Insensé !

Si plus ou moins consciemment je savais que je ne retrouverais pas Mallika à cette adresse, Mallika n'en demeure pas moins la raison de mon voyage.

Où est-elle ? Où se cache-t-elle ? Comment l'atteindre en poursuivant cet appel à la fois fugace et irrévocable ? Cette respiration au fond du corps, écho de mon propre souffle, la conviction profonde d'avoir à poursuivre en dépit de la douleur et des doutes. Ces perceptions inexplicables comblent mes sens et me dictent d'avancer, comme le vent fait murmurer les arbres.

Je n'aime pas Bombay. Quelque chose m'y contrarie. La présence de Bob rencontré invariablement dès que je quitte ou rentre à l'hôtel, l'impression désagréable d'avoir été leurrée, ou de m'être leurrée moi-même en ayant jeté mon dévolu sur cette ville tentaculaire au parfum de scandale, un réservoir équivoque d'éblouissement et de dépravation, diamant immergé dans la fange en bordure de la mer d'Oman. Le soleil s'y couche dans des jeux de lueurs prodigieuses, mais mon cœur ne succombe plus à la tentation d'un quelconque aveuglement pseudo-poétique, pas plus qu'il ne se laisse séduire ou piéger par une fascination mythique décrite dans les livres, que l'on se doit de perpétuer par un mimétisme contagieux. En 1968, j'avais six ans, les cheveux coupés très court, j'étais trop grande et je ne rêvais déjà plus. J'avais perdu la candeur de l'enfance et découpé une multitude d'insectes en morceaux. Je regardais mes parents faire l'amour par le trou de la serrure de la porte de leur chambre en me demandant ce que voulait dire aimer. Ma mère portait des pantalons pattes d'éléphant et les cheveux longs; je trouvais ça vilain. Mon père philosophait avec ses élèves, prônant la paix et l'amour libre. Surtout ne pas leur ressembler. Je ne suis l'héritière d'aucune nostalgie d'une époque révolue laissant à l'Inde une saveur de fruit tropical avarié. L'Inde sent la merde et les épices, l'urine et l'encens, la friture et le lait caillé. L'Inde a l'odeur de ses propres excès et de sa pauvreté aride. Elle sent le vrai, le juste, l'intégral. C'est pour ça que je l'aime. Je l'aime corsée, poivrée, ravageuse. Je l'aime irrespirable. Je ne voudrais pas qu'elle soit différente. Je ne la trouve pas paradisiaque; elle est authentique, sans masque, près de son essence. Réelle.

Quitter Bombay pour Goa?

Je n'ai plus de trace tangible à suivre pour rejoindre Mallika, plus rien de concret qui puisse guider mes pas. Je dois suivre mon instinct. Croire à l'existence d'un fil invisible qui nous relie, en m'abandonnant, marionnette manipulée par le destin. Tenter une confiance absolue en ce je-ne-sais-quoi nous faisant nous mouvoir, en dépit du bon sens, dans des directions insoupçonnées qui nous conduisent toujours quelque part. Me dire que chaque élément du hasard, chaque rencontre, toute suggestion est un élément du puzzle, une des pièces manquantes qui finiront par reconstituer l'image. Vivre ce voyage comme un jeu de piste, accueillir ce que la vie propose comme autant de petits papiers blancs à déplier pour y décoder le message conduisant à la prochaine étape.

Mon petit papier ne m'a conduite nulle part, simplement à la rencontre de Bob. Il me reste le second, mis dans mon bagage avant mon départ : la suggestion du docteur Miller, aller rencontrer le docteur Ray Roy. Je ne dois pas quitter Bombay sans l'avoir contacté.

Malabar Hill est un quartier résidentiel aux constructions luxueuses. Des flancs escarpés, des sentiers ombragés, des orchidées sauvages grimpant à l'assaut des arbres biscornus et donnant une saveur pastorale à ce coin de la ville réservé aux riches. C'est sur Ridge Road que la famille Roy vit, dans un appartement magnifique. Gardien à l'entrée du bâtiment, domestique pour ouvrir la porte, madame Roy m'a accueillie poliment, mais avec réserve. C'est une femme d'une quarantaine d'années, une sorte de miniature extrêmement distinguée. Sa peau est sombre. Ses cheveux sont très longs, nattés. Elle est vêtue d'un sari turquoise brodé d'or. Ses ongles sont manucurés et vernis d'un rouge vif. Elle porte bagues et bracelets, se parfume à *L'Air du temps*. Elle m'a fait asseoir dans un salon cossu beaucoup trop chargé. Des meubles lourds, des tentures de velours grenat, des tapis persans, des tables basses d'un bois sombre, sculptées et tarabiscotées, des objets, des tableaux, des vitrines, des napperons, des broderies, une surabondance, une accumulation qui donne le vertige. Très vite j'ai manqué d'air. Elle m'a offert un verre de thé au lait extrêmement sucré et trop chaud. J'ai bu poliment, par petites gorgées, au bord de la nausée. Elle a prié sa fille d'une quinzaine d'années d'apporter une carte de l'Inde pour me montrer la situation de Kottakkal au Kerala, où rejoindre, dans une dizaine de jours, son mari dans un important centre de médecine ayurvédique. La jeune fille a la peau presque blanche, des cheveux très noirs coupés au carré. Elle est vêtue d'un jean moulant et d'un chemisier blanc. Elle s'exprime dans un anglais parfait. Contemporaine jusque dans sa façon de se mouvoir, elle offre un contraste saisissant à côté de sa mère en sari.

Cette femme m'a mise mal à l'aise. Pourquoi m'a-t-elle invitée à passer chez elle ? Je suis ressortie avec deux bouquins sous le bras et l'adresse du centre. J'ai mal à l'estomac. Impossible de faire fonctionner l'ascenseur. Je redescends les dix étages par un escalier de pierre polie. Une odeur nauséabonde d'ordures en décomposition flotte dans l'air.

Dans la rue, je me retrouve sous les tours du silence, sept tours de pierre difficiles à voir, réservées aux cérémonies funèbres des Parsis. Tara Roy m'a expliqué avec un malin plaisir comment ces gens originaires de Perse fuirent leur pays au septième siècle, après l'invasion arabe, pour trouver refuge en Inde, où ils immigrèrent avec leurs coutumes, la plus spectaculaire étant leur rite funéraire. En regard de la religion de Zarathoustra, pour ne souiller ni la terre ni le feu, les Parsis confient les dépouilles de leurs défunts aux vautours, en leur laissant le soin de les déchiqueter et de les consommer intégralement. Ce qu'ils font en l'espace de deux heures. Après l'envol de l'âme, le quatrième jour suivant le décès, le cadavre est lavé à l'urine de bœuf, avant d'être déposé nu au sommet d'une des tours par des porteurs, seuls habilités à pénétrer à l'intérieur. De la route, on ne voit rien. J'imagine avec une certaine délectation mentale ces oiseaux charognards le bec serré sur une cuisse en lambeaux, les serres accrochées aux troncs biscornus, l'œil vif, aux aguets, avant de poursuivre leur festin. Un précipice abrupt est surmonté d'un haut monticule. Il règne aux alentours une atmosphère lugubre. Un peu plus bas, les jardins suspendus, bordés d'arbres et de buissons taillés en forme d'animaux. La légende dit que les vautours, rendus somnolents par leurs orgies de chair humaine, ont la fâcheuse habitude de laisser tomber des morceaux au-dessus des gratte-ciel et des promenades environnants. C'est ce qui incita les autorités de la ville à recouvrir les réservoirs municipaux, avant de transformer la plateforme ainsi formée en jardins suspendus.

Pas l'ombre d'un vautour ni la moindre miette de corps humain lâchée à mes pieds. Mon imagination vagabonde ; comment ne pas se laisser dériver vers des délires macabres ? Voir son pire ennemi dévoré gloutonnement par ces oiseaux rapaces ! J'en ai quelques-uns sur ma liste ; à commencer par les ravisseurs de Mallika. Le décor s'y prête et mon oisiveté est propice à toutes formes de divagations. Je n'ai pas envie de rentrer. Ce coin de Bombay me fascine, à l'opposé des rues du quartier de Kamatipura. Du jardin, la vue est spectaculaire. Il surplombe la plage de Chawpatty d'un côté, de l'autre la mer d'Oman. Le ciel s'est obscurci. Il est d'un gris très sombre, il écrase la mer et rétrécit l'espace. La chaleur est suffocante. J'aimerais qu'une pluie torrentielle s'abatte sur la ville, collant mes vêtements à ma peau. Il y a une sensualité morbide dans l'air.

J'ai grimpé au sommet de Malabar Hill comme le fit le seigneur Rama plusieurs millénaires avant Jésus-Christ. Il filait droit vers le Sri Lanka sauver sa femme des griffes des démons, mais prit tout de même le temps de confectionner un symbole phallique en sable en offrande au dieu Shiva. Il enfonça une flèche dans la terre, d'où jaillit une source sacrée transformée en un immense bassin, le Banganga tank, tout entouré de *ghâts**, de petits temples et de maisons basses, des taudis de briques insalubres. Je descends, me rapproche d'un autre monde.

À deux pas des gratte-ciel aux façades léprosées, juste en contrebas d'une richesse excessive, survit un village antique aux ruelles sordides. Tout autour, des immeubles de taille moyenne tombent en décrépitude, donnant à ce quartier une triste saveur de bidonville. Pas d'offrande à faire au dieu Shiva, ni comme Rama d'épouse à sauver d'un naufrage. Une fillette hante mon esprit, sans répit, une petite fille originaire de ce pays qui m'échappe chaque jour un peu plus, une enfant perdue. Immobile, j'observe cet incroyable panorama impossible à décrire. Il faut pouvoir respirer, yeux et oreilles grands ouverts, humer avec tous les pores de sa peau pour se laisser envahir par ce bouquet unique. Je ferme les yeux. J'entends la rumeur, le cri des corbeaux, ceux des enfants, les bruits d'eau agitée, le meuglement d'une vache sacrée, des prières lointaines et diffuses, sorte de râle humain incessant, l'écho d'un chant védique, les hurlements des petits vendeurs. Un peu plus loin, la mer d'Oman, le ressac des vagues, un murmure rassurant. J'ouvre les yeux. Ces eaux sacrées sont bordées d'une frise de déchets et de papiers sales mélangés à de la mousse, aux résidus de dentifrice et de savon des gens qui font leur toilette. Des sculptures anciennes encastrées dans la pierre des *ghâts* sont ornées de colliers de fleurs fraîches par des fidèles venus prendre un bain purificateur. On s'y lave, on s'y torche, on y prie et on s'y purifie ! Dans un coin, une couche d'immondices et, surplombant l'ensemble, des taudis, des constructions délabrées, des cordes à linge sur fond d'immeubles poussiéreux,

* Les marches de pierre recouvrant les berges des fleuves et des bassins sacrés pour permettre aux pèlerins d'atteindre les eaux.

modernes et déjà défraîchis. Tant de paradoxes ! J'aime ne rien y comprendre. Je trouve paix et détachement grâce à cette méconnaissance. Ce recul salutaire rend mon regard pénétrant. Je pense à Mallika. Elle est d'ici ; je ne le suis pas. Que fait-on aux enfants d'ici en leur imposant d'aller vivre ailleurs ? Que leur offre-t-on pour remplacer l'incroyable vision qui s'étale sous mes yeux ? Les odeurs, les couleurs, les saveurs, la lumière, le climat.

Appeler Calcutta ? Retourner à Calcutta ?

La tentation est forte, mais Mallika n'est pas à Calcutta. Geoffrey l'aurait retrouvée. Elle se serait enfuie, elle serait retournée au bidonville ou à l'orphelinat.

L'histoire n'est plus à Calcutta.

Il était une fois Geoffrey...

Il était une fois Mallika...

Il était une fois Olivia...

Il était une fois la vie. Une histoire infinie.

Un peu plus bas près de la mer, sur des *ghâts* réservées à cet effet, des Hindous se consacrent à la crémation des corps. Une brume particulière, habitée des cendres de chair humaine, brouille l'horizon, rendant ma vision mobile. Une étrange chorégraphie, volutes poussiéreuses s'échappant des corps calcinés, pour un ultime ballet en hommage à la pérennité. J'aimais cette odeur et les vapeurs nimbant les bords de la rivière Hooghly à Calcutta. Un encensoir à ciel ouvert ; l'encens de l'humanité offert à l'Univers.

Je poursuis mon errance jusqu'au quartier des blanchisseurs, un immense lavoir dans lequel on lave, frotte, tord et rince à longueur de journée, les pieds dans l'eau, en plein soleil. Des draps sèchent, étalés sur des rochers face à la mer d'Oman, non loin d'autres rochers servant de toilettes publiques. On y défèque les fesses au vent. Des enfants m'assaillent; je les vois à peine, les repoussant d'un geste machinal et détaché. Un jet de lumière déchire le gris du ciel. Il ne pleuvra pas. Un ciel d'image pieuse; des rais de soleil relient le ciel à la surface de l'eau. Pas âme qui vive dissimulée derrière la masse compacte barrant le ciel de Bombay, ou bien tant d'âmes qu'il est impossible de n'en considérer qu'une, unique et puissante, qui aurait le privilège de décider de tout en toute impunité.

J'ai cherché aussi derrière ce rayon mythique imprimé sur les images de première communion de mon amie Ève-Marie quand j'avais huit ans. Je cherchais à voir et à comprendre. Je n'ai rien vu et je n'ai rien compris. Ève-Marie croyait, dur comme fer, tout ce que sa famille et son confesseur lui enseignaient. Elle vivait dans la terreur de mal faire, mal dire, mal penser. Elle avait peur pour moi, elle endossait mes péchés. Je l'aimais parce qu'elle était malléable. Gentille Ève-Marie, trop douce, trop bonne. Il y avait un crucifix au-dessus de chaque porte de sa maison. Je disais des mots grossiers pour la voir rougir. Quand on lui faisait plaisir elle pleurait. Une poupée de porcelaine trop propre, trop bien coiffée, trop bien habillée. L'objet de mes tyrannies. Ses parents l'avaient affublée d'un prénom qui la prédestinait à ce genre d'excès. Son petit frère s'appelait François-Joseph. Il avait la même pâleur, une terreur similaire qui le faisait bégayer, et je me demandais parfois comment ils parviendraient à grandir normalement, s'ils seraient un jour capables de poser un regard lucide sur le monde environnant en détournant un peu leurs yeux des cieux. Ils vivaient sous la terreur d'une fessée mentale perpétuelle. En regard de Dieu et de la religion, on les avait soumis. Ils étaient les esclaves d'une pensée extrémiste que personne n'osait contester. Ils étaient des enfants maltraités pour lesquels nul n'interviendrait jamais. À dix ans, Ève-Marie faisait encore pipi au lit. Elle était arrivée un matin en classe dans un état pitoyable, les yeux rouges, le souffle coupé ; sa mère lui avait dit qu'elle ne serait jamais religieuse si elle continuait à mouiller son lit. Pauvre petite fille.

Si loin, tout ça. Mon enfance s'est perdue. Un livre d'images, l'histoire d'une autre m'y étant racontée.

Il fait chaud. Ça pue. J'ai soif. Je suis fatiguée.

Je n'ai plus rien à faire à Bombay.

Goa

J'ai quitté l'hôtel sans revoir Bob. Un chauffeur de taxi m'a conduite à l'aéroport. J'ai pris le dernier avion en partance pour Panjim. En payant un supplément de première classe, j'ai pu m'embarquer. Une heure de vol ; et la jubilation secrète de poursuivre, d'aller vers l'inconnu. Ces instants d'ignorance, mélange de hâte et d'appréhension, un trouble séduisant éveillant jusqu'aux moindres recoins de l'être. Je sens mes côtes, mon diaphragme. Mon pouls bat plus vite. Le sang colore mes joues. Une douceur extrême m'envahit... Je suis bien. Le riz est épicé. Déjà, on nous demande d'attacher nos ceintures.

Il fait nuit. Je ne verrai rien avant le lever du jour.

Les taxis sont des fourgonnettes blanches, toutes semblables. Je monte dans la première en demandant d'aller à Baga, à une trentaine de kilomètres de l'aéroport. J'ai choisi de m'exiler à l'hôtel *Baia Do Sol,* en bordure de mer au bout de la route, sa situation garantissant isolement et tranquillité. Mon chauffeur a une bouille hilare, une barbe impressionnante. Tous les kilomètres, il hoche la tête et me jette des coups d'œil chaleureux dans le rétroviseur en répétant :

— *Good place ! Very good place !*

Premiers instants sur les routes de l'Inde. Je n'ai connu que les rues de Calcutta, puis celles de Bombay. L'obscurité m'empêche de voir. Des gens déambulent, des enfants jouent, des femmes cuisinent, des hommes jouent à des jeux qui m'échappent, regroupés autour de tables basses improvisées. Des vaches, des chiens, des chèvres, des voitures, des motos, des vélos. Du bruit, beaucoup de bruit. Du monde, toujours du monde.

Nous arrivons au bout de la route, sur une place formée par ce coin de terre délimité d'un côté par la mer, de l'autre par une rivière. Beaucoup d'animation dans mon havre de paix ! Des odeurs de viande grillée, de crêpes chaudes et de barbe à papa, des familles vautrées sur le sable, des marchands de noix de coco et de jus de fruits, des petits restaurants aux toits de paille se succèdent tout le long de la plage juste de l'autre côté de Baga Beach Road. Sur cette place mal définie, un nombre invraisemblable de voitures, de taxis, et quelques autobus dont les pots d'échappement crachent une fumée noire et grasse.

Mon chauffeur continue d'ânonner : « *Good place ! Very good place !* » en transportant mon sac vers la réception. Un cochon noir me renifle les orteils.

Les chambres sont réparties dans des maisons basses disposées autour d'un jardin. Je remplis le registre sous le regard absent d'un jeune homme rivé à l'écran de télévision, les deux pieds sur le comptoir de la réception, subjugué par une chanteuse outrageusement maquillée déversant un air sirupeux avec des trémolos dans la voix. Sans considérer mon passeport, il me tend la clé du cottage 11.

Mon chauffeur barbu me salue :

— *Good place* !

Je lui tends un pourboire. Il se casse en deux dans une courbette embarrassante. « Tire-toi ! » Je ne me ferai jamais à cet excès de gratitude.

Enfin seule dans ma cabane du bord de mer. J'inspecte les lieux. Simples mais tout à fait corrects. Pourquoi être venue ?

Dormir.

Un coq a chanté, des chiens aboient, un lézard ocre me regarde prendre ma douche, ses yeux vifs rivés sur moi. Il n'est que sept heures trente, déjà les premiers coups de klaxon retentissent sur la place. J'ai très bien dormi. Je me sens fraîche et dispose, de bonne humeur. J'ai faim.

Les restaurants faisant face à la mer se ressemblent tous avec leurs toits de paille et leurs salles sans mur. J'ai jeté mon dévolu sur le *Bistro,* les fauteuils y sont grands, plus confortables, des sièges de rotin profonds aux dossiers très hauts. Les tables sont recouvertes de nappes à carreaux rouge et blanc. Installée directement sur la plage, j'ai commandé une salade de fruits frais, un thé et deux crêpes à la banane. J'ai posé mes pieds sur le siège voisin, basculé ma tête en arrière. J'observe et je savoure. Je suis en Inde ! Incroyable mais vrai. Fini la crasse et la misère, fini la surpopulation entassée dans les bidonvilles, il y a le ciel, le soleil et la mer, il y a des palmiers, des pêcheurs et des chiens. Les premiers Occidentaux bronzés arrivent pour s'installer sous les parasols. La vie s'organise dans une mollesse doucereuse et bienveillante.

Je suis moche ! Une grande carcasse osseuse et blanche. Mon maillot noir est sinistre, j'ai l'air d'une nonne en fugue. Mes cheveux sont trop longs, mon nez aussi ; j'ai les fesses creuses et la poitrine plate. Pourquoi ce regain de conscience à l'égard de ma charpente décharnée, ce corps dont je me suis toujours moquée, cette apparence tiers-mondiste alors que j'ai passé ma vie à me goinfrer ? Que m'arrive-t-il, moi l'orgueilleuse, moi qui me suis toujours fichu de ce dont j'avais l'air et de ce que l'on pouvait en penser ? « Trouvez-moi laide, j'adore ça ! » Hypocrite...

À peine l'ombre de quelques silhouettes bien faites à la peau bronzée sur le rivage et je suis ravagée. Dissimulée sous mes blouses blanches ou dans l'obscurité des chambres d'inconnus croisés à la dérive de mes nuits, je n'ai guère été confrontée à la réalité de mon apparence. Je m'en suis fait une force plutôt qu'un handicap. Aujourd'hui, en plein soleil, à l'autre bout du monde, sur ce coin de terre où tout est beau, comment ne pas jeter un regard objectif sur le profil renvoyé par le miroir ? Je me vois. Ce que je vois me déplaît. Tout ce que la fraîcheur des vingt ans enjolive n'est plus. Je suis sans âge. De ces physiques ingrats n'appartenant à aucune époque, mais que le temps n'absorbe jamais vraiment. Il glisse sans laisser sa marque, comme une larme ne mouillant pas la joue. J'attache mes cheveux, je les remonte sous une casquette, je me badigeonne copieusement de crème solaire, je mets mes lunettes noires, je respire un grand coup. « Vas-y, ma vieille, courage ! »

Il y a eu son cri. Un cri effroyable, désespéré, lacérant l'espace jusqu'à l'infini du monde, un cri de bête traquée déchiquetant l'atmosphère en lambeaux. Elle est restée figée les deux pieds dans une marre de pipi, immobile, l'urine dégoulinant le long de ses petites jambes couvertes de bobos. Raide, tendue, le corps bandé, inaccessible, intouchable. Seule. Une clameur obscure, indélébile. Mallika !

Je m'éveille en sursaut. Un rêve, un mauvais rêve. Celui qui hantera toujours mon sommeil. Mallika laissée derrière les barreaux de l'orphelinat de Calcutta. Cet infanticide a incrusté à jamais en moi désordre et culpabilité. J'ai voulu la sauver, je l'ai perdue.

Allongée sur un drap de bain, je me suis assoupie en plein soleil. La plage s'est peuplée. J'ai les cuisses cramoisies. Je transpire. Un des ouvrages du docteur Roy, *Les Fondements de la médecine indienne,* est resté fermé, déposé sur le sable près de mes lunettes et de mon tube de crème solaire. Je ne me sens pas très bien. Cette vision de Mallika, une image immuable en dépit des années passées, Mallika à quatre ans lâchant son cri de fauve capturé, une hallucination qui attise mes émotions comme s'il s'agissait d'hier, un événement imprescriptible me laissant sans trêve.

Trois fillettes me regardent en riant. Elles vendent de la pacotille, des bracelets tressés, des chaînes de cheville en faux argent, des paréos froissés à force d'être manipulés, des petites boîtes en faux marbre incrusté de fausses pierres précieuses. Je ne sais si ce sont mon air ahuri ou la couleur de ma peau, la longueur ou la maigreur de mes membres qui les font se gondoler. Elles me trouvent irrésistible. Je leur fais signe, un bon moyen de m'extraire de mon hébétude et de revenir à la réalité. Je suis à Baga, allongée sur une plage paradisiaque, j'ai les cuisses calcinées, le nez rouge, Mallika n'a plus quatre ans, elle en a treize, l'âge des fillettes qui se fichent de moi avec une joie contagieuse. Elles sont mignonnes. Jolies. Dégourdies. Elles vivent ici, travaillent du matin au soir, arpentent la plage de long en large, de Calangute jusqu'à Baga, en essayant de fourguer leur marchandise de mauvaise qualité aux touristes occidentaux avachis sur leurs transats. Elles travaillent, oui, enfants esclaves, au grand jour, au nez et à la barbe de tous ceux que le travail des enfants révolte mais qui n'interviendront jamais. Moi non plus, je n'interviendrai pas. Je me scandalise en silence ; tout ce que je peux faire, c'est acheter leur stock au complet en leur refilant l'argent qu'elles cherchent à gagner. Elles me regardent, incrédules. Elles se bousculent, un peu gênées. Elles se gondolent encore davantage. Je déplie un paréo, j'y entasse la marchandise avant de le nouer. Je leur tends des billets de cent roupies, beaucoup plus qu'elles n'en espéraient. Elles ne rient plus. Elles me regardent, fascinées. Elles contemplent les billets. Je les mets dans les mains de l'aînée. Impressionnée, elle me salue à l'indienne, les mains jointes sur l'argent, et s'enfuit en courant, suivie de ses deux comparses comme s'il y avait un danger. Un peu plus loin, elles se mettent à pousser des cris, tourbillonnant, les bras levés vers le ciel, comme l'avait fait le petit mendiant de Calcutta en sortant de la pâtisserie.

J'enfile jean et tee-shirt, ramasse serviette, livre et crème solaire. Sous les parasols, des Occidentales défraîchies se font masser par de jeunes apollons à la peau cuivrée et à l'érection facile.

À l'entrée de l'hôtel, j'offre mon balluchon au gardien assis près du portail à longueur de journée. Il affiche un sourire d'enfant comblé. La mère Noël a fait sa B. A. ! Maigre rachat pour une conscience troublée.

Du fric ! Une valeur erronée.

De l'argent gagné aisément en faisant mon travail. Un travail choisi et que j'aimais. Un salaire honorable me permettant de vivre à l'aise. Je n'ai rien fait pour mériter cette aisance. Je suis née au bon endroit au bon moment, dans un contexte où l'éducation, l'instruction et la connaissance étaient naturelles. J'ai fait des études de médecine sans efforts particuliers, j'avais des capacités qui m'ont facilité les choses. Je n'ai aucun mérite.

Ces fillettes qui se tapent des kilomètres à pied dans le sable brûlant sous la canicule pour gagner quelques roupies, les *dhobis* de Bombay qui triment comme du bétail pour laver des montagnes de linge parce qu'ils sont issus de la très basse classe des blanchisseurs, les prostituées de Falkland Road qui n'ont pas d'autre choix, les tireurs de rickshaw des rues de Calcutta, le gardien de l'hôtel qui s'enquiquine pendant quatorze heures, les femmes qui déambulent sur la plage avec des paniers de fruits sur la tête... tous méritent plus et mieux que ce que j'ai la chance de posséder.

Dépenser, gaspiller, donner. L'argent n'est pas fait pour être gardé. Il doit circuler. De vulgaires morceaux de papier qui peuvent se dévaluer en l'espace de quelques heures, précipitant les gens dans la misère. Les marchés boursiers s'effondrent en semant des vents de panique aux quatre coins du globe. Ceux qui possèdent frémissent à l'idée de perdre un peu, tandis que des fillettes trépignent de joie à la vue d'une petite liasse de roupies. L'argent n'est qu'un instrument de manipulation au service de ceux qui détiennent le pouvoir. Et les investisseurs qui placent leurs capitaux dans ce pays enrichissent l'Inde dans le seul but de s'enrichir eux-mêmes. N'y aurait-il pas un danger à donner un peu d'aisance à ceux qui n'en ont pas ? Les inciter à réclamer ce qui leur est dû en prenant le risque de voir s'effondrer une économie fondée sur la main-d'œuvre bon marché ? Les classes soumises engraissent l'élite depuis des millénaires.

L'argent est l'arme des âmes dénaturées qui cherchent à conquérir l'hégémonie du monde en imposant leurs règles didactiques et fallacieuses.

Un milliard d'individus d'une race intemporelle, un milliard d'hommes, de femmes et d'enfants qui décideraient de quitter leur marasme perpétuel, ne se contentant plus de l'aumône qui leur est accordée, un milliard d'êtres humains qui choisiraient de déserter leur misère sacrée et leur vocation d'ascètes pour se souvenir que, dans la *Bhagavad-Gītā,* Krisna encourageait son ami Arjuna à se battre pour « jouir d'un opulent royaume ». Lakmī et Ganeśha sont les symboles divins de l'opulence. Ils montrent l'exemple. Il n'y a pas de sacrilège à envisager l'aisance matérielle. Un milliard d'individus. Une bombe à retardement.

Mais qui sont les plus pervers, ceux qui misent sur le potentiel de ce pays dont la richesse deviendra un jour indispensable à celle du reste du monde, ou ceux de mon espèce, qui sans se l'avouer voudraient que rien ne bouge, que l'Inde conserve son pouvoir mythique vivant, un pays spirituel, onirique et visionnaire ?

« Ne touchez pas à mon temple, je cherche ! Je n'ai pas encore trouvé. Je déplore que tout soit sale et délabré, je récuse le marasme dans lequel ces pauvres gens évoluent. Ils sont démunis mais ils ont tant de grâce ! Je suis en pays de sainteté conquise, une terre nourricière de mes nostalgies et de mes manques. N'allez pas masquer la lumière avec une pluie d'argent pour pervertir ces nobles âmes ! Laissons-les crapahuter dans la fange. Laissons les enfants fouiller les ordures pour y dénicher des saletés à revendre. Laissons-les trimer comme des bêtes de somme. Ils ont une foi démesurée qui leur permet de tout supporter. Une foi que nous leur envions. Ne changez rien ! J'étais athée et je sens poindre la lumière. Je suis en voie de guérison. Je convoite une béatitude étriquée et égoïste, pour la rédemption de mon âme d'Occidentale pervertie. Ne touchez pas à ce coin du monde ! Je le veux intact, fossilisé dans l'histoire, je le veux inaltérable, immuable, un gage de fidélité à ce qui n'est plus. Les publicités envahissent le paysage, au milieu des rizières s'élèvent des panneaux flambant neufs prônant l'efficacité des téléphones cellulaires, des ordinateurs et des réseaux de communication par satellite, les téléviseurs déversent des images américaines, les enfants sirotent du coca-cola en allant déposer leur offrande de fleurs fraîches à l'élu du jour, la frimousse dissimulée à l'ombre de la visière d'une casquette de club de baseball. Les hommes et les jeunes garçons se baignent en maillot tandis que les femmes et les fillettes plongent dans la mer vêtues de leur sari, à quelques mètres d'Occidentales se baladant les seins nus. Si l'eau pouvait couler quand j'ouvre le robinet, si les interruptions de courant pouvaient cesser, si nous n'attendions plus des heures à la banque ou aux guichets des compagnies aériennes, si tout pouvait être plus propre et plus fonctionnel pour mon confort personnel, si... mais surtout ne touchez à rien et laissez-moi rêver ! »

Et Mallika? Mon sanctuaire, mon autel particulier, ma graine de piété à portée d'âme pour colorer la fadeur et le vide de ma vie ? Une petite déesse indienne pour redorer mon blason et déjouer ma solitude, comme on choisit un chaton dans une animalerie, petite boule de poils à tripoter pour panser nos blessures et assouvir nos carences affectives ? Ma planche de salut pour décrocher ma place au paradis ? Je ne crois pas au paradis.

Je m'écœure comme les autres m'écœurent. Je marche sur la route de Calangute sans pouvoir imaginer que ces villages engourdis sous le chaud soleil de midi ont pu servir des souverains hindous, arabes et portugais, qu'ils ont un jour été le centre d'empires qui dominaient le monde, et que cette route paisible et ombragée ait pu être le siège de batailles fracassantes qui firent couler le sang à flots. Les fillettes à la peau claire qui se moquaient ce matin sur la plage sont peut-être les petites-filles d'un membre d'équipage nazi d'un navire marchand allemand coulé au fond du port de Panjim; Goa était un refuge d'espions pendant la Deuxième Guerre mondiale. Quel méli-mélo ! Pèlerins, pirates, espions, marchands d'esclaves, saints, hippies, gourous, drogués, paumés, philosophes, artistes, réfugiés, exilés... toute la racaille du monde, au fil du temps, a foulé le sol de ce coin de terre idyllique avant que j'y traîne ma carcasse à mon tour. C'est comme l'acte spontané de respirer, nous n'y pensons jamais.

Les petites boutiques de vêtements se succèdent, à ciel ouvert, offrant un arsenal de fringues colorées et tentantes. Des familles entières venues de tribus du Nord portent leurs costumes traditionnels. Les femmes sont parées de bijoux de la tête aux pieds. Des Tibétains en exil depuis l'invasion chinoise tentent tant bien que mal de survivre en vendant les objets qu'ils ont pu sauver dans leur fuite. Un cocktail de races et de physiques cohabitent en belle harmonie : peau très foncée, peau claire, profil mongol, yeux verts ou yeux bridés d'un noir profond. Et tous ces sourires, engageants et contagieux même s'ils sont intéressés, des mains qui saisissent les miennes, des regards qui s'attardent et m'absorbent, d'autres qui me troublent, une nonchalance et une désinvolture qui déconcertent autant qu'elles séduisent.

Je comprends Bob. Alléchant de succomber à la tentation de tout abandonner ! Tout effacer. Se noyer dans la foule en laissant le passé se dissoudre. Accorder au lieu le droit de confondre l'histoire. J'arrache la page et je recommence :

« Moi, Olivia Thomas, née à Goa un jour de l'an 1998 après Jésus-Christ...

Moi, feue Olivia Thomas, décédée sur la route de Goa un après-midi très chaud de l'hiver 1998... »

Moi... Qui suis-je et pourquoi être allée si loin ?

Je recherche ma fille, Mallika Thomas, disparue au cours de l'année 1991 à Calcutta. Elle avait cinq ans, les cheveux longs, elle portait une robe bleu et blanc, elle était jolie, joyeuse, elle avait un grain de beauté sur la hanche droite, un sourire merveilleux, deux fossettes irrésistibles et un regard inoubliable. Elle m'appelait « maman ». Je l'aime ; elle me manque.

Incapable de changer d'identité comme un serpent mue en laissant son exuvie au bord du chemin, incapable de gommer l'histoire, j'ai mis mes pouvoirs de thaumaturge à l'épreuve. Voir si mes talents de magicienne métamorphosant mon apparence auront quelque ascendant sur l'intérieur. En transformant ma silhouette, voir si le malaise lâchera au fond du corps et de l'âme, m'accordant un peu de répit. J'ai fait tondre mes cheveux. Le barbier amusé m'a conseillé de me méfier du soleil ! Je me suis offert un chapeau de toile à larges bords brodé de motifs bariolés. J'ai largué mes éternels jeans et mes tee-shirts aux couleurs tristes pour m'affubler de tenues locales, longues jupes vaporeuses, tuniques décolletées, pantalons bouffants et vestes assorties. Pour parfaire l'ensemble, je porte un collier lourd en vieil argent incrusté de pierres semi-précieuses. Une pièce de collection arrivée tout droit du Tibet. Son propriétaire a tenté de m'expliquer son histoire, un récit long et complexe auquel je n'ai rien compris. Il éloigne les mauvais esprits et les maléfices. Des chaînes en argent aux chevilles, un sac en cuir tressé en bandoulière, qui pourrait reconnaître le docteur Thomas ? Un moment d'égarement ou de lucidité extrême, une envie de nettoyage et de renouveau, un besoin de neuf et de jamais vu. Ainsi parée, j'ai regagné Baga par la plage, cinq petits kilomètres les pieds dans l'eau, la jupe trempant dans les vagues, à examiner la faune squattant le sable. Comment imaginer qu'un mal quelconque puisse sévir dans un décor de carte postale offrant tous les clichés des plages tropicales ? Il y a de tout, du ravissant au plus obscène, de l'enchanteur jusqu'au plus laid. Des enfants indiens se baignent tout habillés, des petits blondinets nus construisent des châteaux de sable, des bandes d'hommes jeunes en pantalons et chemises, souliers aux pieds, déambulent d'un bout à l'autre de la plage en examinant les corps d'Occidentales étalés au soleil. Des seins, des fesses, des ventres... de quoi se rincer l'œil discrètement derrière leurs lunettes noires. De l'érotisme bon marché attirant des cars entiers de visiteurs le dimanche. Ils viennent en famille examiner ces corps offerts. Les femmes sourient, gênées. Les hommes font semblant de ne rien voir. Un manège à la fois naïf et pervers, un accord tacite et silencieux. Des homosexuels vieillissants, aux corps trop bronzés, se prélassent dans des attitudes équivoques ou jouent au volley, un cache-sexe pour seule protection, les fesses au vent, les chairs un peu flétries sans plus rien d'engageant. Des masseurs arpentent le sable chaud, les vêtements douteux, un petit flacon d'huile tout aussi douteuse à la main, une serviette éponge immonde jetée négligemment sur l'épaule, à la recherche de corps avachis sur les transats, des corps en partie décatis, avides de mains fermes et expertes pour leur redonner l'espace d'un frisson des sensations oubliées. En découvrant ce que la plage confie le jour, je me demande ce qui se trame dans les chambres obscures des nuits de Calangute. Que de détresse dissimulée derrière tant d'obscénité ! Je les trouve pathétiques, ridicules et grossiers. Il y a de la désespérance dans leur avidité à plaire, à séduire et à se faire tripoter en échange de quelques roupies par de si jeunes mains. Des sportifs aux corps musclés font leur jogging, des yogis totalement immobiles dans des postures stupéfiantes attendent le coucher du soleil, et puis toujours ces femmes, des paniers de fruits sur la tête, à poursuivre leur inlassable marche, d'un bout à l'autre et du matin au soir, affichant un sourire éternel et gardant l'espoir de rapporter quelques roupies à la maison. Plus je me rapproche de Baga, plus la plage est aérée; davantage de barques de pêcheurs, d'animaux en liberté, d'autochtones flânant pour savourer la douceur de cette fin d'après-midi. La plage n'a jamais été ma passion. M'étaler des heures au soleil en laissant cloquer ma peau en attendant de mourir idiote, pas vraiment mon truc ! J'ai besoin de bouger, besoin de mouvement et d'action pour cultiver l'illusion de ne pas perdre mon temps.

Arrivée au niveau du *Bistro,* je m'éloigne du rivage. Je reprends la place de mon petit-déjeuner, ma table recouverte d'une nappe rouge et blanc, mon fauteuil profond face à la mer. La lumière du jour commence à baisser. Il fait bon. Des pêcheurs démêlent leurs filets. Les chiens chahutent. La marée basse laisse à découvert une vaste étendue de sable mouillé dans lequel se reflètent les premières lueurs rosées du couchant. J'enlève mon chapeau. Le serveur passe sa main sur mon crâne chauve en attendant ma commande.

Jus d'ananas frais, rhum blanc et rhum ambré. Explosif ! De quoi me faire découvrir les bases de l'Ayurveda sous de bons auspices. Je sors le livre du docteur Ray Roy : *Les Fondements de la médecine indienne.* Vaste programme pour mon premier soleil couchant.

Dès le lendemain, j'instaure un rythme auquel je resterai fidèle. Si je perçois l'amorce d'un relâchement, je n'en suis pas au stade des Indiens. Je les observe, je les vois vivre, ils me fascinent. Ils ont une joie et un rire innocents, les fruits d'une enfance jamais révolue éclaboussant leurs jours, un bonheur d'exister plus puissant que les épreuves qui leur sont imposées. Ils entretiennent un rapport ludique avec la vie, ils ont une allégresse innée, une façon de jouer avec leurs divinités comme ils le feraient avec des copains complices, sans jamais les prendre trop au sérieux, alors que nous restons hantés par le poids du péché. « L'ordalie, grand-mère. L'ordalie ! »

Si j'avais un soupçon de désir de rachat, je pourrais m'imposer un pèlerinage d'un genre nouveau ; faire le tour des cent églises de Goa en allumant un cierge dans chacune d'elles ; remonter chaque allée principale à genoux et me frapper le front sur les marches des autels en quémandant l'absolution.

« Les religions sont des chemins qui mènent à Dieu, mais elles ne sont pas Dieu. » *Dixit* Rama Krishna, un sage du siècle dernier dont j'ignore tout. Il avait raison !

Si je dois trouver Dieu, si je suis une infime mais non négligeable parcelle de Dieu, le chemin qui m'y conduira sera différent. Comme l'est celui me conduisant à ma fille.

À l'Indien, sa seule réalité terrestre prouve l'existence de Dieu. Sa joie d'être est plus forte que tout. Ils sont les enfants de leurs divinités. Ils sont Dieu. Ils ont un sens phénoménal de l'unité cosmique, de la fusion de la terre et du ciel, dont ils se sentent à la fois les réceptacles et les véhicules.

Je les envie. J'entends leurs rires fuser, je croise leurs regards intenses. Ils affichent des sourires éclatants et moi je cherche, les sourcils froncés et le profil bas. Je cherche et je voudrais des preuves. Je cherche et je me sens si seule.

Chaque matin, je nage au lever du jour, quand la plage est déserte et que les barques des pêcheurs reviennent au rivage. Je cours, le corps mouillé. Le vent caressant mon crâne chauve, je cours jusqu'à épuisement en attendant l'ouverture du *Bistro.* Je m'effondre alors, affamée. Je me goinfre de crêpes et de jus de fruits frais puis vais prendre ma douche et m'installe à l'ombre, devant ma chambre, face à un massif de fleurs soigneusement entretenu. Je lis trois heures, prenant des notes et revenant sur certains chapitres. Les ouvrages du docteur Roy me passionnent, ils me fascinent et me troublent, ils m'interpellent en remettant en question mes connaissances et ma façon d'appréhender le corps humain. Je ne trouve ni repos ni répit, juste une soif démesurée de découvrir, d'apprendre en prenant le risque de tout remettre en cause.

Je marche le long de la rivière à travers la campagne. Une campagne magnifique et verte où commencent à fleurir des palaces dénaturant le paysage. Je marche ainsi chaque soir dans la lumière douce du crépuscule, quand la brûlure sauvage du soleil de l'après-midi capitule enfin. Je m'enivre de lenteur et de paix, j'ajuste mon pas au mouvement ralenti des barques remontant les eaux vertes et peu profondes, aux gestes des paysans travaillant dans les champs, ballet méthodique et indolent auquel la pérennité accorde une forme de grâce.

Je marche et je pense. L'Inde ne m'a pas encore transmis le pouvoir de faire taire mon mental agité. Je pense à ce que j'ai lu dans la journée. Je n'ai plus les idées claires. Trouble et confusion, envie de persévérer ou de tout abandonner. Je ne sais plus très bien ce que je suis en train de poursuivre et pourquoi. Mallika n'est pas à Goa.

Occidentale, médecin, bientôt trente-sept ans, je suis en Inde pour retrouver ma fille, je me laisse fasciner par un système médical antique vieux de plus de deux mille ans, l'Ayurveda, le « savoir *(veda)* sur la longévité *(ayur)* ». Une approche médicale globale de la personne qui accorde une importance considérable au temps, la succession des jours et des nuits, le cycle des saisons, une conception directement reliée aux rythmes biologiques du corps. Une approche holistique de l'individu englobant toutes les manifestations somatiques et psychiques. L'Ayurveda est la science de la vie. Une science qui approfondit la connaissance de tout ce qui contribue à la rendre harmonieuse et longue. Selon l'Ayurveda, le corps humain, la Terre et l'Univers entier fonctionnent à partir de la même énergie et sont étroitement liés. L'homme est un microcosme de la nature, composé des cinq éléments qui constituent le cosmos : l'éther, l'air, le feu, l'eau et la terre. De l'unité et de l'équilibre entre ces éléments dépend le bon fonctionnement du corps. C'est la science de la vie en mouvement, ne dissociant pas l'équilibre et le fonctionnement d'un individu du reste de l'Univers.

Je marche.

Moi, médecin occidental ordinaire fasciné par la médecine indienne à marcher sur une route de Goa, alors que le premier médecin européen à avoir apporté en Inde les bases de la médecine occidentale était le Portugais Garcia da Orta, qui s'installa précisément à Goa en 1534 pour ne plus quitter l'Inde, où il mourut. Troublante coïncidence. Serait-il un antique maillon de la chaîne ?

Je m'assieds à l'ombre d'un palmier en bordure de la rivière. J'ai marché longtemps. J'ai soif. Il n'y a plus âme qui vive. Le vert de la campagne s'étend à perte de vue, une brise chaude me câline, seule rumeur au sein d'un silence plein. Je suis bien. Je passe ma main sur mon crâne tondu, je pense au docteur Freud, je souris. Je laisse mes pieds pendre, j'agite un peu l'eau. Ma pensée poursuit son errance.

Il y a vingt siècles, les pionniers de l'Ayurveda, pour découvrir et étudier l'anatomie du corps humain, laissaient les cadavres se décomposer dans l'eau courante pendant plusieurs jours avant d'en séparer les différentes parties à l'aide d'un scalpel fait d'une lame de bambou. La morale brahmanique interdisait la dissection des cadavres. Ils décrivaient le cœur comme étant un bouton de lotus, l'estomac le « réceptacle du cru », l'intestin le « réceptacle du cuit ». Des descriptions naïves et poétiques. Les balbutiements d'une anatomie fouillée de fond en comble depuis. Ils étaient des précurseurs avertis.

Des poètes et des sages qui tentaient d'explorer les entrailles de Dieu.

J'arrache un brin d'herbe pour le loger entre mes deux pouces. Je souffle pour émettre ce sifflement étrange et rauque que j'aimais tant lorsque j'étais enfant.

Drôles de vacances.

Rejoindre le *Royal Club Goan Beach,* aller m'installer au bar sur le toit et me taper quelques verres de scotch.

Je ne sais pas comment j'ai regagné mon hôtel. À moins de prendre l'unique route en sens inverse, on risque fort d'arriver à bon port. Un guide inspiré m'a fait prendre la sortie du bon côté. Ma nuit fut brève, trop vite interrompue par un rêve désagréable.

Une femme roulait une poussette d'enfant dans la rue déserte d'une ville grise. De hauts édifices bordaient la rue. Elle était seule sur le trottoir. Je me suis approchée mais je n'étais pas dans l'image ; un vent violent, glacial, faisait tourbillonner des feuilles sur le macadam. Je me suis penchée sur la poussette pour y découvrir un nourrisson nu, recouvert d'un mince linge blanc. Cet enfant avait le corps d'un bébé naissant et le visage de Mallika à cinq ans, la dernière fois que je l'ai vue, avec deux nattes relevées nouées avec un ruban blanc. J'ai poussé un cri en disant qu'elle allait attraper froid. La femme s'est mise à rire aux éclats en retirant le linge. Le bébé avait un corps de nourrisson nu, sans sexe, avec un visage de fillette de cinq ans. Il avait un cordon ombilical d'une longueur impressionnante, tout enroulé sur son petit ventre comme un tas de corde abandonné. Terrible. Les cris du bébé, le rire de la femme, le visage de Mallika.

Je me suis éveillée en sursaut, suante sous ma moustiquaire mal fermée, tout habillée, le crâne douloureux et la bouche pâteuse, la porte de ma chambre restée entrouverte, la lumière de la salle de douche allumée. Aucun souvenir de ma soirée.

Prendre une douche, mais il n'y a pas d'eau.

J'ai quitté ma chambre et marché jusqu'à la plage. La lune est grosse, presque pleine, elle éclaire suffisamment pour qu'on circule sans encombre. Sur le sable, des groupes de personnes dorment, serrées les unes contre les autres. Des chiens aboient sur mon passage. Enveloppée dans ma serviette de bain, je vais finir la nuit assise au bord de l'eau, à l'abri d'une barque, à attendre l'aurore.

Mallika. Si je pouvais soustraire son visage de ma mémoire ne serait-ce qu'un temps, comme le souvenir paisible de David a su trouver sa place sans perturber mes jours.

Je ne retrouverai pas Mallika. Bob a raison, elle est perdue au milieu de six milliards d'hommes, de femmes et d'enfants. Elle est partout, elle n'est nulle part. Elle est devenue un rêve insensé, une obsession, une sorte de déviation faisant bifurquer ma vie dans une étrange direction alors que j'ai pu vivre sans elle pendant huit ans.

Il y a eu la mort de David. Il y a eu ce visage de fillette sur mon écran d'ordinateur. Il y a eu un vide insupportable suscité par l'ennui et la perte de conviction dans mon travail. Il y a eu l'usure de mes leurres et de mes faux-semblants qui se sont dissipés au fil des ans pour me laisser face à mon vrai visage. Il y a eu la dégradation des services de santé et celle de la société. Il y a une forme de lassitude et de déception devenues constantes. Ils m'acculent à reconnaître l'évidence : je n'ai pas trouvé ce que je cherchais.

J'aimerais entendre mon père. Je ne l'appellerai pas, je n'ai rien à lui dire.

J'envie Matt, qui a su trouver son chemin. À cinq ans, il savait déjà; il ne s'était pas trompé.

Demain, je quitte Baga. Je prends un bus de nuit pour Mangalore. De là, je rejoindrai Kottakkal en voiture particulière avec un chauffeur. Kottakkal est perdu dans les hauteurs du Kerala, à l'intérieur des terres. Un lieu difficile d'accès.

Je me demande ce que je vais faire là-bas et si j'ai raison d'y aller. Le docteur Roy ne va pas bouleverser ma vie ni m'enseigner les bases de la médecine indienne, pas plus qu'il ne m'apportera la réponse sur un plateau d'argent. Ma réponse !

Je suis ici depuis six jours; j'ai répondu à une suggestion de Bob en imaginant qu'il pouvait s'agir de la prochaine étape inscrite. Je perds tout discernement. Je n'ai pas fait dorer ma peau au soleil, j'ai fait raser mes cheveux, j'ai changé de vêtements, je n'ai pas échangé trois phrases au cours de mon séjour : bonjour, bonsoir, merci. J'ai attendu que le temps passe pour rejoindre Kottakkal.

Le ciel est pur, éclaboussé d'une myriade d'étoiles. Allongée sur le sable, je laisse mon regard s'y noyer. J'ai un peu froid. Un froid intérieur, profond et inconfortable. Un froid de doute, un froid de solitude, un froid d'absence. Je ne me connais plus. Je me recroqueville et serre la serviette autour de moi.

David perdu au milieu de ces milliers de constellations ? David ailleurs, dans un autre monde, au-delà de cette barrière sombre sans fond, dans un décor d'opérette ou de fête foraine ? Je ne crois ni à l'enfer ni au paradis. Je crois à une sorte de continuité ou à une interruption brutale. Il n'y a pas d'autre monde. Il y a ce monde, celui auquel nous appartenons; celui de la terre, de la mer, du ciel et des étoiles. Celui qui nous enchante et nous détruit, celui qui nous provoque et nous console, celui si dur à vivre et à supporter parfois, celui s'étalant sous mes yeux, là maintenant et depuis toujours. David n'a pas quitté ce monde. Il est dans ce monde ; il en est une part intégrante et active. Il est dans l'air que je respire, il fait partie de mes doutes et de mes certitudes, il est ma tendresse et mon trouble. Il n'a fait que se dissoudre. Il est là ; il est bien et définitivement là.

On dit que la mort d'un enfant est redoutable. En s'éteignant dans mes bras, David m'a offert la preuve du contraire. Je n'ai rien vécu de plus doux, d'aussi magistral et absolu, rien de si étrangement réconfortant que l'instant de son dernier souffle et les minutes qui ont suivi. Il y a eu un soupir, un soupir hors du temps et de la matière, comme un souffle global, une respiration beaucoup plus vaste que celle du corps. Une chaleur, une puissance, une intégralité, une lumière invisible perçue au-delà du regard. Une perception étonnante et indicible. Un instant de vérité. Nous avons tout gobé depuis des lustres sans jamais rien comprendre. Nous avons cultivé les peurs et entretenu les croyances. L'âme, comme une colombe blanche échappée d'un chapeau de magicien ! « Coucou, c'est moi ! Tirez-vous, je circule ! » Un oisillon quittant sa coquille. Pour que l'oisillon quitte la coquille, il a fallu que l'œuf se transforme en oisillon. Et l'oisillon, il était déjà oisillon à l'intérieur de la coquille avant de la fracturer et de la déserter ! Alors, cette âme, cette colombe idyllique mais insaisissable d'un imaginaire collectif savamment nourri, comment était-elle, où se logeait-elle, que faisait-elle avant d'abandonner sa dépouille sur terre pour rejoindre des galaxies inconnues faisant rêver certains et crever d'autres de trouille ?

Quelque chose s'est passé à l'intérieur des corps. Du sien ; du mien. Un mouvement, une sensation inexprimable jamais approchée. Ce n'était pas irréel, ce n'était pas un rêve, ce n'était pas hors du temps et de la matière, c'était là, dans cette chambre d'hôpital, c'était vivant, dans mon corps et dans le sien. C'était là partout autour de nous, dehors et dedans, dans la tête, dans les yeux, au fond du ventre. À cet instant, j'ai su : c'est ça ! Et c'est si simple.

J'ai bercé David contre moi longtemps après son dernier souffle. Je n'étais pas triste. Il ne souffrait plus. Nous étions bien, enveloppés d'un voile de douceur et de paix. Au fond de moi, une petite voix répétait : « Je sais... »

Aujourd'hui, je ne sais plus.

J'ai coupé, disséqué, exploré, ouvert, fouillé, recousu, examiné, étudié, à mains nues, à l'œil nu, au microscope, aux rayons X. Radios, scanner, échographies, analyses, biopsies... j'ai tout vu et je n'ai rien trouvé.

Pourtant, la réponse est à l'intérieur du corps; c'est bien dedans qu'il faut chercher. Inutile de sonder les cieux d'un regard inquisiteur. David n'a fait que conforter mon intuition. Ce qu'il m'a fait vivre au moment de sa mort est ce que m'avait offert Mallika dans la vie. Deux moments similaires. Ils m'ont mise en contact avec cette part de moi-même que je suis incapable d'atteindre seule. Ils m'ont permis d'exister dans une autre dimension, aussi réelle et perceptible que le sont ma peau et mes os, mon intellect ou mes émotions. C'était très vrai ! C'était là et c'était moi. Je l'ai perdu. Et je les ai perdus l'un et l'autre puisqu'ils ont déserté ma réalité quotidienne, ordinaire. Ils se sont soustraits de mon champ. Je ne peux plus ni les toucher, ni les sentir, ni les voir.

Ils m'ont mise sur la voie avant de disparaître.

Ils sont les enfants de ma vie vraie.

Je ne cherche pas David. Je devrais cesser de chercher Mallika.

Au moment de la rencontre, au-delà de l'apparence, beaucoup plus profond que les contours d'une petite fille de quatre ans, il y a eu son regard... un regard sachant discerner ce que nous ne voyons pas. C'est lui qui m'a reconnue, conquise, troublée avant de me capturer.

Ce regard existe. Il est là, quelque part, comme l'est encore celui de David. Des regards de sages. Une sagesse lumineuse pour irradier les âmes.

J'ai laissé la mienne s'obscurcir.

« Le souvenir, l'imagination sont des douleurs issues du plaisir. L'amour n'est pas le plaisir... L'amour est aussi souverain que la mort. » Je devrais replonger dans le *Journal* de Krishnamurti comme on s'immerge dans un bain de jouvence. J'ai grand besoin d'un coup d'éclat.

Mangalore... Kottakkal

« *A very luxury bus.* » C'est ce que m'avait dit l'homme de la réception de l'hôtel en m'encourageant à faire ma réservation il y a trois jours. J'ai cru au confort et au luxe promis. Un bus de nuit pour Mangalore... six cents kilomètres dans un tapecul plein à craquer. J'ai eu un mouvement d'hésitation avant d'embarquer. Sécuritaires, ces engins-là ? À voir l'air détendu des voyageurs, j'aurais dû être rassurée. Je ne l'étais pas. Ma chambre d'hôtel était déjà occupée par un couple d'Allemands depuis midi, j'avais payé mon billet, je devais être à Kottakkal deux jours plus tard. Je n'avais plus grand choix. J'embarquai dans la carcasse cabossée, le vrombissement du moteur poussif laissant présager une inévitable panne au milieu du trajet. Des hommes s'étaient installés pour la nuit, avachis sur des banquettes défoncées, la tête calée contre les fenêtres sur des tas de tissu ou des oreillers. Il n'y avait qu'une femme, jeune, avec un bébé dans les bras. Une musique stridente saturait l'espace. Le chauffeur rectifiait sa coiffure en se regardant dans le rétroviseur tout en marquant la mesure du pied. J'ai pris le seul siège libre. Il s'agissait bien du numéro figurant sur mon ticket. Aucun doute, ma réservation avait été faite pour ce voyage initiatique à Mangalore ! Initiation à l'Inde profonde, au milieu d'une foule dont j'ignorais tout. Une nuit d'une promiscuité à laquelle je n'étais pas habituée. Une proximité troublante, un peu effrayante ; seule

Occidentale au milieu de ce bus délabré rempli d'Indiens. L'unique autre femme, timide et soumise, à demi voilée, la tête recouverte d'un pan de son sari, gardait son bébé endormi contre sa poitrine; son mari dormait profondément, la tête reposant sur son épaule. Mon voisin lisait. Maigre, vêtu de blanc, il portait des lunettes à monture noire épaisse. Il sentait bon. Un parfum ambré. Il avait des doigts longs et fins. Ce n'étaient pas des mains qui travaillaient la terre, pas plus qu'elles ne devaient remonter des filets de pêche aux petites heures du jour. Des mains d'intellectuel. Sa présence me rassurait. Il avait proposé de monter mon sac. Je préférais le garder sous mes pieds. À l'entrée du bus, à proximité du tableau de bord, une collection de dieux et de déesses en bois de santal étaient alignés en bon ordre. Au-dessus du chauffeur, en hauteur, une image bariolée représentait une autre divinité parée d'un collier de fleurs fraîches éclairée par une petite ampoule rouge. Un bâton d'encens brûlait. Je décidai de me détendre et de savourer l'aventure. Le lendemain à sept heures, je serais à Mangalore. Dans un nuage de poussière ocre, mon *luxury bus* démarra en trombe à l'heure prévue.

Le chauffeur roula comme un fou toute la nuit, ne s'arrêtant que pour faire un arrêt-pipi dont je ne profitai pas. Nous traversions la campagne indienne, des villages endormis, des rizières, des palmeraies dont je discernais à peine les formes tant l'obscurité était dense. C'était étrange de rouler ainsi à travers ce continent, dans le silence de la nuit. Les voyageurs étaient paisibles. La plupart dormaient. Mon voisin lisait toujours à l'aide d'une lampe électrique. Il ne m'adressa pas la parole. Je ne dormais pas. Mon siège était cassé; mon dossier s'effondrait sur l'homme assis derrière moi. Je m'efforçais de rester droite, me cramponnant dans les virages. Impossible de s'énerver au sein de tant d'abandon et de paix. Je me suis laissé contaminer par leur flegme et leur patience, prenant l'expérience avec un brin d'humour. J'arriverais bien un jour!

Les premières lueurs de l'aube me confièrent les faubourgs de Mangalore, une ville industrielle et moderne assez vilaine où, si l'on en croit les guides, il n'y a rien à voir. Une simple étape sur la route de Kottakkal.

C'était la nuit dernière.

Arrivée entière dans cette ville de quatre cent soixante-cinq mille habitants dont la principale activité est l'exportation du café et des noix de cajou, je me suis installée dans le premier hôtel croisé, le *Moti Mahal*, une grande bâtisse sans caractère, à proximité du premier arrêt du bus. De taille imposante, il possède un café, deux restaurants et une piscine, tout ce qu'il faut pour y passer la journée et la nuit, sans avoir à sortir, avant de reprendre ma route. Je n'avais pas réservé. Je ne veux séjourner qu'une nuit. Les préposés à la réception tergiversent, hésitent, disent qu'ils n'ont plus de chambre puis me proposent une suite. O.K.! Je veux prendre un bain, me coucher quelques heures et après aller m'écrouler au bord de la piscine en sirotant une bière.

Une suite vaste, composée de trois pièces : un premier salon avec canapé, fauteuils, table basse et un téléviseur; une grande chambre avec un lit immense; une troisième pièce, plus petite, avec un réfrigérateur, une table, une chaise et une armoire, et communiquant avec la salle de bains. Une suite indienne, où le semi-luxe est toujours pitoyable. Les moquettes sont rongées par l'humidité, les murs sont douteux, le réfrigérateur ronfle sinistrement, la climatisation fonctionne uniquement dans le salon, l'eau dans la baignoire est couleur de rouille et odorante. Le téléviseur fonctionne mal, les images sautent, l'écran est barré de zébrures noires et blanches. Une suite royale! Chère India! Inde unique, offrant un visage de beauté blessée. Un fruit trop mûr, presque avarié. Tout le monde lave, frotte, trime, sans pouvoir stopper cette gangrène lente et sournoise; irrémédiable. Une lèpre immuable la rendant touchante, une fois dépassée la déception de ne jamais rien trouver d'impeccable. C'est un peu comme le visage d'un sans-abri, ou d'une personne rongée par la maladie, pouvant inspirer révulsion et dégoût avant qu'on y découvre au fond du regard noblesse et dignité. L'Inde, c'est un peu de fange à gratter pour rejoindre la lumière. Elle éduque, en contraignant à un effort constant. Elle oblige à dépasser l'image. Elle nous violente en nous imposant d'aller voir un peu plus profond, au-delà des apparences. Nous nous y trouvons invariablement confrontés à des ombres, des traces, des taches sur les nappes et les serviettes pourtant lavées, sur les murs, les sols, les uniformes. Poussière et moisissure, partout, une dégradation irrémédiable suscitée par une surpopulation, un climat corrosif et un air vicié. Ils sont un peu à l'inverse de ce que nous sommes. Nous voulons plus et mieux, toujours, alors qu'ils évoluent démunis, au sein d'une vie sans commodités, sans confort, sans hygiène, mais avec une force intérieure lumineuse et confiante. Un degré d'acceptation redoutable, et une capacité surnaturelle à se réjouir du peu qu'ils ont.

Ils me sidèrent. Je me trouve bien ordinaire.

J'ai laissé les lourdes tentures fermées. Le soleil plombe et la vue est déprimante : un mur décrépi et une station-service avec quelques épaves de voitures en réparation.

Je m'immerge dans mon eau rouillée; le fer, c'est bon pour la santé !

Il fait une chaleur accablante, sans le moindre souffle d'air. Confortablement installée sur une chaise longue à l'ombre d'un parasol en bordure de la piscine, j'observe un enfant d'environ dix ans transportant sur sa tête des paniers de cailloux pour un chantier de construction, au fond du terrain. Inlassablement, il remplit, transporte en pleine canicule, en longeant la piscine. Une fois son panier vidé sur le chantier, il revient et recommence. Il est maigre, petit, sa peau est blanchie par la poussière, des rigoles de sueur lui dégoulinent sur le visage, rayant ses joues. Il marche d'un pas régulier et lent, il regarde un homme nager ; un Occidental blond et bronzé, seul baigneur en ce milieu d'après-midi. Je suis toujours stupéfaite du peu de personnes se baignant dans les piscines des hôtels, dans un pays où la chaleur est insupportable. Impossible de se faire servir une bière. Ce sont les élections, l'alcool est prohibé pendant quatre jours. En désespoir de cause, je bois un thé glacé.

L'homme sort de l'eau, éponge négligemment son visage, ramasse serviette, cigarettes et briquet et vient vers moi. Un beau garçon, cheveux blonds et yeux verts, une désinvolture dosée ajoutant à son charme. Il fut un temps où je l'aurais dévoré tout cru ! Je le sens conscient de son pouvoir de séduction, suffisant, sûr de lui. Il me montre le transat voisin du mien :

— Je peux ?

Je fais un signe affirmatif sans souffler mot ; je replonge dans ma lecture. Il n'a pas envie que je lise. Il allume sa cigarette, tire une bouffée profonde, bascule sa tête en arrière et caresse son torse d'un geste de satisfaction.

— Vous êtes en vacances ?

— Non.

Il m'agace ! Mon livre glisse, la photo de Mallika servant à marquer ma page tombe au sol. Il la ramasse, la regarde longuement puis me la tend.

— Qui est-ce ?

— Ma fille.

Il me reprend la photo des mains. Il l'examine, songeur.

— Elle ne vous ressemble pas.

— Mon fils me ressemble davantage.

— Quel âge ?

— David est mort. Il avait trois ans.

Il me regarde, décomposé.

— Terrible. Vous l'avez enterré ici ?

Je le sens mal à l'aise, troublé.

— Je l'ai confié aux eaux du Gange... à Vārānasi, dans un de ces *ashrams* faits pour y mourir. J'ai suivi la coutume. Je lui donnais un peu de l'eau du Gange à boire chaque matin. J'ai brûlé sa dépouille sur un bûcher en bordure du fleuve. J'ai mélangé ses cendres à une poudre rouge, je les ai roulées en boule et déposées sur une feuille de lotus. Pour la cérémonie, j'ai fait raser mon crâne, en acte d'offrande et de purification.

Je me passe négligemment la main sur la tête. Il me regarde, profondément perturbé. Nous restons silencieux quelques minutes. Il se trémousse sur son siège, allume une autre cigarette. Autour de la piscine, le petit garçon poursuit son transport de cailloux.

Il se décide enfin :

— Votre famille vous a laissée faire !

— Mes parents et mon frère sont morts.

— Vous portez la poisse !

Il se lève, ramasse ses cigarettes et son briquet, enfile son tee-shirt, embarrassé.

Il rit, un rire forcé qui lui va mal.

— Je déteste ce pays. Il rend les gens cinglés !

Il m'a jeté un dernier regard affolé avant de disparaître à l'intérieur de l'hôtel. J'éclate de rire. Un rire merveilleux faisant lâcher à l'intérieur du corps une foule de tensions. Le petit garçon transportant son panier s'arrête, me regarde et me sourit. Je plonge en l'aspergeant. Il rit à son tour et poursuit sa route.

Je passe le reste de l'après-midi et ma soirée en bordure de la piscine, à alterner bains et somnolence doucereuse. Je n'ai pas lu la moindre ligne. Vers dix-huit heures, les clients de l'hôtel quittent les chambres pour venir nager ou se prélasser sur la terrasse. Essentiellement des Indiens, des hommes d'affaires et des familles aisées. J'ai mangé des frites et un hamburger, bu deux coca-cola en observant le manège d'une famille de petits singes, le père, la mère et deux bébés adorables installés sur un grillage délimitant le chantier de construction du reste de l'hôtel. Ils arrachaient les fleurs bleues d'une plante grimpante courant le long de la clôture, ils en suçaient le cœur puis les jetaient; comme je faisais avec des fleurs de trèfle dans mon enfance. Ils ont massacré intégralement la plante. Les fleurs gisant au sol, ils ont disparu comme ils étaient venus.

Les haut-parleurs diffusent des chansons de Madonna et de Céline Dion. Le petit garçon a cessé ses voyages de pierres vers dix-sept heures. Derrière le bar, un calendrier à l'effigie de Mère Teresa pend lamentablement à un clou.

La nuit n'apporte pas de fraîcheur. Je regrette la brise de Baga et la douceur de ses nuits.

Vers vingt et une heures, je regagne ma chambre sans revoir l'ombre du bel Occidental aux yeux verts.

Ma voiture avec chauffeur est réservée pour demain matin à huit heures.

Une Ambassador beige clair rutilante comme un sou neuf, un chauffeur d'une trentaine d'années tout aussi reluisant, chemise impeccable, cheveux lustrés, la raie bien faite, rasé de près. Il a tendu du tissu éponge sur la banquette arrière, les vitres sont teintées, la brochette de divinités est installée sur le tableau de bord, fidèlement encensée et fleurie. Il se présente :

— Murgan.

Je lui tends la main :

— Olivia.

Il la serre, un peu gêné, en baissant les yeux. Il a placé mon sac dans le coffre. J'embarque, confiante. Trois cents kilomètres jusqu'à Kottakkal. Six à sept heures de route.

Murgan est courtois. Il me demande si la musique ne me dérange pas, une musique indienne étonnante. J'aime ! Il est content. Je lui offre des pastilles à la menthe, il me propose des petites graines d'anis enrobées de sucre. Il ne parle pas. C'est bien.

Je regarde les paysages, laissant se confondre les images qui défilent sous mes yeux et celles capturées à mon insu les jours précédents. Ces deux fillettes de quatre et six ans faisant la manche de terrasse en terrasse sur la plage de Baga, le visage peint en jaune, un trait noir soulignant leur regard ; elles chantaient en se dandinant d'un pied sur l'autre, les mains tendues. Deux petits Occidentaux nus, les cheveux blond blanc, sans surveillance, faisaient des monticules de tout ce qu'ils pouvaient récupérer sur la plage avant d'y mettre le feu ; des feux de camp improvisés et dangereux. Une petite fille de deux ans sortie prestement de l'eau, grondée par son père parce qu'elle voulait se baigner nue, échappée des mains de sa grand-mère qui la changeait. Là dans les villages, des écoles en plein air, les enfants en uniforme assis en tailleur à l'ombre des palmiers à réciter leurs tables de multiplications. Un éléphant transporte des troncs d'arbre retenus par sa trompe. Des femmes travaillent à la réfection des routes ; elles cassent des pierres à la main, goudronnent la chaussée, transportent le goudron bouillant dans des seaux métalliques. Dans chaque village, un temple aux statues peintes de couleurs vives, des chiens, des chèvres, des vaches. Des vélos, des autos, des motos, des cars, des camions. Des gens marchent le long des routes, des charrettes de foin ralentissent la circulation. Les gens, les villages, les villes se succèdent presque sans interruption. Plus encore que dans les rues de Bombay ou de Calcutta, je prends conscience de la surpopulation de l'Inde. Des gens partout. Et Mallika est quelque part au sein de cette foule ininterrompue, perdue au milieu d'individus qui lui ressemblent tous. Ou morte.

Je les regarde, je m'interroge. Cette ruche d'êtres humains, dont plus de la moitié sont illettrés, se prosternent à longueur de jour dans la poussière au pied de divinités qui ne leur accordent jamais rien, des dieux et des déesses qui se jouent de leurs offrandes et de leur foi, les abandonnent, dévastés par une misère incommensurable. Qu'arriverait-il si cette ruche décidait de ne plus croire, de ne plus encenser, fleurir, idolâtrer ces statues clinquantes, comme nous nous sommes détachés progressivement de la religion ? Beaucoup se sont éloignés, les églises se sont en partie vidées, certaines ont été fermées. Les prêtres se font plus rares, les congrégations religieuses font de la publicité pour enrôler les jeunes filles. Qu'arriverait-il ici, en Inde, si la plus grande démocratie du monde devenait incroyante ? Comment survivraient-ils, eux, les fidèles du plus grand temple de la planète ? Quel regard jetteraient-ils alors sur leur vie, leur misère, quel serait celui accordé au reste du monde ? Qu'attendraient-ils des autres, des hommes, de nous, s'ils perdaient leur foi ?

Où trouvent-ils leur liberté ? Les fenêtres des maisons sont invariablement protégées par des barreaux. Ils vivent en famille, agglutinés les uns sur les autres, toutes générations confondues. Ils ne sont jamais seuls, jamais en mesure de se retrouver face à eux-mêmes, avec une chance infime de découvrir qui ils sont et comment ils fonctionnent, ce qu'ils pourraient souhaiter ou envisager d'autre. Comment ces gens vivent-ils ? Comment survivent-ils ? Quel degré de tolérance et d'abnégation pour être capable de poursuivre sans l'espoir réel que cela puisse changer un jour ?

On dirait qu'ils ont fait vœu de pauvreté, un vœu perpétuel et collectif à l'échelle du pays, comme si leur misère matérielle les protégeait d'une misère intérieure qu'ils redoutent beaucoup plus. Une détresse qui les éloignerait inévitablement de leurs divinités.

Nous traversons des villages aux maisons d'argile cuite par le soleil. Des ribambelles d'enfants jouent le long des fossés desséchés dans des nuages de poussière. Des femmes travaillent dans les rizières dont le vert tendre s'étend à perte de vue. Des palmeraies, des collines désertiques au milieu desquelles surgissent des sculptures gigantesques. Et puis encore du monde, une ville vilaine. La fumée noire d'une cheminée d'usine obscurcit le ciel.

Comment imaginer que l'Inde soit le deuxième plus gros exportateur de logiciels au monde ? Que quatre cents films sont tournés chaque année à Bombay ? Que la croissance économique tourne autour de cinq virgule cinq pour cent par an avec des chiffres records d'exportations et une balance commerciale excédentaire ?

Comment comprendre et intégrer la réalité de ce pays ? Je croise des hommes, des femmes et des enfants qui semblent avoir une âme gigantesque, et un rire enfantin et solaire leur permettant d'éclairer chaque instant du jour et de la nuit.

Je n'y comprends rien. L'incompréhension qui semblait m'apporter force et protection au début de mon voyage me rend vulnérable. Plus j'avance, moins je me saisis moi-même. Leurs regards et leurs sourires me déconcertent. Je cherche leur secret. Je me sens faite de pierre et d'obscurité.

Nous avons quitté la route principale. Nous grimpons vers Kottakkal, nous nous enfonçons dans des terres moins peuplées. Une petite route en lacet, magnifique, perdue au milieu des palmeraies à perte de vue. La chaleur est torride, l'air de plus en plus irrespirable. J'ai baissé ma vitre pour profiter du paysage ; la lumière est crue, décapante. Murgan est concentré sur sa conduite. Il transpire à grosses gouttes, une serviette éponge déposée sur son cou. Il n'a pas prononcé un mot depuis des heures. Il n'a pas voulu s'arrêter. Il n'a ni bu ni mangé depuis le départ de Mangalore. J'avais une réserve d'eau minérale et quelques bananes ; il a décliné mon offre. Il est presque quatorze heures. Nous ne sommes plus qu'à une vingtaine de kilomètres. Une angoisse sourde me tenaille. Je la sens croître au fil des heures.

J'attends tout de Kottakkal et de ma rencontre avec le docteur Roy.

Trouver la signification de ce voyage ; découvrir une approche médicale qui pourrait me redonner goût et foi en mon travail ; accepter la disparition de Mallika ; aller jusqu'au bout du deuil de David ; rencontrer un regard et une oreille avertis pour m'aider à mettre un peu de lumière dans mes ténèbres. Cet homme associe la médecine indienne traditionnelle et la médecine occidentale. Il vit à Bombay et donne des conférences dans le monde entier. Un judicieux compromis entre l'Occident et l'Orient, un homme de sciences, un sage, mon guide peut-être.

Dès l'instant où le docteur Miller a mentionné son nom, j'ai su qu'une raison inexplicable le liait à mon destin. Une chaleur étrange s'est emparée de moi. Une sève douce ruisselait dans mes veines. Une sensation curieuse. Qui est-il pour avoir suscité cette émotion obscure ? J'ai hâte et je redoute. J'ai peur d'être déçue. Je ne peux plus regagner ma maison, mon travail, rentrer et poursuivre comme avant. L'avant est perdu, à jamais ; brisé, refermé ou ouvert. Tout commence ou s'achève. Je perçois la rumeur d'un rêve clandestin, baroque et tumultueux, à fleur de cœur, au fond des yeux, frôlant mes sens, le rêve chaotique et fou d'une aube qui serait mienne.

C'est un gros village, une petite ville peut-être, difficile à dire tant la foule grouillant dans les rues dénature les proportions du lieu. Un endroit affreux. Les rues sont sales et défoncées, les constructions vilaines, délabrées, sans charme. Pas le moindre visage pâle au sein de cette fourmilière s'agitant en tous sens. On me regarde comme un animal étrange. Je me sens mal. Il fait une chaleur à crever. Ça sent mauvais. Personne ne comprend ce que je cherche. Les rares hôtels croisés sont des bouges minables ; impossible d'y passer la nuit. Pas le moindre bar ou restaurant qui inspire confiance. Mon sac pèse, j'ai mal aux pieds, je suis inquiète, j'ai soif. Que suis-je venue faire dans ce coin retiré du monde ?

Enfin, un homme comprend : « *The Arya Vaidya Sala.* » Son sourire, son regard amusé soulignent la bizarrerie de mon accent. Il fait des signes avec ses mains, décrivant l'itinéraire dans l'espace : à gauche, puis à droite, descendre puis continuer sur la droite. Merci ! J'arriverai bien quelque part.

Une fois que l'on a quitté l'artère principale bruyante et encombrée, les rues se rétrécissent pour déboucher rapidement dans la nature. Petits ponts, palmiers, échoppes de bois et maisons basses se succèdent le long d'une rue étroite en pente. J'aperçois des bâtiments imposants ressemblant à un hôpital : *The Arya Vaidya Sala.* Des constructions aux façades fraîchement repeintes s'élèvent sur plusieurs étages de chaque côté de la rue. Les portails d'entrée sont gardés par des hommes en uniforme. Les cours intérieures sont fleuries. C'est accueillant, coquet, propre. Je suis sauvée !

— Revenez !

Je rêve, j'entends des voix. La chaleur, la fatigue... je perds la tête.

— Revenez, c'est dangereux !

Je marche sur un sentier à travers les rizières. Le riz est déjà haut. Je me suis éloignée du village. Je suis partie dans la nature épuiser ma rage et ma déception. Impossible de rencontrer qui que ce soit, ni d'avoir la moindre information concernant le docteur Roy. Il est trop tard. On m'a priée de revenir demain matin à neuf heures, consentant seulement à m'indiquer un hôtel potable : le *Thrayambaka,* au bas de la même rue. L'hôtel est complet. Une chambre sera libérée vers dix-huit heures. J'ai laissé mon sac à la réception et payé d'avance pour être sûre d'avoir un lit où passer la nuit. Excédée, je me suis fondue dans la nature stupéfiante de beauté, à l'abri des regards. Je marche, émerveillée, en écoutant le bruit des insectes, le murmure d'un vent léger et chaud jouant à travers les feuilles des palmiers.

— Hé ! Vous m'entendez ? C'est dangereux !

Je ne rêve pas. Un homme crie depuis le bord de la route en me faisant des signes désespérés. C'est un Occidental avec un casque colonial sur la tête. Il gesticule en poursuivant :

— C'est infesté de serpents venimeux !

Je m'immobilise, pétrifiée. Il n'aurait pas dû dire ça. J'ai une phobie inguérissable des serpents. À l'âge de six ans, en voyage au Maroc avec mes parents, je me suis fait mordre par une vipère. Mon père avait dû faire une entaille dans ma cuisse avec son couteau de poche pour aspirer le venin. Le traumatisme de ma petite enfance. J'en garde un souvenir impérissable et une révulsion incurable pour les reptiles sans pattes.

Je ne suis plus capable de faire un pas. Je considère mes deux pieds nus dans mes sandales. Je me mets à hurler. Un beuglement sauvage. Mon cri déchire le silence avant de se dissoudre dans l'épaisseur de la jungle. Je vais perdre connaissance. L'homme a saisi ma panique, il se précipite pour me porter secours.

Je suis défaite. Effondrée au bord de la route, je pleure, inconsolable. Le choc entraîne dans son sillage tout ce que je retiens depuis le début du voyage : mes peurs, mes doutes, ma peine, ma détresse, ma solitude, ma fatigue, mon désenchantement, mon désespoir. Je veux Mallika, je veux David, je veux mon père, Matt et Geoffrey. Je veux comprendre, je veux qu'on m'aime, je veux savoir pourquoi je suis là et quoi faire de ma chienne d'existence.

Je me répands devant cet étranger, mon sauveur ! Un Américain d'une soixantaine d'années, assis dans la poussière à mes côtés, au bord de la route, à attendre que mes sanglots s'apaisent pour me soutirer trois mots. Il tapote gentiment ma cuisse en murmurant : « C'est fini... c'est fini... » comme on le ferait pour un chagrin d'enfant.

Il prend ma main dans les siennes, la serre avec affection.

— Je vous aurais bien invitée à boire un remontant mais ce sont les élections, nous ne trouverons pas d'alcool pendant plusieurs jours.

J'avais oublié les élections et la sobriété imposée ! Je renifle une dernière fois, me mouche bruyamment. Je lui adresse un pâle sourire.

— Avez-vous mangé ?

Je hoche négativement la tête, les yeux baissés.

— Je vous invite ! Si le cœur vous en dit, vous me direz votre peine... plus profonde qu'une morsure de serpent.

Je l'ai laissé me ramener au village. Je le suis aveuglément. Sa présence me rassure. Il a l'allure dégagée, le pas énergique et un visage détendu d'une sérénité surprenante, lisse et lumineux sous son casque de toile kaki. Ses joues sont colorées par la chaleur. Il porte un sac à dos noir, il est vêtu d'un pantalon léger beige et d'une chemisette assortie, chaussé de souliers montants faits pour les randonnées. Le parfait équipement pour vagabonder dans la nature. Je considère ma tenue estivale, mes pieds nus, mon pantalon large, ma tunique ajourée et mon chapeau brodé, un peu incongrus pour l'environnement. Je fais hippie égarée dans la brousse. Je marche à ses côtés, silencieuse. Il me raconte son histoire. Sa femme atteinte d'une maladie neurologique rare, leur tour du monde pour tenter de trouver la solution. Trois années en Chine, puis l'Inde depuis cinq ans, en hospitalisations successives de vingt et un jours. Elle termine sa première semaine, sept jours de *sirovasti,* un soin qui consiste à laisser un bain d'huile thérapeutique sur la tête pendant une heure et demie, chaque matin, dans une sorte de chapeau haut et creux, fait de cuir, dans lequel on verse une huile chaude dont elle doit supporter le poids et la chaleur pendant quatre-vingt-dix minutes. Elle reçoit aussi un traitement nommé *dhara,* un massage particulier. Allongée sur un lit étroit en bois, sa tête reposant au-dessus d'un bac, badigeonnée d'huile sur tout le corps, quatre thérapeutes la massent énergiquement avec des herbes tandis que deux autres font couler sans discontinuer un filet d'huile chaude sur son front. Elle consomme des potions faites de plantes médicinales, se masse la tête et le corps chaque soir avant d'aller au lit avec deux huiles différentes. Spectaculaire et terriblement efficace. Depuis cinq ans, l'état de santé de cette femme s'est amélioré de façon considérable.

— Des personnes viennent du monde entier pour se faire traiter ici ! Il y a des listes d'attente de quinze mois. Nous nous inscrivons pour l'année suivante dès notre arrivée. J'aime cet endroit, ce village, cet hôpital, tous ces gens. Je me suis attaché à Kottakkal, alors qu'à notre première visite nous avions éprouvé un moment de panique et une irrépressible envie de repartir. Les médecins sont extrêmement compétents. Des sages et des sorciers ! Ils sont fascinants.

Il est passionné, convaincu, un merveilleux ambassadeur occidental de l'Ayurveda. Il devrait se faire sponsoriser par *The Arya Vaidya Sala* pour en faire la promotion à l'étranger. Je l'écoute, intéressée, surprise, intriguée, encore plus déçue de n'avoir pu voir personne dès mon arrivée.

Il me fait entrer au *Taj,* un boui-boui infâme, sombre, aux tables de bois douteuses. Il sent ma réticence.

— Ne vous fiez pas au décor, la cuisine est divine ici !

Il me pousse gentiment à l'intérieur. Le silence se fait dans la salle obscure. Je distingue à peine les visages. Je sens les regards rivés sur nous. Mon compagnon lance quelques mots incompréhensibles sur un ton réjoui. Un gros homme hilare surgit du fond de la bâtisse, essuyant ses mains grasses sur un torchon coincé dans sa ceinture. Il a le souffle court. Il ruisselle de transpiration. Il me salue à l'indienne et prend les deux mains de mon sauveur dans les siennes. Il rit à gorge déployée en le secouant comme un prunier. Il nous fait asseoir à la première table. Je n'y vois rien. Je ne suis pas sûre d'avoir très faim.

Le patron revient avec deux gobelets métalliques, il les dépose avec un magistral clin d'œil tout en mettant son doigt sur sa bouche. J'examine le contenu de ce curieux verre posé devant moi : de la bière ! De la bière très fraîche. Il disparaît avec le même éclat de rire phénoménal faisant trembler les tables.

Mon hôte m'invite à trinquer en levant sa timbale :

— Franck Douglas, pour adoucir votre séjour !

— Olivia Thomas... pas la meilleure compagnie en ville ! Merci pour votre aide tout à l'heure. J'étais ridicule.

— J'ai manqué de psychologie en hurlant au danger. C'était idiot. Buvons. Ensuite, si le cœur vous en dit, vous me direz la raison de votre séjour.

J'ai bu ma bière d'un trait ; j'avais une soif terrible et le désir d'être légèrement pompette pour faire lâcher en moi tensions et inquiétudes. Je suis heureuse d'avoir quelqu'un à qui parler. J'en avais grand besoin. Franck est chaleureux, attentif, rassurant. Ses yeux gris sont vifs, tendres et intelligents. Ses cheveux grisonnants soulignent son regard en accentuant la couleur des iris. Il n'est pas vraiment beau. Il est de ces visages croisés que la mémoire capture. Un visage facile à aimer.

Je m'abandonne, j'oublie le lieu, les gens tout autour, le plateau de métal déposé devant moi, le riz, les épices, les sauces, les odeurs ravageuses, la rumeur des voix inaudibles, sorte de chrysalide nous isolant du reste du monde. Je parle sans m'interrompre. Je confie l'hôpital, David, Mallika, mes premiers voyages en Inde. Je parle de mon père, de ma mère, de ma grand-mère, de l'ordalie, de Dieu, de la médecine, du fantôme de Thomas Thomas, de Mère Teresa, de mon incroyance, de mes doutes, de ma solitude. Je parle de la vie, de la mort, du réseau Internet, de Falkland Road, du docteur Ray Roy, de mon âge, de ce que je cherche sans parvenir à le trouver. Je parle et il se tait. Il m'écoute. Il a vidé son assiette, appuyé sa tête sur sa main droite ; il m'observe, je sais qu'il m'entend.

J'arrête brusquement. Je repousse mon assiette froide, je n'ai pas faim. Je me remets à pleurer doucement.

— Pleurez. La nuit est tombée, je connais une petite route magnifique et tranquille où poursuivre notre conversation. Si le cœur...

Conversation ? Une suite de monologues.

— Tout arrive quand nous lâchons prise. Quittez votre

obsession, éloignez-vous de l'image et laissez Mallika surgir sous la forme qui lui plaira. Elle se manifestera. Ma vie semblait tracée, je ne m'étais jamais torturé avec des questions d'ordre existentiel. Je suis né, j'ai grandi, je me suis marié à Cape Cod, avec Mary qui était mon amie d'enfance. Elle non plus n'avait jamais quitté Cape Cod. J'ai fait des études honnêtes, ni trop ni trop peu, je savais que j'allais reprendre l'hôtel de mes parents, une affaire qui marchait bien. C'est ce qui arriva. Nous avons eu une fille. Nous n'avons jamais manqué d'argent. Nous étions croyants, mais non pratiquants. Et nous n'avions jamais rien envisagé d'autre que poursuivre ainsi en finissant nos jours à Cape Cod, là où nous avions toujours vécu. L'hiver, nous nous comportions comme de jeunes retraités. L'hôtel était fermé, nous allions parfois passer quelques jours à New York, notre plus grand voyage. Et puis, tout à coup, l'année de nos quarante-huit ans, juste après le mariage de notre fille, ma femme est tombée malade. Une mauvaise grippe qui n'en finissait plus, une paralysie faciale, celle d'une jambe, des crises ressemblant étrangement à des crises d'épilepsie. Le début de l'enfer. Et tout a basculé. Nous avons fait un circuit invraisemblable à travers les hôpitaux, les consultations avec des spécialistes, les traitements, les diagnostics contradictoires, les traitements contradictoires, ceux qui la rendaient malade, qui aggravaient son état. Trois ans ! Plus aucune vie sociale. Ma fille et son mari s'occupaient de l'hôtel. Nous passions notre vie dans les couloirs des hôpitaux. Nous avons dépensé une fortune avant de nous entendre dire qu'il s'agit d'une maladie très rare, évolutive, pour laquelle on ne peut strictement rien. Le monde s'est écroulé. Un mur, l'obscurité, la fin de la vie dans la vie. Après trois mois d'abattement et de déprime totale, j'ai refait surface, quitté mon marasme et ma résignation. J'ai décidé que nous allions ensemble explorer toutes les voies existant sur notre planète, des plus traditionnelles aux plus expérimentales, que nous ferions le tour du monde des possibilités qui s'offraient encore à nous. Nous avons vendu l'hôtel. Depuis dix ans, nous parcourons le monde. Et je peux dire sans la moindre réserve que depuis cinq ans nous nous réjouissons de l'existence de cette maladie. Sans elle, nous serions encore à Cape Cod, à passer nos hivers au coin du feu sans avoir jamais rien vu d'autre que l'État de New York. Cette maladie nous a ouverts au monde, à des médecines variées, à des façons de voir et d'appréhender la vie aux antipodes de ce qui nous avait été enseigné. En dix ans, nous avons lu, exploré, étudié des religions et des philosophies différentes, remettant régulièrement en cause notre façon de voir, de vivre, de penser. Une remise en question fondamentale. Je ne voudrais pas que ma vie ait été autre. Elle a été ce qu'elle devait être. Et la maladie de Mary n'est au fond qu'un moyen pour nous mettre sur la voie.

Je l'écoute, attentive comme il l'était à mes propos. Nous marchons sur une route minuscule, accidentée et bordée d'une végétation luxuriante rendue fantasmagorique par l'obscurité. La nuit est belle, la nature étrangement bruyante. Des chants, des cris d'animaux, des bruits rivalisant de bizarrerie. Je me sens physiquement ailleurs. Inaccessible. Lointaine.

Je le laisse poursuivre sans intervenir.

— Avez-vous déjà imaginé quelle aurait été votre vie depuis dix ans si vous n'aviez pas rencontré Mallika ? Vous seriez-vous impliquée de cette façon dans la vie de David ? Seriez-vous revenue en Inde ? Détachez-vous de l'image, il en existe autant que de regards posés sur le monde. Rejoignez son essence. Fatalement, vous trouverez ce que vous cherchez. Laissez-vous porter vers cela. Abandonnez-vous comme vous le feriez à la surface de l'eau. Il existe un courant formidable qui ne demande qu'à vous conduire à destination.

Il a posé son bras autour de mes épaules, sa voix est profonde, paisible, posée. Une voix qui sait, une voix de sage dans un corps ordinaire. Une voix qui me fait du bien. J'ai envie qu'il parle, parle, envie de me laisser bercer longtemps dans cette nuit fauve du Kerala.

Franck poursuit :

— C'est un peu comme le maintien de son corps en forme... faire de la bicyclette, du ski, du conditionnement aérobique. On marche, on court, on nage. Pour la paix, le confort et l'évolution de l'âme, c'est la même chose. Il y a Bouddha, Jésus-Christ, Zarathoustra, Allah. Certains prient, d'autres méditent. En silence, en musique. Il y a les religions, la philosophie, différentes écoles de pensée. Il existe un arsenal de possibilités. Il faut juste trouver celle qui nous convient. Rien n'est vraiment contradictoire. Tout est possible. On peut grandir athée et vieillir de façon mystique. C'est la première et la dernière des libertés. C'est très réconfortant.

Nous marchons, silencieux. La nuit est fabuleuse. Les constellations semblent plus proches, à portée de main, exceptionnellement lumineuses ; il me suffirait de tendre le bras pour en cueillir quelques-unes... un verger d'étoiles ! La faune, invisible, offre un concert d'une complexité étonnante. Je n'avais pas imaginé que la nature puisse faire tant de vacarme. Mille questions se pressent, je n'en poserai aucune. Je veux qu'il parle, qu'il parle encore, longtemps. Je veux que ce moment ne finisse jamais. Je risque quelques mots pour relancer sa voix :

— Quelque chose se passe à l'intérieur du corps. Je l'ai vécu à plusieurs reprises, j'en ai eu la confirmation au moment de la mort de David. Pourquoi un enfant guérit-il tout à coup d'une maladie grave ? Si la force de l'esprit envoie le message au corps, il faut que les cellules aient une intelligence propre pour répondre au message envoyé ! C'est ce qui m'obsède. Je ne suis plus capable de poursuivre ma carrière. Je ne sais plus ce que je vais faire de ma vie.

— Vous connaissez la philosophie de Sri Aurobindo ?

— Vaguement. Mes parents m'en ont parlé lorsque j'étais très jeune. Je n'ai jamais rien lu.

Alors, je me souviens de mes huit ans, en 1970. Cette année-là, mes parents me parlaient d'Auroville, un endroit extraordinaire où l'on pouvait vivre différemment, sans argent, où tout était possible, à bâtir et à imaginer, un monde de rêve, beau, pur, idéal. Nous devions partir y vivre. J'y ai cru ! Trois longues années au cours desquelles j'ai clamé sur tous les tons et à qui voulait bien l'entendre que nous allions déménager en Inde dans une ville nommée « La Cité de l'Aurore ». Mais rien ne se passa. Nous avons voyagé dans le monde entier sans jamais mettre les pieds en Inde, sans jamais nous rapprocher d'Auroville. La première et la plus terrible des déceptions. J'avais dix ans. Je n'étais pas prête à pardonner. Le jour de mes dix-huit ans, j'ai trouvé sur mon lit deux livres : *La Vie divine* de Sri Aurobindo, et *L'Aventure de la conscience* de Satprem, accompagnés d'une carte écrite de la main de mon père : « La plus belle, la plus fantastique, la plus incroyable des aventures... Je te la souhaite longue et lumineuse. Bon anniversaire ! »

J'ai pris les livres, sans les ouvrir je les ai rapportés à mon père en déclarant : « J'ai mes rêves ; je te laisse ceux que tu as trahis. » Je ne lui ai pas adressé la parole pendant huit jours. Il n'a plus fait allusion à la pensée de Sri Aurobindo. Une vieille histoire...

Franck et moi avons fait demi-tour et regagné tranquillement le village et l'hôtel, en silence.

J'ai récupéré ma clé et découvert ma chambre, petite, étroite, une sorte de couloir avec un lit à une place et un lavabo. Les toilettes sont sur le palier.

Avant de me serrer la main, Franck extirpe de son sac une feuille blanche photocopiée, le visage de Sri Aurobindo d'un côté, de l'autre un texte court. Il me la tend :

— Je vous souhaite une belle rencontre avec le docteur Roy demain matin. Essayez de dormir un peu.

Épuisée, je m'allonge tout habillée. Avant d'éteindre, je lis ces quelques lignes :

Quand nous avons dépassé les savoirs, alors nous avons la Connaissance.
La raison fut une aide ; la raison est l'entrave.
Quand nous avons dépassé les velléités, alors nous avons le Pouvoir.
L'effort fut une aide ; l'effort est l'entrave.
Quand nous avons dépassé les jouissances, alors nous avons la Béatitude.
Le désir fut une aide ; le désir est l'entrave.
Quand nous avons dépassé l'individualisation, alors nous sommes des personnes réelles.
L'ego fut une aide ; l'ego est l'entrave.
Quand nous dépasserons l'humanité, alors nous serons l'Homme.
L'animal fut une aide ; l'animal est l'entrave.

— Je suis tendue. Je respire mal. Je bouffe mal. J'ai le sang glauque, les lombaires bousillées, le métabolisme déglingué, et je me chouchoute un petit chagrin inguérissable refusé par mon corps ! Le médecin voulait me saigner comme un goret, me purger, me faire vomir et me donner des lavements ! Bénédiction, l'hôpital est plein ! Je me suis sentie incompétente et ridicule. Ridicule, Franck. Je ne venais pas pour une consultation, j'étais à la recherche du docteur Roy ! J'admire votre femme. Je ne suis pas certaine d'être prête à accepter ce genre de traitement. Pourtant, j'y crois, je suis fascinée. J'ai visité les installations. J'ai vu les chambres rudimentaires, tristes et précaires pour des Occidentaux... Les salles de traitement, des petites pièces carrelées, dépouillées, avec des tables de soins en bois et des bacs d'huile. On dirait des chambres de torture ! Comment va votre femme ? Que fait-elle toute la journée ?

— Mary va bien. Les traitements sont éprouvants. Elle dort beaucoup. Avez-vous visité les jardins ?

— Impressionnants, ces plantes médicinales et ces arbres méconnus scrupuleusement étiquetés. Ma guide cueillait une feuille de temps en temps pour me faire découvrir d'incroyables parfums. Elle m'expliquait leurs qualités, leurs pouvoirs curatifs. Étonnant ! Mais le plus saisissant est la *Factory*. Une véritable usine où travaillent des centaines d'employés. Des montagnes de racines, de copeaux de bois, de fleurs, de feuilles. Des salles pour les décoctions, d'autres pour les infusions... d'immenses cuves de la hauteur d'un homme et contenant des huiles en ébullition, comme d'énormes marmites de confiture. Il y a un mélange de vapeurs, d'odeurs très concentrées, insoutenables. Je ne sais pas comment ces gens parviennent à travailler toute la journée dans une telle atmosphère. C'est impressionnant ; je suis ravie d'avoir pu visiter tout ça. C'est unique. On a gardé mon sac et mon appareil photo à l'entrée. C'est très bien surveillé !

— Je viens depuis cinq ans ; je n'ai jamais eu ce privilège.

— J'ai découvert des tas de choses, mais pas le docteur Roy.

— Il reste le fil qui vous a conduite ici. Il n'aurait pas fait plus. Il n'allait pas vous enseigner l'Ayurveda en l'espace de deux jours ! Avez-vous suivi les conseils du médecin ?

— Je me suis procuré le traitement pour un mois. Très encombrant, merci ! Une dizaine de pots et de flacons, des confitures noirâtres pas très appétissantes, des huiles pour me masser la tête et le corps. Reste que j'accepte la justesse du diagnostic, même si mon ego en gigote d'énervement !

J'éclate de rire.

— Je manque d'oxygène... et d'un peu d'alcool. Vous ne pourriez pas soudoyer le gros patron du *Taj* ? Pour la survie de mon moral !

— Venez.

— Une seconde bière, ça serait trop ?

— Dangereux pour celui qui nous les refile en douce.

— Le médecin qui m'a reçue avait beaucoup de charme. J'aurais bien tenté ma chance, pour voir si la maîtrise de l'Ayurveda donne des pouvoirs secrets dissimulés dans la chair ! Jeûne et abstinence... je n'en suis pas là.

Franck rit. Un rire sonore et généreux. La salle est presque vide. Il est tôt. Seize heures à peine ; il fait encore très chaud. Je trouvais l'endroit sordide, aujourd'hui il me plaît.

— Parlez-moi d'Aurobindo.

Il reste songeur un instant, boit une longue gorgée de bière, repose doucement son verre avant d'émettre un profond soupir, le regard perdu dans l'obscurité de la salle.

— De sa philosophie... Il a découvert une vibration qui serait la composition même de la matière. Une vibration qui pourrait créer un monde nouveau. En laissant notre conscience descendre de plus en plus profond dans la matière inconsciente, nous débouchons dans un autre espace, illimité, où se transforment les valeurs du monde... une région intemporelle donnant accès à des pouvoirs insoupçonnés dissimulés à l'intérieur même de nos cellules. Ces données révolutionnaires modifient le rapport entre l'esprit et la matière. Il était un pionnier de l'évolution. Pour lui, l'homme n'est qu'un être de transition. La notion d'évolution est le fondement de sa philosophie. L'homme est voué à se dépasser en développant ce qu'il a appelé le Supramental. Il a toujours tenté de réconcilier la pensée occidentale avec la sagesse orientale. Sri Aurobindo est, à mon sens, un des plus grands maîtres de l'Inde contemporaine.

— Comment fait-on pour rejoindre cette... vibration ? Pour la découvrir ?

— On vit ! En mettant plus de conscience dans nos actes et nos pensées. Faire taire le mental pour rejoindre dans la matière cette force qui ne commence ni ne s'éteint jamais. La clé du mystère.

— Vous y parvenez ?

Franck se met à rire.

— Ai-je l'air d'être issu d'une espèce rare ? Avant l'homme, il y a eu le singe. Après nous, il y aura une nouvelle race d'hommes, plus évoluée, plus aboutie. J'appartiens à mon époque. J'essaie d'avancer dans la bonne direction. Mais je suis un homme ordinaire dans la vie ordinaire. Il ne s'agit pas d'un miracle ! À certains moments, j'ai l'impression de mieux comprendre, de ressentir, de percevoir. Et puis, c'est le trou noir, l'obscurité ; les doutes resurgissent jusqu'au prochain instant de lumière. L'aspiration profonde est la porte d'entrée et à chacun sa méthode pour y parvenir !

— Comment savoir ?

— Vous savez ! Le fantôme de Thomas Thomas, le vécu de la mort de David, Mallika, votre acharnement à chercher dans la matière. Je n'en ai pas vécu autant. Avec tant de preuves en mains vous poursuivez pourtant une image, un mirage.

— Je vais poursuivre jusqu'à Madras. Je quitte Kottakkal ce soir. Merci, Franck.

Nous sommes restés longtemps exilés dans nos pensées respectives, lointains, très proches. Un silence plein et partagé. Un moment d'exception.

Madras

Deux jours à traîner mes sandales dans les rues de Madras.

Pollution, circulation, foule. Tintamarre, chaleur, poussière. Les démunis, les sans-abri. Les dépouillés, les dévastés, les délaissés. Je n'avais pas eu le temps d'oublier. Tout éclate dans ma cervelle en attisant mes sens. Trop ! c'est vraiment trop. Je hais ces rampants, ces vers luisants d'égouts. Je hais l'or de leurs yeux et le cuivre de leur peau. Des renonçants, des prostrés, des mutilés, des éclopés. Des mains tendues comme des culs de prostituées offerts aux passants. Des mains s'agrippent, collent, tirent, s'acharnent.

— *Mâ... Mâ... Mâ...*

« Ne me touchez pas ! »

Mallika !

Hurler son nom une dernière fois, l'exorciser à jamais. Me mettre au milieu de la chaussée, pousser mon cri. « Regardez-moi ! Condamnez-moi ! Jugez-moi ! Enfermez-moi ! Je suis sa mère, je l'ai perdue. Dans ce foutu pays de merde, au sein de cette fourmilière insensée, dans votre fange ensoleillée, au fond d'un bouge ensorcelé. Vous me l'avez dérobée. »

« Mallika ! Née de mère et de père inconnus, un jour inconnu, dans un coin méconnu d'un bidonville de Calcutta. Mallika Thomas, ma fille, enfant de l'absence, source de mon errance. Ton image altère ma vie; elle a claqué la porte du rêve, creusé des sillons profonds dans ma mémoire, elle a dupé mon âme. Tu m'as réjouie avant de me ravir. J'ai laissé l'aigreur de mon chagrin enliser mon cœur. Tu l'as fossilisé dans une pierre d'amertume et de remords. La révolte gronde, lave sourde et muette. J'erre sur cette terre perfide, je te cherche, je poursuis ton silence. L'éventrer en laissant s'échapper un cri, pour que rejaillisse la vie. Mallika, je t'abandonne. Je te rends ta liberté. Je veux récupérer la mienne. Va rejoindre l'enfant-phénix de Sarah. Accroche-toi à ses ailes de soie. Laisse-toi voguer sur les méandres de l'éternité. Je ne suis plus capable de te porter. Va-t'en ! »

Je referme le livre : *Krishnamurti,* écrit par Pupul Jayakar. Un livre sur sa vie, son œuvre, acheté ce matin à la librairie de l'hôtel *Connemara,* la plus incroyable des librairies. Une boutique minuscule, tout en longueur, avec des montagnes de bouquins entassés jusqu'au plafond. Il reste un espace étroit pour le passage d'une personne. Si quelqu'un est à l'intérieur, il faut attendre sa sortie pour pouvoir pénétrer. Une caverne d'Ali Baba pour amateurs de littérature en tous genres.

J'ai traversé la ville en motorickshaw, sorte de vespa aménagée d'une petite cabine couverte pouvant transporter deux passagers. De couleur jaune, ouvert des deux côtés, c'est un moyen efficace et économique de se déplacer dans Madras. Un tapecul se faufilant entre voitures et transports en commun, contournant les vaches sacrées, les enfants chahutant au bord des rues, en vous laissant le loisir de capter des images, croisées au hasard du trajet. Une petite fille seule à l'entrée d'un taudis à faire ses devoirs sur une ardoise. Des corbeaux perchés sur le dos des chèvres. Dix ou douze personnes entassées dans une case à regarder un antique téléviseur noir et blanc. D'énormes quartiers de viande transportés sur les porte-bagages des vélos recouverts de toile de jute volant au vent, au milieu des gaz d'échappement. Je hais le bruit, la crasse et la misère. J'ai envie de paix et de beauté. Je me suis réfugiée dans les jardins de la Société théosophique, vastes et protégés, en bordure de la plage d'Adyar.

Dans ce havre de paix, des sages, des penseurs, des philosophes se sont réfugiés avant moi. Ils ont marché dans les mêmes allées, à travers une végétation fabuleuse. Palmeraies, rhododendrons, banians, bougainvillées gigantesques se succèdent. Rose, mauve, pourpre, blanc, bleu, jaune, noir, vert émeraude, tout un arc-en-ciel de nuances se déclinent sur les ailes des papillons, le plumage des oiseaux. Et le silence ! Saisissant.

J'ai marché longtemps dans les allées. Je suis seule. Vraiment seule.

— Êtes-vous jamais restée seule, sans livres, sans radio ? Essayez et vous verrez ce qui se passe.

— Je deviendrais folle, je ne peux pas rester seule.

— Essayez tout de même. Pour que l'esprit devienne créateur, il faut du calme. Et un calme profond ne peut être atteint que si vous affrontez votre solitude... Vous avez besoin d'affection, Pupul, et vous ne la trouvez pas. Pourquoi ne tendez-vous pas votre bol à aumônes ?

— Je ne sais pas, dis-je, je ne l'ai jamais fait. J'aimerais mieux mourir que quémander de l'affection.

— Vous ne l'avez pas quémandée, vous l'avez étouffée ; pourtant, le bol à aumônes est toujours là. S'il était plein, vous n'auriez pas besoin de le tendre. Mais il est vide.

Je ne m'appelle pas Pupul Jayakar. Krishnamurti n'est pas à mes côtés pour me prodiguer des conseils éclairés. Je suis seule. Assise sur un banc de pierre à l'ombre d'un banian. Un banc de pierre où il s'est assis, comme d'autres sages l'ont fait aussi. On dit qu'en se recueillant ici il est possible d'obtenir des réponses aux questions insolubles, de faire la lumière sur les zones obscures, de formuler des vœux et de les voir se réaliser. Sans doute faut-il y croire pour voir le miracle s'accomplir. Je n'attends rien. Je n'ai rien à demander. Pas le moindre souhait à exprimer. Je me tais. J'écoute le silence. Je ne tendrai pas la main pour recevoir l'aumône.

J'examine les banians, ces arbres surprenants dont un unique se transforme en multitude. Les branches se replantent au sol, les racines se confondent aux branches, les branches deviennent des troncs, les troncs sont de nouveaux arbres, les arbres une forêt. Un arbre, la forêt. Des orgues de bois pour une cathédrale improvisée. « Chantez-moi la vie, je vous dirai qui je suis. »

Penser, ne pas penser. Orienter sa pensée, aller jusqu'au bout de sa pensée pour atteindre le silence. Ne plus penser, faire le vide en soi. Mettre de la conscience dans la pensée. Ordonner sa pensée. Faire taire sa pensée. Silence intérieur. Silence extérieur. Méditer. Prier. Dire, ne pas dire. Faire, laisser faire. S'abandonner. Croire. Ne pas croire. Suivre le courant.

Quel courant ?

Ramper sur l'asphalte de ces saintes allées à la recherche de l'inspiration. Manger la terre. Écraser mon visage dans les gravillons et laisser sécher mes plaies au soleil. Hurler que je veux, que je cherche, que je suis prête ! « Je jure de ne plus poursuivre une image. » À l'ombre de cet antique banian, assise sur ce banc sacré, je m'engage à sectionner le fil d'or me reliant à Mallika. Je coupe la corde, je la plante parmi cette foire de troncs. Je l'abandonne à la terre, au ciel, à la vie. « Je vous la remets, en confidence. Je vous la confie, à Vous, ceux du ciel et de la terre, les vivants et les morts, les jamais nés, les immortels, les ressuscités, les désincarnés, les réincarnés, les poussières d'homme, de femme et d'enfant... Je vous la lègue, en héritage. Le gage de mon âme. »

Mallika, la voie de Dieu.

Je ne les hais pas. Je les aime !

Ces milliers de visages et de silhouettes qui hantent les rues des villes, s'inscrivant sur tous les paysages avant d'envahir ma mémoire, des milliers d'hommes, de femmes et d'enfants, foule anonyme et perpétuelle offrant un ballet d'ombres dans les lueurs fluorescentes des couchants embrasés, toute une humanité déconcertante, triomphante, qui déchire le voile d'une poussière éternelle, soulevée par des millions de pas foulant cette terre ocre depuis l'éternité. Je les aime, pour la rumeur incessante qu'ils imposent, comme une ode à la vie, triomphale et infinie.

Je les aime et j'ai peur.

Peur de ne plus savoir m'en passer. Peur de m'éloigner d'eux et de laisser mes sens s'engourdir. De glisser progressivement, irrémédiablement, vers une hébétude confortable et reposante, une ankylose du corps et de l'esprit, de devenir un zombie de la vie, un mort vivant, une marionnette de la finance et du pouvoir.

Peur de rejoindre le gris, le fade, le tempéré. Peur de n'avoir plus peur, plus mal, plus soif, plus envie de hurler. Peur de l'habitude et de l'ennui. Peur de la sécurité. Peur de trop savoir, peur de tout comprendre. Peur de devoir expliquer, justifier, démontrer.

Peur de ne plus être moi.

J'aime mes violences, mes éclats de cœur, mes brouillards de pensée. J'aime mes contradictions et ma quête désespérée. J'aime le bruit du papier froissé dans ma tête et le vacarme des querelles intestines qui me déchirent le corps. J'aime ce va-et-vient incessant fait de doutes et de rumeurs de certitudes. J'aime mes tumultes clandestins. Je n'ai pas envie de m'en éloigner.

Peur aussi ce matin en ressortant de l'université avec le programme du doctorat en médecine ayurvédique et la perspective de devoir reprendre des études. La connaissance du sanskrit est exigée ; les formalités d'admission pour les étrangers sont longues et aléatoires.

Je me voyais déjà, arpentant le campus au milieu de jeunes Indiens, en bordure de Marina Beach, face au golfe du Bengale. Ce n'était pas la peur de tout recommencer, ni celle de m'exiler loin de mon pays, c'était la peur d'une joie sourde qui jaillissait, se répandait dans mes veines, flux et reflux d'une sève nouvelle dont je percevais déjà la puissance. Les signes avant-coureurs d'une aube qui pourrait être mienne. Une aube précédant l'aurore. Une aurore phénoménale et définitive.

La certitude d'avoir à faire ici, dans ce pays de braise, où les regards brûlent autant que le soleil, à vivre au milieu de ces visages immatériels, des rires des enfants dont l'écho se perd en déchirant la foule, comme un caillou jeté à l'eau lacère la surface en ondes circulaires qui vont mourir sur les berges. La conviction de l'existence d'un soleil ne demandant qu'à se manifester, boule incendiaire émergeant de la noirceur des flots, aux petites heures du jour, pour éclairer la terre.

Ce soleil joyeux, indicible et puissant, ne serait-il pas le courant formidable dont parlait Franck ? À Bombay, Bob disait déjà : « Ce n'est qu'un prétexte. Vous cherchez autre chose. »

Et cette vibration qui pourrait nous entraîner dans des régions intemporelles en nous donnant accès à des pouvoirs insoupçonnés, dissimulés à l'intérieur de nos cellules ? La vibration de Sri Aurobindo. J'aimerais comprendre.

Savoir ce qui m'attire et m'effraie. Envie de m'en approcher et de garder mes distances. Comme on le ferait d'un précipice, par crainte de s'y perdre à jamais. Se laisser engloutir, dissoudre, digérer... sans solution de retour.

Une fascination, une irrépressible attraction dont l'appréhension décuple la séduction. L'enfant planté devant la flamme d'une bougie avec l'irrésistible envie de toucher, pour voir. Suivre mon inclination et prendre le risque de plonger corps et âme dans un feu dont j'ignore tout.

Succomber à la tentation. Pour voir.

Au Thiruvalluvar Bus Stand, en plein soleil, sous une chaleur accablante, j'attends le bus 803 à destination de Pondichéry ; cent soixante-deux kilomètres et quatre heures de trajet.

J'attends, au milieu d'un capharnaüm monstre, des éclats de voix, des coups de klaxon stridents, des démarrages insupportables de carcasses rouillées dans un nuage de fumée noire, j'attends parmi les vendeurs, les porteurs, les mendiants. Des flaques douteuses m'obligent à garder mon sac sur le dos. En lisière de campements improvisés dans lesquels s'entassent des familles entières, j'attends, à l'ombre de mon chapeau brodé, pour préserver le fin duvet qui commence à recouvrir mon crâne. Mes pieds sont sales dans mes sandales. Mes pieds sont toujours sales. Je descends ma bouteille d'eau minérale à longues gorgées pour ne pas me liquéfier et disparaître sur place, mirage de femme évaporé dans cet hallucinant désert urbain. Un désert de macadam éventré, de béton rongé, un désert d'humanité se fondant dans des limbes de poussière.

Une fillette vend des fleurs fraîches dans un panier. Elle en a garni ses cheveux huilés. Elle s'approche de moi. Belle, séductrice, elle me décoche un sourire enjôleur en me tendant sa marchandise. Je la regarde.

— Mallika ?

— Boubou.

Elle hoche la tête en se frappant la poitrine de la main droite, répétant :

— Boubou... Boubou...

— Non merci, Boubou.

Elle insiste. Elle s'agrippe à ma tunique. Je marche, elle me poursuit. Je me retourne brusquement, je hurle :

— NON ! C'est fini.

Je laisse glisser mon sac au sol, je m'assieds dessus, je pleure, le visage caché dans mes mains. Effrayée, la fillette s'est enfuie.

Pondichéry

Erreur et vérité vont toujours de concert dans l'évolution humaine, et une vérité ne doit pas être rejetée parce qu'elle s'accompagne d'erreurs.

Sri Aurobindo

Cinq heures quarante-cinq.

Comme chaque matin, depuis deux semaines, je regarde le soleil se lever sur les eaux du golfe du Bengale, de l'autre côté du mur bordant le jardin du *Park Guest House.* J'occupe la chambre numéro 6. Elle porte le nom « *Nobility* ». Une chambre sobre, impeccable, au rez-de-chaussée d'un bâtiment de trois étages donnant directement sur le jardin. Des pelouses, des bassins, des massifs de fleurs, des bancs de pierre pour lire, rêver, méditer, des palmiers balançant leur tête au gré de la brise chaude venue du large. Paradisiaque ! Il restait une chambre. Un bon présage.

La route entre Madras et Pondichéry est magnifique. Une route bordée de verdure, les rizières alternant avec les palmeraies, tantôt à longer la mer, tantôt s'en éloignant. Des temples colorés. Des femmes faisant la moisson sur la chaussée, les céréales répandues sur l'asphalte, le passage des véhicules faisant office de batteuse. Des écoles en plein air. Des montagnes de sel en forme de pyramides dont certaines sont recouvertes de feuilles de palmier séchées. Des villages alanguis à l'ombre d'arbres gigantesques. Un parcours idyllique provoquant chez moi allégresse et calme. Le bus était archibondé. Un autobus sans vitres aux fenêtres, sans portes, qui roulait à vive allure, obligeant les gens à s'accrocher dans les virages. Je suis arrivée dégoulinante de sueur et couverte de poussière.

Pondichéry est une ville unique. Cinq cent quatre-vingt mille habitants au bord du golfe du Bengale se partagent cette cité divisée par un canal. D'un côté, s'étend la « ville noire », une ville indienne traditionnelle, frémissante et grouillante ; de l'autre, « la ville blanche » se déploie en bordure de mer, l'ancienne partie coloniale de la ville, datant de l'époque où Pondichéry était un comptoir français. Un front de mer occidental, une promenade vaste et aérée, le monument aux morts faisant face à une imposante statue du Mahātma Gāndhi, une église entourée d'un jardin, un phare, des bâtiments cossus peints en blanc s'étirent le long de Goubert Salai, donnant l'impression d'un lieu hors du temps, hors pays, une saveur indéfinissable, croisement de l'Orient et de l'Occident où tout se fond et se confond. C'est l'Inde et ce n'est plus l'Inde. Un autre visage, les contours insoupçonnables d'une ville qui m'a conquise instantanément, dès mes premiers pas sur le macadam brûlant, dans la lumière décapante de cette avenue trop blanche, vide, alors que le ressac des vagues venait s'échouer sur mes tympans, sorte d'appel pour briser le silence de ce début d'après-midi torride. Il n'y avait personne. J'étais seule à marcher. Seule sur ce front de mer éblouissant, avec l'envie de hurler au monde entier ma joie d'être là, dans la lumière crue, sale, fatiguée, ruisselante sous les quarante degrés qui me faisaient plier l'échine sous le poids du sac écrasant mes reins. Je me suis sentie si légère ! Libérée d'une peine qui me dévastait depuis tant d'années, un chagrin dont je me suis dépouillée dans les flaques nauséabondes du *Bus Stand* de Madras, après l'avoir exorcisé dans les jardins de la Société théosophique. J'ai accouché de ma douleur dans la fange de Madras, comme Mallika est née d'un corps inconnu dans la bauge d'un bidonville de Calcutta. Huit longues années de gestation pour la mise à mort du fantôme d'une âme de lumière. Un ectoplasme diabolique piégé au fond des viscères. Une aura indélébile qui me dévastait le corps et l'esprit. J'ai confié son âme d'or aux banians des sages, expulsé le mirage de son corps de fillette trop peu choyé dans l'horreur glauque au sein de laquelle elle avait vu le jour. J'ai levé le voile obscur qui étouffait ma vie.

L'*Ashram* de Sri Aurobindo regroupe quatre cents bâtiments disséminés dans Pondichéry, une ville dans la ville, avec des écoles, des terrains de sport, des boutiques, des fabriques, des librairies, des salles à manger, des cliniques, des entrepôts, des hôtels, des centres d'éducation musicale et artistique, un centre de médecine ayurvédique, un de médecine traditionnelle. Ni moines, ni nonnes, ni gourou. Des hommes, des femmes et des enfants vont et viennent, vivant dans des maisons particulières, des appartements. Rien pour les distinguer des autres, si ce n'est une sérénité déconcertante, une paix lumineuse qui émane en nimbant toute la ville blanche d'une atmosphère unique, à la fois apaisante et chargée. Une chose indéfinissable forçant à se poser, à ralentir, à écouter. Une émotion palpable, comme un parfum diffus.

J'ai observé longuement les gens qui franchissaient le seuil du bâtiment principal, une grande maison blanche entourée d'un jardin, protégés par un mur, où vécurent Sri Aurobindo et celle qu'on appelle Mère, sa compagne d'œuvre, celle qui partagea ses idées et son travail. J'ai observé leurs allées et venues, ballet immuable et ininterrompu. Du matin au soir, ils entrent et sortent par une porte cochère donnant sur la rue. La rue de la poste, animée, au long de laquelle les marchands de fleurs se succèdent pour vendre des bouquets aux fidèles. Beaucoup de bicyclettes dans les rues de Pondichéry, beaucoup d'Indiens vêtus de blanc avec une grâce et une beauté contagieuses.

Pendant trois jours, j'ai déambulé dans le quartier, défilant régulièrement devant cette porte de bois sans oser la franchir. J'ai exploré les environs, me laissant bénir par la trompe humide d'un éléphant à l'entrée d'un temple voisin. J'ai acheté des fleurs... pour les mettre dans ma chambre. J'ai visité la manufacture de papier. J'ai traîné dans les boutiques en me laissant séduire par le souci de perfection, d'harmonie et de paix retrouvé dans chaque lieu. J'ai acheté des livres pour me documenter, tenter de mieux comprendre. Que préconisait Sri Aurobindo ? Qui était cette femme, fascinante, excentrique, dont je croise le visage sans cesse au cours de mes pérégrinations ? Elle est partout ! Il est partout. Dans les boutiques, les restaurants, les librairies, les bibliothèques. Une présence familière, déjà frôlée sans les avoir jamais connus, comme on découvre un paysage en ayant le sentiment étrange d'avoir déjà vu l'endroit, d'en reconnaître les contours sans l'avoir jamais fréquenté.

J'ai fini par franchir la porte de bois.

Derrière le haut mur protégeant le bâtiment central, se dissimulent une cour intérieure garnie de plantes grasses, un sol cimenté, quelques bougainvillées en pots, les chaussures des fidèles rangées en bon ordre. Comme dans tous les lieux sacrés de l'Inde, on se déplace pieds nus. J'ai retiré mes sandales pour m'approcher du Samādhi, le tombeau dans lequel reposent la dépouille de Sri Aurobindo, et celle de Mère. On ne brûle pas le corps des maîtres spirituels ; ils sont enterrés là. Un monument de marbre blanc, sobre, élevé à l'ombre d'un arbre gigantesque au nom étrange : *iyavakai* ou *Copper Pod,* dont les petites fleurs jaunes se répandent sur le sol. Le caveau est entièrement recouvert d'un motif composé de fleurs fraîches, renouvelé chaque jour. Au-dessus, suspendu comme un ciel de lit, un large tissu, orné de motifs aux couleurs variées, remplacé quotidiennement. Des gens prient, méditent, offrent des fleurs, allument des bâtons d'encens. Certains à genoux, d'autres debout, assis. Certains ne font que passer, le temps d'une offrande. D'autres s'attardent. Des jeunes, des vieux, des hommes, des femmes, des enfants sortant de classe, leur cartable sur le dos. Tous se déplacent en silence. Un silence impressionnant.

Dès l'entrée, j'ai été saisie d'une émotion violente, aiguë, presque douloureuse. Je me suis assise, le dos appuyé à un mur, tentant de recouvrer mon calme. Mon trouble était immense ; une chose à la fois douce et terrible. Un cataclysme intérieur, une révolution dans ma tête et mon corps. Une chaleur excessive me dégoulinait dedans. Non pas la chaleur du soleil cuisant ma peau, une chaleur liquide, fluide, vagabonde. Une chaleur palpable, colorée, lumineuse. Une chose tendre et effrayante. Effrayante par sa force et sa rareté.

Je n'étais pas en train de méditer. Je ne priais pas. Je n'étais assise dans aucune position loufoque, les pieds en l'air la tête en bas, les jambes croisées en tailleur les pieds au niveau des hanches, en lotus. J'étais assise simplement, dos appuyé au mur, les genoux relevés. Je n'avais pas les yeux fermés, je les gardais grands ouverts à l'affût du moindre signe pouvant m'informer, scrutant les visages, les attitudes, les gestes. J'étais assise comme j'aurais pu l'être n'importe où, dans un jardin public, chez moi, dans une salle d'attente d'aéroport ou dans un train bondé. Je m'étais simplement déchaussée et assise. Envahie par un mystère. Je me suis mise à pleurer. Des larmes qui n'avaient rien à voir avec un chagrin, une fatigue. Pas non plus des larmes de joie. Une émotion sans nom.

Je suis restée plus d'une heure assise contre ce mur, dans les vapeurs d'encens, émerveillée, tétanisée, inquiète. Mais par quoi ? Je ne savais pas. Incapable d'arrêter mes larmes, j'attendais. J'attendais que cela cesse. Je ne pensais plus.

Quand je me décidai à quitter l'endroit, les yeux rougis, j'avais mal au corps, mal à la tête. J'eus toutes les peines du monde à remettre mes sandales. Je rejoignis le bord de mer comme un zombie. Le jour baissait déjà, la foule affluait de la ville noire pour venir savourer la fraîcheur du large. Des familles entières se baladaient au milieu des marchands de ballons et de barbe à papa. Je remontai Goubert Salai jusqu'au *Park Guest House,* d'un pas désincarné, incrédule, vidée comme si je venais d'accomplir un tour de force. Un exploit qui m'échappait. Si cela ne devait plus se produire, comment comprendre ce qui s'était passé ?

Je restai de longues heures allongée dans l'herbe à regarder le ciel.

Je pris l'habitude d'aller deux fois par jour au Samādhi ; le matin vers neuf heures, et en fin d'après-midi. L'émotion demeurait intense, mes larmes coulaient toujours. Parfois, des pensées surprenantes me traversaient l'esprit, ou plutôt s'étalaient devant mes yeux comme j'aurais pu lire des mots en tournant les pages d'un livre ou d'un cahier. Ce n'était pas dans ma pensée que se situait l'action, c'était extérieur, étalé devant mes yeux, une réminiscence de connaissances, de moments de ma vie qui m'apparaissaient avec une acuité déconcertante, comme si j'en étais témoin et non plus protagoniste.

Un après-midi, je me mis à entendre des phrases, des extraits d'une lettre d'Épicure sur le bonheur, un texte que m'avait refilé mon père lorsque j'avais dix-sept ans, un soir où je séchais sur un sujet de dissertation : « Le bonheur : définition et responsabilité ». De quoi me torturer pendant des jours ! Je détestais les dissertations et haïssais celui qui les donnait. Des petites fleurs jaunes tombaient du Copper Pod en saupoudrant mon crâne et, après Épicure, des théorèmes, des formules sanguines, des axiomes, la théorie du transformisme... se sont mis à défiler, comme un inventaire farfelu de connaissances oubliées, inutiles ou dérisoires.

Mes larmes se sont arrêtées. Une joie sans mesure se manifestait, une lave venue du fond du corps, insoumise, inépuisable. Un sentiment de plénitude et de bien-être. Je m'abandonnai à ce courant formidable, en éprouvant une impression de sécurité et de réconfort. Je n'avais pas envie d'analyser ni même de comprendre. Je voulais que cela dure. J'avais la certitude d'être où je devais être. La conviction d'avoir trouvé ma place, d'avoir rejoint ce que je recherchais depuis toujours. Sans pouvoir le nommer.

Aujourd'hui, une jeune fille d'une quinzaine d'années m'attend sur le trottoir. Je franchis le portail de bois, elle m'interpelle. Elle est vêtue d'un uniforme bleu marine et blanc, tient des livres et des classeurs dans ses bras, serrés contre elle. Elle s'adresse à moi dans un français impeccable, chaleureuse et courtoise :

— Vous ne pleurez plus !

Surprise par sa remarque, je la considère sans rien dire, avec un sourire idiot.

— Je passe chaque jour. Je vous ai vue pleurer.

— Rien.

Elle me regarde, compréhensive et amusée. Elle a un sourire épatant.

— Tu parles bien français.

— Je parle aussi l'anglais, l'italien, l'espagnol. J'ai commencé l'allemand et l'étude du sanskrit cette année.

— J'aimerais étudier le sanskrit.

— Vous aimez Pondichéry ?

— Beaucoup.

Nous remontons la rue Marine jusqu'au front de mer. Cette adolescente m'étonne par son aisance, sa simplicité, sa classe et son érudition. Elle n'a que quinze ans, s'exprime comme une adulte.

— En dehors des langues, tu as d'autres passions ?

— J'adore les enfants ! Vous en avez ?

— Non.

— Vous n'en voulez pas ?

— Trop tard.

— Je veux m'occuper de ceux qui n'ont personne. Êtes-vous allée près du canal ?

Oui, j'ai marché le long du canal, un canal sans eau, sorte de canalisation à ciel ouvert séparant la ville noire de la ville blanche, un dépotoir au long duquel vivent des familles démunies, sorte de bidonville à la lisière des deux villes. J'ai vu des bébés nus couverts de mouches endormis en plein soleil sur des toiles douteuses. J'ai vu des enfants serrant dans leurs bras des chiots infestés de puces, une fillette se laisser épouiller par un singe enchaîné. J'ai croisé la misère, la lèpre incontournable qui dévaste irrémédiablement le visage des villes de l'Inde.

— J'aimerais que ces enfants puissent avoir la chance d'apprendre, comme je l'ai.

— Je suis médecin, je m'occupe des enfants malades. Je ne sais pas si je vais continuer.

— Qu'est-ce que vous allez faire ?

— Étudier le sanskrit, puis l'Ayurveda peut-être...

— Ma cousine a fait ses études de médecine aux États-Unis. Elle ne s'est jamais habituée. Elle est rentrée en Inde.

Elle a épousé un Aurovillien d'origine allemande. Elle vit à Auroville. Elle ne pratique pas la médecine, elle fait du pain et donne des cours de yoga. Vous connaissez Auroville ?

— Pas encore.

Arrivées à la plage, nous nous sommes assises au bord de l'eau sur le sable mouillé. Elle me montre la côte :

— C'est à six kilomètres en longeant la mer.

Elle reste silencieuse un moment.

— C'est quoi, Auroville ?

— Un rêve ! Le rêve de Mère. Bâtir une cité universelle n'appartenant à personne et où les gens de tous les pays et de toutes croyances pourraient vivre en paix. Un monde sans argent, où le travail ne serait plus un moyen de gagner sa vie mais un échange de connaissances mis au service de la communauté, où les êtres humains seraient reconnus et appréciés pour leur valeur réelle, pas pour leurs richesses matérielles ni pour leur position sociale. Tout y serait accessible à tous : la peinture, la sculpture, la littérature, l'enseignement sous toutes ses formes. Une cité d'égalité, d'évolution, de transformation et de partage. Un monde idéal, quoi !

— Ça va comment, ce monde idéal, trente ans après ?

— Ce n'est pas encore l'idéal. Les Aurovilliens sont comme les autres, des êtres humains avec leurs grandeurs et leurs faiblesses. Ils ont le mérite de tenter l'aventure et, trente ans après, Auroville est toujours bien vivante.

Elle s'est tue. Elle enlève le sable accroché à ses socquettes blanches puis ouvre un de ses livres. Elle en retire une petite branche de fleurs séchées. Elle me la tend.

— Ce sont des fleurs de jasmin. Mère les a offertes à maman quand elle a perdu son bébé. Une fausse couche. Elle lui a dit alors qu'elle aurait un autre enfant. Elle a attendu dix ans ! Et puis, elle m'a trouvée, déposée dans des chiffons devant sa porte. Je n'avais que quelques jours. Pour mes dix ans, maman m'a remis la fleur.

Elle se tait un instant, le regard lointain. J'attends qu'elle poursuive.

— Je m'appelle Mallika. En tamoul, Mallika veut dire « fleur de jasmin ». En vous voyant pleurer, j'ai su que cette fleur était pour vous.

J'ai pris les fleurs séchées. Je me suis mise à pleurer doucement.

Mallika n'a pas bougé. Elle m'a laissée pleurer sans intervenir. Quand mes larmes ont cessé, elle s'est accroupie sur le sable, a ramassé ses livres et ses cahiers puis m'a dit, en me regardant droit dans les yeux, sûre d'elle :

— *Namasté...*

Elle m'a saluée à l'indienne avec toute la grâce et la fraîcheur de ses quinze ans puis s'est éloignée sur la plage.

J'ai traîné mes sandales sur les chemins de terre rouge d'Auroville. J'ai vu des demeures luxueuses, des huttes suspendues dans les arbres, des écoles modèles, des constructions inachevées. J'ai mangé à la cuisine solaire. Je me suis fait masser au centre de traitements. J'ai croisé des canyons et des forêts. J'ai traversé des villages tamouls, visité l'hôpital. J'ai fait mes courses au supermarché. Je me suis baignée à la plage. J'ai vu les enfants aller chercher des gâteaux et des boissons à la cafétéria, repartir les mains pleines après avoir enfilé sur un clou un morceau de papier sur lequel ils inscrivent un numéro. J'ai vu des communautés protégées à l'entrée surveillée, d'autres largement ouvertes. J'ai vu une salle de spectacle, une librairie, des terrains de sport. J'ai vu des enfants heureux, des adultes lumineux, d'autres gris, le regard triste. Certains parlent, d'autres se taisent. On encense Auroville et on la démolit. On aime et on déteste. On accuse, on condamne, on idolâtre.

On rêve le rêve de Mère, on le poursuit, on le transforme, on le défend, on le dénature, parfois on le trahit. J'ai arpenté ce coin du monde, ce territoire à part, j'ai regardé, entendu, lu, vu. Des gens arrivent, des gens repartent. D'autres sont nés là. Des idéalistes, des désenchantés, des bâtisseurs, des détracteurs. Des révolutionnaires et des blasés.

J'ai regardé, j'ai vu. J'ai écouté, j'ai entendu. Je n'ai rien vu. Je n'ai rien su.

Pour en parler, il faut l'avoir vécu. Je n'ai fait que passer.

Indescriptible Auroville. Un monde complexe difficile à cerner.

Quand le rêve fusionne avec la réalité, l'utopie devient palpable.

> *Voici ce que dit le Grand Sens :*
> *Il dit que nous sommes nés il y a tant de millions d'années, une molécule, un gène, un morceau de plasma frétillant, et nous avons fabriqué un dinosaure, un crabe, un singe. Et si notre œil s'était arrêté en cours de route, nous aurions pu dire avec raison (!) que le Babouin était le sommet de la création, et qu'il n'y avait rien de mieux à faire, ou peut-être à améliorer nos capacités de singes et faire un Royaume-Uni des Singes... [...]*
> *Le Grand Sens, le Vrai Sens nous dit que l'homme n'est pas la fin. Ce n'est pas le triomphe de l'homme que nous voulons, pas l'amélioration du gnome intelligent... c'est un autre être sur la terre, une autre race parmi nous.*
>
> *Sri Aurobindo l'a dit : « L'homme est un être de transition ».*
>
> (Satprem, *Le Grand Sens*)

Je ne sais pas ce qu'il faut croire ou ne pas croire. Je sais qu'il faut marcher, poursuivre, tenter, chercher, jusqu'à l'avoir trouvé, « le sens », celui de notre propre destinée.

Je ne sais pas ce qu'il faut croire ou ne pas croire. Je sais qu'un courant formidable existe, qui ne demande qu'à se manifester.

J'ai parcouru des kilomètres, sur les chemins de terre, dans la poussière rouge, en imaginant ce qu'aurait pu être ma vie si j'étais arrivée là à l'âge de huit ans, entourée de mes parents. J'ai marché, réjouie de ne pas avoir trouvé la perfection, l'idéal, le paradis. Réjouie d'avoir croisé la vie. Pourquoi n'auraient-ils pas un bruit de papier froissé dans la tête et des querelles intestines qui leur déchirent le corps ? Pourquoi pas des brouillards de pensées et des éclats de cœur ? Des naufrages et des rumeurs d'incertitudes ?

Quelque chose se passe, même si j'en ignore tout. Quelque chose se vit, que j'ai envie de vivre.

Je n'attendrai ni l'improbable apocalypse de l'an 2000, ni le bogue redouté par tous les informaticiens. Je ne chercherai plus de visages aléatoires sur un écran d'ordinateur à la poursuite d'un rêve inassouvi. Je ne soignerai plus les autres ; je vais me guérir, moi, en remuant les boues de l'inconscience pour laisser rayonner ma conscience.

L'an 2000, je le vivrai ici, dans ce laboratoire habité de chercheurs imparfaits. Des hommes, des femmes et des enfants qui tentent une aventure différente.

Une aventure qu'il me faut explorer.

Merci, Mallika, de m'avoir conduite jusque-là.

Mallika, ma plus fascinante histoire d'amour, et de vie.

Les citations sont extraites des ouvrages suivants :

Hesse, Hermann, *Siddhartha,*
Éditions Bernard Grasset, 1925.

Jayakar, Pupul, *Krishnamurti,*
Belfond, Paris, 1989.

Krishnamurti, *Le Journal de Krishnamurti,*
Éditions Buchet/Chastel, Paris, 1983.

Satprem, *Le Grand Sens,*
Éditions Sri Aurobindo Ashram, Pondichéry, 1969.

Sri Aurobindo, *Pensées et Aphorismes* (Tome II),
Éditions Sri Aurobindo Ashram, Pondichéry, 1959.

TABLE

transcontinental
IMPRESSION
IMPRIMERIE GAGNÉ